Jesús N. García Paredes

CLAVE 913

EL GENOMA HUMANO EN EL LIBRO DEL GÉNESIS

Jesús N. García Paredes

CLAVE 913

EL GENOMA HUMANO
EN EL LIBRO DEL GÉNESIS

bubok
EDITORIAL

© Jesús N. García Paredes
© CLAVE 913. El genoma humano en el libro del Génesis

Ilustraciones de cubierta e interior del autor

Diciembre 2024

ISBN papel: 978-84-685-8624-3
Depósito legal: M-28321-2024

Editado por Bubok Publishing S.L.
equipo@bubok.com
Tel: 912904490
Paseo de las Delicias, 23
28045 Madrid

Índice

Cuarta parte
Los manipuladores o ingenieros genéticos: los "dioses"

Quinta parte
¿De dónde procedían?

Sexta parte
Lo que nos espera

Al niño que llevo dentro,
y que tanto me ha enseñado.

Introducción

No hay libro, de los muchos que he leído, del que no haya extraído una enseñanza por pequeña que sea. Entre los libros que más han marcado mis inquietudes intelectuales figuran la "Biblia" y el "Tao Te Ching", de Lao-Tse, por su profundidad, misterio y estímulo deductivo. Paralelamente, los relatos de los libros sumerios "Enumma Elis" y el "Poema de Atrahasis o el del Muy Sabio" me han servido como columnas en las que sustentar las enseñanzas que he extraído del Génesis, al que dedico este estudio.

En este estudio o ensayo quiero centrarme en la Biblia y, concretamente, en el Génesis. Dejó para otros trabajos los restantes libros del Pentatéuco y el Apocalipsis.

El "Génesis" me ha atraído desde joven por las historias que recoge y porque, en principio, ofrece respuestas de choque a las preguntas primigenias del hombre, que posteriormente han servido de sustrato a disciplinas como la Filosofía, Teología y a la Física; a las ciencias en general. A su carácter religioso se le van sumando su valor histórico y científico. Sí, científico.

Con el paso del tiempo y de las contínuas lecturas del Génesis he ido extrayendo interpretaciones sobre las interpretaciones, y en el estado actual no me cabe duda de que el Génesis es un libro o, mejor, un manual, de transmisión de conceptos básicos y, también, profundos de varias de las ciencias que, hoy en día, dominan nuestro conocimiento científico, como la Física cuántica y la Genética.

Muchos científicos, desde Nicolás Copérnico (1473-1543), pasando por Isaac Newton (1642-1727), y terminando por Alberto Einstein (1879-1955), han buceado en las narraciones de la Biblia el secreto que encierran.

Pero si alguien ha influido, en gran parte, en mi proceso final del análisis e interpretación del Génesis, esa persona ha sido el profesor argentino, don José Álvarez López, (1.914-2.007), fundador del Instituto de Estudios Avanzados, que destacó con sus estudios en los campos de la Física, Química y Matemáticas, autor de una basta obra científica e investigadora, entre la que destaco la que me ha servido para expresar y mostrar mis apreciaciones personales sobre el carácter científico del Génesis, esencialmente, en el campo de la Genética.

El profesor Álvarez en su libro titulado "La Biblia Cuántica" (Biblioteca Básica de Espacio y Tiempo, dirigida por el entrañable Fernando Jiménez del Oso) revela datos que acreditan el profundo conocimiento en Física Cuántica de quienes "inspiraron" este Libro Sagrado. Partiendo de las edades de los Patriarcas bíblicos expuestas en el Gén. Cap. V (patriarcas antediluvianos) y Cap. XI (patriarcas postdiluvianos), afirma que la atómica bíblica es de carácter "matricial", si bien de los números que configuran las edades de los patriarcas, se encuentran "matrices triangulares", de uso común en la antigüedad, así como "matrices cuadradas"; cálculo matricial que es el instrumento esencial en la moderna atomística.

Así, tras exponer las edades de los patriarcas antediluvianos en orden, primero, para extraer las Amatrices triangulares y de los patriarcas postdiluvianos, en segundo lugar, para el cálculo de las matrices cuadradas, con el resultado obtenido de esos datos prueba que en el Génesis se nos muestra el valor de las doce "constantes atómicas", es decir, esas unidades diferentes a las conocidas del Sistema Internacional (SI), y que se utilizan en la atomística por facilitar los cálculos en la Física Atómica.

Recordamos que estas constantes son:
1. Plank, (valor 6,6262).
2. Velocidad de la luz (2,99792).
3. Gravitación (,6,665).
4. Precesión del Equinocio (25,765),
5. Estructura Fina (137,03604).
6. Mesón/Electrón (274,07).
7. Boltzman (1,3806).
8. Masa electrón (9,10953).
9. Lodschmidt (2,6870).
10. Carga del electrón (1,7422).
11. Rydberg (1,09737).
12. Protón/Electrón (1836,1)

Siempre he considerado que los números que conforman las edades de los patriarcas, junto con las edades en la que tuvieron a su primer hijo, en la sucesión patriarcal, y con la edad a la que murieron, es decir, el total de los años de su edad, recogen los conocimientos básicos del genoma humano, de forma que nos explican la composición de la célula humana, así como de los diversos ADNs que han configurado el mapa genético del soporte animal, evolucionado del simio y pasando por el primate, perteneciente a la familia de los homínidos, y que autoreconocemos como "homo sapiens", del género Homo, que apareció hace unos 2,8 millones de años, y que alcanzó su culmen hace unos 350.000 años, según las últimas estimaciones.

Al inicio de mis investigaciones y de las lecturas reiteradas del Génesis me percaté de que, para un acercamiento y comprensión fiel de este libro, tenía que respetar el idioma en el que estaba redactado: el hebreo. Me compré una gramática hebrea y estudié hebreo, lo suficiente como para abordar y aplicar el sistema que tenía en mente para extraer las conclusiones que la narración del Libro Sagrado me presentaba. Reconozco que saber árabe me facilitó la tarea pues los dos idiomas pertenecen a las "lenguas semíticas" (del nombre de Sem, hijo de Noé) junto con el arameo.

Otro de los datos esenciales para llevar a cabo mi investigación era la forma en la que estaba escrito el texto inicial bíblico pues no contiene separación entre palabras y carece de vocales, utilizándose los "niqud" o "nekudot", es decir, los signos diacríticos como sustitutivos de las vocales.

Estas circunstancias me indicaban que, si la comprensión del texto era primordial, ante las dudas que a los exégetas bíblicos surgían a la hora de buscar el verdadero sentido del texto apalabrado, es decir, organizado con palabras y frases debidamente separadas con el fin de encontrar una texto final completo y con sentido, no debía plantearme ni entrar en cuestiones lingüísticas, sino que me debía centrar en el análisis del valor numérico de las palabras, de las letras. Con este método lo que pretendía era buscar la confirmación de la interpretación lingüística por medio del valor numérico de las palabras que componían el texto.

El sistema utilizado por el autor o autores del Génesis, que otorgan una relevancia especial al valor numérico de las letras, constituía, a la vez, un método para conservar la pureza del texto, evitando la entropía que las continuas transmisiones y transcripciones podían provocar, con el deterioro de su verdadero significado, de forma que se mutara la verdad que el texto escondía o de la enseñanza que se pretendía transmitir, procurando que se mantuviera intacto el sentido del texto a lo largo de los tiempos. Por supuesto, se trata del método de amortización más importante para evitar el envilecimiento de un texto, de su entropía.

La gematría es el método utilizado en esta investigación, que es una de las técnicas de interpretación de nombres, palabras y frases basadas en el valor numérico de cada carácter del alfabeto hebreo, el alefato, muy utilizado por los cabalistas hebreos, además del notaricón y de la temura.

En hebreo cada palabra tiene un valor numérico, como se expone en el siguiente cuadro:

A Aleph		B Beth		G Gimel		D Daleth		H Heth		V Vav		Z Zain	
א	1	ב	2	ג	3	ד	4	ה	5	ו	6	ז	7
Ch Cheth		T Teth		Y Yod		K Kaph		L Lamed		M Mem		N Nun	
ח	8	ט	9	י	10	כ	20	ל	30	מ	40	נ	50
S Samekh		O Ayin		P Peh		Ts Tzaddi		Q Qoph		R Resh		Sh Shin	
ס	60	ע	70	פ	80	צ	90	ק	100	ר	200	ש	300
Th Tav		K Kaph fin.		M Mem fin.		N Nun fin.		P Peh fin.		Ts Tzaddi fin.		A gr. Aleph	
ת	400	ך	500	ם	600	ן	700	ף	800	ץ	900	א	1000

Así, por ejemplo, la palabra hebrea יהוה, Yahvé, tiene el valor de 26 (5+6+5+10); חַוָה Eva, 19 (5+ 6+8); הנחש serpiente, 358 (300+8+50); לזאת, varona, 438 (400+1+6+30); זאת, varón, 408 (400+1+7); קין, Caín, 810 (700+10+100); הבל, Abel, 37 (30+2+5); y אֱלֹהִים, Elohim, 646 (600+10+5+30+1).

Confieso que los resultados de este estudio o investigación aparecen como una suma de casualidades numéricas y que a cualquiera le costará entender que, en un texto de hace miles de años, se esconda un Tratado de Genética. Existen muchos casos en los que otras personas, como Openheimer, que junto al físico Enrico Fermi fue el padre de las bombas atómicas, sustentó sus descubrimientos en la lecturas de textos antiguos hindúes, como el Mahabharata, el Ramayana y el Baghavad Gita, en concreto en lo sucedido en la batalla de "Drona Parva", poniendo de manifiesto la similitud de la explosión de la primera bomba atómica con la explosión acontecida en dicha batalla, con referencia a las armas en dichos textos descritas.

Por ultimo, debo señalar que conocidos mios, que han estado al día de mis investigaciones, se sorprendían de que de los datos y relato del Génesis pudiera extraer las conclusiones a las que llego: la estructura de la célula humana y del ADN. Yo les respondía que sucede lo mismo con la reconstrucción del "Arca de la Alianza" o del "Arca de Noé"; en el Génesis se dan las medidas de cada uno y las directrices para su construcción, por lo que se han podido recrear ambos objetos. Eso mismo sucede con el genoma humano, se describe y se puede representar, como veremos a los largo de los siguientes capítulos.

Primera parte
Formando a los humanos

1
Formación de Adán

El relato de la creación del hombre y de la mujer, tal y como se percibe de una simple lectura del Génesis, nos muestra el poder creador de Dios, al que nosotros, como criaturas suyas, le debemos respeto, obediencia y adoración por habernos dado la oportunidad de vivir en su creación, aunque sea durante unas milésimas de tiempo, comparado con el tiempo transcurrido desde el origen de la creación, del universo en el que aparecemos y desaparecemos. Ínfima transitoriedad que pretendemos alargar en el tiempo con la esperanza de ser recordados por nuestros descendientes o por otros tras nuestra muerte y desaparición de la faz de la Tierra; y, porqué no, con aspiración a la inmortalidad.

Pero tras esa lectura simplista se esconde el legado que nuestros creadores han dejado por escrito y, también, en piedra, de las respuestas a las preguntas que, irremediablemente, nos íbamos a hacer al adquirir conciencia de nosotros mismos: ¿de dónde venimos?, ¿para qué existimos? y ¿a dónde vamos o iremos?

En primer lugar, analizaré la creación o formación de Adán, a la que continuará la de Eva. Pondré un énfasis especial en la figura de la "serpiente" y su irrupción en la vida de la primera pareja, incluida la gestación de Caín y de Abel, así como en la descripción del lugar en el que se llevó a cabo todo el proceso de formación de esa primera pareja y las consecuencias derivadas del incumplimiento de la prohibición impuesta por Yahvé. Y, por último, trataré la genealogía de los patriarcas bíblicos, antediluvianos y postdiluvianos, exponiendo los períodos temporales resultantes de los datos aportados por el relato bíblico, y de su significado.

Nos vamos a centrar en la escena de la creación de Adán.

El Génesis relata: "Entonces Yahvé Dios formó al hombre con polvo del suelo, e insufló en sus narices aliento de vida, y resultó el hombre un ser viviente." (2: 7-8).

"Entonces dijo Dios: Hagamos al hombre a nuestra imagen, conforme a nuestra semejanza; ....

Y creó Dios al hombre a su imagen, a imagen de Dios lo creó; varón y hembra los creó..." (1: 26-27).

Como se desprende de estos textos, para formar al hombre Dios parte de un elemento o materia existente en la tierra: "polvo del suelo". Adán no surge de la nada, sino que es el ressultado de manipular el polvo del suelo, al que Dios le insufló el "aliento de la vida", que lo eleva, una vez formado, sobre el material tratado para convertilo en un "ser viviente", con una vida superior a la de los demás animales al portar el marchamo divino, que lo diferencia de los demás animales, que han seguido la flecha natural en su evolución.

Pero analicemos esas primeras palabras.

"Polvo" en hebreo es "*aphar*" (עָפָר), su valor numérico es 350 (200+80+70). Y la palabra "aliento de vida" como "espíritu", en hebreo es "*ruach*" (רוּחַ), cuyo valor es de 214 (8+6+200). Por otra parte, "elohim" es 646 y Adán, 605.

La diferencia entre Elohim y Adán es 41 (646-605); es lo que tienen en más los "elohim", pues si sumamos los valores de "polvo", "espíritu" y el de la diferencia anterior (entre "elohim" y Adán), obtenemos 605 (350+214+41), que es el valor de "Adán".

El texto termina diciendo: *"resultó el hombre un ser viviente"*, es decir, *"chayh"* (חַיָּה), con valor de 23 (5+10+8). El "ser viviente" se caracteriza por el número 23. En efecto, el ser humano se caracteriza por tener dos pares de 23 cromosomas. Esta característica, 23, coincide con el pasaje de la "caída", como veremos.

Por otra parte, la "varona", en hebreo *"lzo'th"* (לְזֹאת), que vale 438 (400+1+7+30), si se divide por el valor del nombre de "Eva" (Gén. 3:20, *"El hombre llamó a su mujer "Eva", por ser ella la madre de todos los vivientes"*), que es 19, efectivamente, se obtiene 23, con un resto de 1.

El hombre, Adán, vivía sólo, como expresa Gén. 2:18-19, y para hacerle compañía Dios creo a los animales ("ayuda idónea para él"), *"mas para Adán no se halló ayuda idónea para él"*.

La cuestión siguiente es conocer el soporte animal que sirvió para formar a Adán, pues Dios no crea de la nada al hombre, sino que parte de un sustrato animal al que moldea o manipula, introduciéndole un "algo", que, es precisamente, un añadido que le asemeja a Dios y lo eleva a otro nivel de comprensión y de existencia, superior al del propio soporte animal que sirvió como "polvo del suelo". O dicho de otra manera, en el proceso de formación de Adán, como acabo de señalar y como se desprende del texto bíblico, los elohim no "crean" al hombre de la nada, sino que toman material genético de otro animal existente: el que se identifica como "polvo del suelo", que tras manipularlo o modificarlo genéticamente produce a ese ser necesario para que realizara los trabajos, hasta entonces, realizados por los elohim, que, tras su creación, descansaron.

No se trataba de un único "adán" sino de muchos más "adanes", que no tenían capacidad para reproducirse, primero, debido a la técnica de su "formación"; y, segundo, por no existir "hembra" con capacidad para poder reproducirse, es decir, compatibles genéticamente.

Por eso, según el Génesis, tras poner Adán "nombres a toda bestia y ave de los cielos y a todo animal del campo", se sentía sólo, y Dios "para Adán no halló ayuda que estuviese idónea para él."

La solución para la falta de compañía para Adán, que se alargó durante miles de años, fue la formación de Eva; que es objeto del siguiente capítulo.

El material genético o el soporte animal que los elohim utilizaron para la formación de ese ser con una características específicas para servir como "mano de obra", procedía del "mono", de forma general, de un simio y su evolución a primate, que, específicamente, se utilizó como "polvo del suelo".

De los datos que, luego, expongo, se confirma esta teoría; de forma que el "adán" presenta la forma física del "simio", mejorada con la mezcla genética, de la "semilla" de los elohim, introducida por el "soplo" divino, y con la capacidad intelectual, "semejanza", de los elohim.

Veámos los valores de las letras involucradas en la formación de Adán, que junto a la "Eva", surgida de parte del material genético de Adán, fueron la primera pareja de la que deriva una nueva especie, el "homo sapiens".

Adán=605.
Polvo del suelo= 453; 453x2= 906.
Mono, (קוֹף), qof, = 906 (800+ 6+100), lo mismo que "polvo del suelo".
Carne=502. Hueso= 220; (carne) 502 + (hueso) 220 + 4x46= 906 (mono).

Arcilla=715. דָם. Sangre=604. אִישׁ, Macho=311. דְּמוּת Imagen, semejanza=450. ך ־ זָ Varón, hombre=31. זֶר עַ Semilla=81. Soplo=755.

Con estos datos obtenemos que:

(Adán) 605 + (hueso) 220 + (semilla) 81 = 906 (mono).

(Carne) 502 + (sangre) 604 + (huesos) 220 + (macho) 311/31=1.637/1.357.

(Arcilla) 715 + (polvo del suelo) 453/350 + (semejanza) 450 + (soplo) 755 + (semilla) 81 = 2.454/2.351; 2.351-1.637=714.

48 (número de cromosomas del mono) x 2=96.

96 x 2= 192 (o lo que es lo mismo, 48x4=192).

714+192=906 (mono).

Cromosomas del mono: 2 pares de 24=48, frente a los 46 del hombre.

La diferencia entre Adán y el mono es de 391. Si a esta cantidad, 391 se le suma la del valor de espíritu, 214 se obtiene a 605 (Adán). El hombre tiene un cromosoma doble menos (2 pares de 23) que el mono. Por otra parte, macho (311)+semilla (81)=392. La diferencia entre 392 y 391 es 1.

Voy a hacer una pequeña consideración sobre la frase "aliento de vida", (5+400+300+50 = 755), חיים נשמת, (*nishmát jayím*, aliento de vida).

Del relato de la creación de "Adán", el "terrestre", se puede observar que, en definitva, se produce una mezcla o fusión de sangres, la del homínido y las de los "elohim", que provoca que el homínido se convierta en un "ser viviente", con las capacidades intelectuales y manuales que, precisamente, los creadores intentaron implantar en el nuevo ser, que iba a sustituirles como "mano de obra".

Los números vienen a confirmar esta postura: (mono) 906 + (sangre) 604 = 1.510. Se funden las dos sangres, por lo que 1.510:2 = 755 (aliento de vida).

También, si tomamos el valor de Yahvé (26) y lo multiplicamos por 2, obtenemos la cifra de 52. A Adán se le transmite el árbol de la vida, el ADN de los "elohim", cuyo valor es 1.609. Pues bien, 1.609 + 52 − 906 (mono) = 755, que es el valor de "aliento de la vida".

Por último, si el valor de "aliento de vida" lo añadimos a "Adán", tenemos: 1.383 + 605 = 1.988. Si le restamos el valor del "árbol de la Ciencia del Bien y del Mal", del que Adán y Eva habían probado su fruto, se obtiene: 1.988 − 1748 = 240. Esta cifra representa el "espíritu de Yahveh, pués "espíritu", 214, más "Yahveh", 26, suman 240.

Lo que significa que, con el "aliento de vida", se infundió en Adán la esencia de los elohim, su ADN, y que le diferenció del homo base que sirvió de "soporte animal", quedando perfilado el homo sapiens primitivo o arcaico con la formación de Adán, alrededor de 400.000 años, que sufriría más modificaciones genéticas hasta la aparición del homo sapiens moderno o homo sapiens sapiens.

Estos adamas, adanes, convivieron con el homo erectus, el homo gautengensis, con los que se produjeron hibridaciones y mestizajes, quedando, finalmente, como géneros dominantes el neanderthaliensis y el sapiens, que, a la postre, superviviría como una especie del género homo, mientras las demás desaparecieron.

Las consecuencias de la quinta glaciación, que comenzó hace 2,58 Ma, contribuyeron a la extinction de muchos de los miembros de la especie homo, incluido el homo habilis y el homo antecessor, y algunos paranthopus. También, como he dicho, las hibridaciones, además de las enfermedades, peleas entre clanes, etc., contribuyeron a esa extinction; sin olvidar las catastrofes naturales, climáticas y cósmicas.

Pues bien, con la formación de Adán aparece el hombre primitivo, con cuya domesticación (aprendizaje) por los elohim va adquiriendo facultades cognitivas y orgánicas que propociaron la aparición del género homo sapiens.

2
Formación de Eva

Los Adán, la mano de obra de los elohim, no tenían una pareja semejante a ellos como compañera y con la que reproducirse como el resto de los animales. Para cubrir esa deficiencia, Dios forma a las Eva, a Eva; una hembra compatible genéticamente con Adán.

Se narra en el Génesis de la siguiente manera: *"Entonces Dios hizo caer sueño prfundo sobre Adán, y mientras éste dormía, tomó una de sus costillas, y cerró la carne en su lugar.*

Y de la costilla que Dios tomó del hombre, hizo una mujer, y la trajo al hombre.

Dijo entonces Adán: Esto es ahora hueso de mis huesos y carne de mi carne; ésta será llamada Varona, porque del varón fue tomada." (2, 21-25).

La sustancia, (al igual que el "polvo del suelo" fue utilizado para formar a Adán), que sirvió para formar a Eva es una parte del propio Adán, es decir, de una sustancia extraida a Adán. Luego, explicaré el sentido de esa operación.

Pero analicemos el valor de las palabras representativas de esa operación.

"Costilla", en hebreo, *"tsal'áh"* (צֵלָע) tiene un valor de 190 (70+30+90), y "Eva", de 19 (equivale a dividir 190 entre 10).

Si a "Adán" se le quita o extrae una "costilla"; es decir, si de 605 (valor numérico del nombre Adán) restamos 190, obtenemos 415. Si a esta cantidad, 415 se le suma el "ser viviente", 23, tenemos a "varona", 438, o lo que es lo mismo, si a "varona" (438) le restamos el valor de "Adàn" sin su "costilla", (415), su lado femenino, se obtiene 23. La varona, 438, pasa a ser "Eva", (19), madre de los "vivientes", (23). La relación entre el valor de Eva (19) y de costilla (190) es clara. La diferencia entre "varona" (438) y "varón" (408) es 30.

También, el número 23 se obtiene de restar a 716, (valor doble de "serpiente", 358), la suma de "Adán" (605) más "Eva" (19), es decir, 624, con el resultado de 92, que dividido entre 4, da 23.

El citado número 716 es, también, el resultado de sumar el valor de la palabra "carne", "*basar*" en hebreo (בשׂר), 502 (200+300+2), al de la palabra "espíritu" "aliento", con el valor, como hemos indicado con anterioridad, de 214.

Después de la "caída", incumplimiento del mandato de Dios de no comer del fruto del árbol de la Ciencia y del Mal, del que Eva probó su fruto y dió de comer a Adán, Dios le dice a la mujer: *"¿Por qué lo has hecho?»* Contestó la mujer: «*La serpiente me sedujo, y comí.*" (Gén. 3: 13).

La interpretación del texto revela que la Serpiente, uno de los "elohim" que podemos apodar como "el Serpiente", el jefe científico del Edén (de ahí la adopción del caduceo como símbolo de la medicina), mantuvo una relación íntima con Eva, a la que "sedujo", quien adquirió el conocimiento, es decir, experiencia del "placer sexual", quedando embarazada, y cuyo fruto fue Caín.

Este hecho lo confirman los valores numéricos de las palabras hebreas utilizadas en el relato.

La palabra "sedujo", (שׂיאני), tiene el valor de 371 (10+50+1+10+300). La de "placer sexual" (Gén. 18:12, עדנה), de 129 (70+4+50+5).

Así, si sumamos los valores de las palabras: "serpiente", "me sedujo" y "placer sexual", obtenemos el número 810 (358 -serpiente- + 370 –me sedujo- + 82 –placer sexual-). Y resulta que el valor numérico del nombre de Caín es, efectivamente, 810. Por eso, no es de extrañar la reacción de Yahvé, tras el asesinato de Abel, con Caín; que, posteriormente, examinaré.

En el Génesis se confirma (3:16-17), al decir: *"y a tu marido será tu deseo"*; de forma que le prohíbe tener relaciones sexuales con un elohim. A partir de ese momento, Eva y Adán establecen relaciones sexuales, de las que nació Set, pues, tanto Caín como Abel, eran hijos de Eva y el Serpiente, seguramente, gemelos.

De "varona" (438), la mujer pasa a llamarse "Eva" (19).; 438:19=23, con un resto de 1, es decir, un ser viviente con 23 cromosomas. Por otra parte, (serpiente) 358 + (me sedujo) 370 + (placer sexual) 82 = 810, que es el valor de Caín.

En el proceso de formación de Eva se pueden apreciar la siguientes fases o notas características:

1. Adán es sedado para ser sometido a una intervención quirúrgica (ingeniería genética), a cuya terminación la herida es cosida o suturada.
2. Le es extraída una sustancia que sirve para la clonación y formación de Eva.

Se ha de recordar que las células madre pluripontenciales (CMP) o células troncales son unas células indiferenciadas que tienen la capacidad de dividirse indefinidamente y llegar a producir células especializadas de cualquier tejido. Por otra parte, una de las fuentes para su obtención es la del tejido adulto, generalmente, de la cresta ilíaca (célula madre adulta), es decir, del borde superior del ala del íleon, que se extiende hasta el margen de la pelvis. Por esto, en lugar de "costilla", el término más apropiado de traducción de la palabra hebrea es el de "parte lateral", usado en otros textos bíblicos (Éxodo 25,12 o 26,20, por ejemplo).

3. Eva es carne y huesos de Adán.

4. En ambos casos, las interveniones se realizan en un lugar distinto al del "huerto", pues Dios "tomó" y colocó" a Adán, despues de su formación, en el "huerto", es decir, que se ralizó en un laboratorio o estancia hospitalaria, según Gén. 2:15, "tomó, pues, Yhavé Dios al hombre, y le puso en el huerto de Edén."

Si el soporte animal para la formación de Adán fue el "mono", un "simio", para la formación de "Eva", la "hembra" para Adán, se utilizó el material genético de "Adán", ya manipulado por los elohim, que sirvió para fecundar un óvulo de una hembra primate, que se implantó en el útero de una "hembra" de los elohim. La nueva hembra conservaría las características de la hembra elohim.

Esta característica nos da información del aspecto físico o de la posible apariencia física de los elohim, y que concuerda con las historias mitológicas de algunos de los "dioses" que enseñaron a los "hombres" y a las "mujeres" a hablar, cocinar, cultivar, asearse, la escritura, la lectura, además del lugar en el que esos dioses habitaban.

Y ese todo arranca tras la "desobediencia" y la "expulsión" del recinto cerrado en el que Adán fue formado y Eva reproducida. De estar tutelados tuvieron que ganarse el "pan" y, también, "reproducirse", con dolor para la mujer.

Si el soporte animal de Adán era un homínido, en Eva se une la característica de un mamífero adaptado para vivir en el agua, o que puede vivir en el agua durante mucho tiempo: el "delfín", con mayor precisión de la "piel de delfín", que, en parte, revela una capacidad física de los "elohim", o del lugar en el que vivían o se refugiaron.

Volvamos a los valores numéricos involucrados:

Carne=502. Varona=438. Varón=408. Elohim = 646. לקח tomar algo=138. ה שֶׁ א mujer, esposa, hembra= 306. דּוֹלְפִין, delfín=708. Eva=19. Adán= 605. Costilla=190. Serpiente=358.

El delfín tiene 22 pares de cromosomas, es decir, 44.

(Hembra) 306 + (tomar algo) 138= 444.

(Elohim) 646 - (hembra) 306 = 340.

(Hembra) 306 + 340 + (semilla) 81, da 727, y si a esta cantidad de 727 le restamos (delfín) 708 se obtiene 19 (valor numérico de Eva), es decir, (Elohim) 646 + (semilla) 81 – (delfín) 708 = 19 (Eva).

(Cromosomas delfín) 44 - (Yhavé) 26 = 18. Los elohim tienen un cromosoma menos (2 pares de 22) que Eva (2 pares de 23).

(Delfín) 708 – (semilla) 81 – (Adán) 605 = 22.

(Polvo) 350 + (serpiente) 358 = 708 (delfín).

(Costilla) 190 – (tomar algo) 138= 52.

(Varona) 438 – (varón) 408= 30.

Pues bien, 52-30=22 (cromosomas del delfín).

Durante mucho tiempo se pensó que los delfines, junto con el resto de los cetáceos, eran descendientes de los mesoniquios, un orden extinto de ungulados parecidos a los lobos. Sin embargo, los estudios genéticos han demostrado que en realidad los cetáceos (incluidos los delfines) están más emparentados con los artiodáctilos, de los cuales se separaron hace unos sesenta millones de años; los artiodáctilos más cercanos serían los hipopótamos. Se calcula que durante el Eoceno (alrededor de cincuenta millones años atrás), los ancestros de los cetáceos se refugiaban en el agua, de modo similar a los modernos tragúlidos.

En este sentido, es fácil encontrar dioses-peces, que salen del agua para enseñar a los hombres y regresan al agua tras la tarea diaria. En la mitología mesopotámica, Oannes, mitad pez y mitad hombre, hablaba con los hombres; tenía, por tanto, una naturaleza anfíbia. También, el dios Dagón, la diosa Decerto, entre otros dioses y diosas que la gran mayoría de las mitologías recogen, incluida la China.

¿Eran seres anfibios o eran miembros de otra humanidad que buscaron refugio en el mar a causa de algún evento, y salían a superficie, en la que, también podían vivir? Puede ser que hubieran preparado su piel para resistir bajo el agua durante cierto tiempo, más o menos largo. Intentaré dar una respuesta en los capítulos finales.

En conclusion, a diferencia de Adán, con Eva se añadió un plus genético de una hembra de los elohim, fecundada con genoma de Adán, para hacer compatible, luego, la union y procreación entre Adán y Eva. La Eva resultante se convertiría en transmisora de esa esencia, de la genética de los elohim, que posibilitaron la aparición del hombre moderno, y que se transmitiría, únicamente, por la hembra.

3
La residencia de la pareja.
El Edén y el Huerto: la célula y su núcleo.

Una vez formados Adán y Eva, Dios los colocó en el Edén como lugar de residencia y con la misión de cuidar el huerto. En principio, ese lugar estaba pensado como la residencia habitual de la pareja, lo que se frustró por el incumplimiento o desobediencia de Adán a las órdenes de Dios, que acarreó su expulsión del Edén.

Tras la formación de Adán, según el Génesis: *"Dios plantó un huerto en Edén, al oriente y puso allí al hombre que había formado."* (2, 8-14). Dios hizo nacer árboles, y *"también el árbol de la vida en medio del huerto, y el árbol de la ciencia del bien y del mal."* Luego, analizaré el significado de estos dos árboles.

El relato continúa: *"Y salía de Edén un río para regar el huerto, y de allí se repartía en cuatro brazos.*

El nombre de uno era Pisón; éste es el que rodea toda la tierra de Havila, donde hay oro; y el oro de aquella tierra es bueno; hay allí también bedelio y ónice.

El nombre del segundo río es Gibón; éste es el que rodea toda la tierra de Cus.

Y el nombre del tercer río es Hidekel; este es el que va al oriente de Asiria. Y el cuarto río es el Éufrate."

"Edén", עדן, tiene un valor de 774 (700+70+4). "Huerto", גן, el de 703 (700+3).

a. El esquema o la estructura del Edén y su huerto lo podemos representar, gráficamente, así:

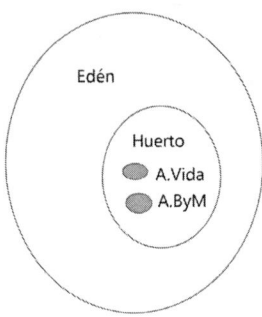

b. Rios:
- Pisón (*"que rebosa [se derrama, fluye]"* o *"arroyo"*).
- Gibón (*"estallando, rápido y abundante"*).
- Eúfrates *"«fertilización"* o *"fructífero"*, *"llevar"* o *"presentar"*).
- Tigris (*"río rápido* o *el río que fluye"*).

Los cuatro ríos (פרת הוא ,חדקל ,גיחון ,ישון) tienen un valor de 2.657, (692+142+727+1096).

Pisón 1.096 (P)

Gibón 727 (G)

Rio con cuatro brazos

Hidekel (Tigris) 142 (T)

Eúfrates 692 (E)

Los valores involucrados son:

(Elohim) 646 + (semejanza) 450 = 1.096 (Pisón).

(Polvo) 350 + (carne) 502 + (diferencia entre varón y varona) 30 = 1.096 (Pisón).

(Carne) 502 + (costilla) 190 = 692 (Eúfrates)

(Eva) 19 + (serpiente) 358 + (polvo) 350 = 727 (Gibón)

(Semejanza) 450 – (polvo) 350 + (viviente) 23 + (Eva) 19 = 142 (Tigris).

Estos datos indican que los 4 rios tienen una función importantísima en la configuración genética del "ser viviente". La información en el ADN se almacena en un código compuesto por cuatro bases químicas, adenina (A), guanina (G), citosina (C) y timina (T). Los cuatro ríos representan las cuatro bases, cuyo valor total es de 2.654.

Si tomamos el valor total de las palabras "querubines" y "espada de luz", partes esenciales de la célula, del "Edén", que suman 1.149 y completamos dicha cifra con el valor de la palabra "Edén", resulta la cantidad de 1.149.774. Si multiplicamos esa cifra por el valor de los cuatro ríos, se obtiene el siguiente resultado: 1.149.774 x 2.657 = 3.054.949.518. Esta cantidad representa el número de las bases del genoma humano, que, en la actualidad, se estima en la cifra de 3.055.000.000, es decir, que existe una diferencia de 50.482 entre el número inicial y el fijado en la actualidad.

c. Árboles:

c.1. Árbol de la Ciencia del Bien y del Mal

El "árbol de la ciencia del bien y del mal, ורע טוב הדעת מעץ, tiene el valor de 1.748 (70+200+6+2+6+9+400+70+4+9+900+70+6).

Este árbol representa el ARN, que es la biblioteca que contiene toda la información genética y el secreto de la vida; información que traslada al ADN.

c.2. Árbol de la Vida

El "árbol de la vida", ועץהחיים, tiene un valor de 1.609 (600+10+10+8+5+900+70+6).

(Elohim) 646 + (Adán) 605 + (serpiente) 358 = 1.609.

Este árbol representa al ADN.

Este es, por lo tanto, el lugar en el que se desenvuelve la vida de Adán y Eva, y del que obtienen la energía para alimentar sus cuerpos.

4
Expulsión de la residencia

A. PROHIBICIÓN.

En el Génesis se recoge la "prohibición" que Dios impone a Adán, pues Eva aún no había sido formada. Es la siguiente: *"Y mandó Dios al hombre, diciendo: De todo árbol del huerto podrás comer, mas del árbol de la ciencia del bien y del mal no comerás; porque el día que de él comieres, ciertamente morirás." (2: 16-17).*

Hasta la existencia de Eva, Adán cumplió lo ordenado por Dios.

B. DESOBEDIENCIA.

A continuación y, una vez formada Eva, se describa la "desobediencia" del mandato de Dios, así como las consecuencias derivadas de su incumplimiento.

La acción se desarrolla entre Eva y la Serpiente. Eva, tras recordar la prohibición y las consecuencias fatales para la pareja si no respetaban dicho mandato, la Serpiente le indica que: *"no moriréis; sino que el día que comáis de él, serán abiertos vuestros ojos, y seréis como Dios, sabiendo el bien y el mal")*, además de que: *"el árbol era bueno para comer, y que era agradable a los ojos, y árbol codiciable para alcanzar la sabiduría; y tomó de su fruto, y comió; y dio también a su marido, el cual comió así como ella."* (Gén 3).

C. CONSECUENCIA DEL INCUMPLIMIENTO: CASTIGO ADÁN.

Otro de los efectos o consecuencias de haber comido del fruto del árbol, además de que fueran *"abiertos los ojos de ambos"*, es decir, la capacidad de comprender y tener conciencia de si mismo, es el descubrimiento de su "desnudez", pues *"conocieron que estaban desnudos"*, lo que no advirtieron con anterioridad, pues en Gén. 2:25, se dice: *"Y estaban ambos desnudos, Adán y su mujer, y no se avergonzaban."* Entonces "cosieron hojas de higuera, y se hicieron delantales". Pero esa primitiva y rudimentaria vestimenta elaborada con hojas de higuera es sustituida por la administrada por Dios a Adán y Eva, cuando son expulsados del "huerto del Edén", Dios *"hizo al hombre y a su mujer túnicas de pieles, y los vistió"*.

Veámos la excusa que Adán y Eva invocan ante Dios por haber infringido su prohibición, tras oir a Dios cuando "paseaba en el huerto, al aire del día", y les requirió para que salieran de su escondite.

Adán, a quien iba dirigida la prohibición, sintió miedo, "porque estaba desnudo", y a las preguntas de Dios, responde: *"La mujer que me diste por compañera me dio del árbol, y yo comí."* (su mujer, pues todavía no tenía el nombre de Eva). Eva, por su parte, al ser preguntada por Dios, le responde: *"La serpiente me engañó, y comí."*

Por lo tanto, Adán mantuvo relación sexual con la mujer entregada por Dios, a la que llama, desde entonces, Eva, que ya tuvo la experencia con el "Serpiente".

La desobediencia provoca la "expulsión"de Adán del Edén (Gén. 3:23); no se cita a Eva, pues la prohibición iba dirigida a Adán (Gén. 3:17), pero la "compañera", (luego Eva), siguió la misma suerte que Adán (Gén. 3:16), por su sometimiento a su marido.

D. CASTIGO A LA SERPIENTE.

Como consecuencia de la relación sexual entre el "Serpiente" y la "mujer", Dios reprende "al Serpiente" y le maldice: *"Por cuanto esto hiciste, maldita serás entre todas las bestias y entre todos los animales del campo; sobre tu pecho andarás, y polvo comerás todos los días de tu vida: enemistad pondré entre ti y la mujer, y entre tu simiente y la simiente suya; ésta te herirá en la cabeza, y tú le herirás en el calcañar."*

Esto confirma la relación sexual entre el "Serpiente" y la "mujer", compañera de Adán, pues distingue entre la "semilla" del elohim y la "semilla" de Eva. Como, luego veremos, esa "enemistad" supone un cambio o modificación en la "célula" que sirvió para la formación de la primera pareja, que da origen a una nueva especie: la del "homo sapiens"

El relato del Génesis lo pone de relieve, al distinguir entre el "linaje de la mujer" y el "linaje del serpiente", es decir, las cargas genéticas del uno y de la otra.

Dios rechazó esa unión entre uno de los "elohim" y una "mujer", pues Eva fue "formada" para ser la pareja de Adán. Sin embargo, "el Serpiente" la sedujo y ella se entregó, desobedeciendo a Dios; por eso la respuesta de Dios a Eva fue contundente: "Hacia tu marido irá tu apetencia", es decir, no hacia extraños, no pertenecientes a los "Adán".

Eva tuvo esa experiencia, como he dicho, y la compartió, luego, con Adán, que tomó del fruto ofrecido por su hembra.

E. CASTIGO A EVA.

El castigo impuesto a Eva consiste: *"Multiplicaré en gran manera tus dolores y tus preñeces; con dolor parirás los hijos; y a tu marido será tu deseo, y él se enseñoreará de ti."*

A partir de entonces, la reproducción humana seguirá el método de reproducción animal copulación macho-hembra.

Ya no se producirá en un laboratorio con los cuidados de los elohim, sino conforme a las leyes de la naturaleza animal. Y, por otra parte, la mujer ya no deseará a un elohim para ser preñada; lo sera por un hombre.

Pero el episodio de la "desobedencia" esconde otro significado que tiene relación con la modificación de la anatomía de los cuerpos de Adán y Eva.

La desobedencia supone el paso del animal cuadrúpedo al bípedo, que se produce al erigirse Eva con el fin de recoger el fruto de los árboles, lo que Adán aprende al contemplar la conducta de Eva. Los dos inician su evolución bípeda, con lo que ello conlleva. Al ponerse erectos, la consecuncia es que, al quedar al descubiertas sus partes genitales, descubren su desnudez, lo que les provoca la necesidad de cubrirse para protegerse; por ello, Dios les proporciona una vestimenta más apropiada para tal fin.

Al adaptarse a la posición bipida, el dolor en el parto era una consecuencia del estrechamiento del canal del parto del homo sapiens, provocando unos partos más difíciles y costosos que el de otros mamíferos, pues los fetos humanos deben superar una trayetoria curva, lo que les obliga a girar en la pelvis de la madre durante el parto.

Por ultimo, todo este relato me hace recorder, también, el relato de la cración del hombre en el Popol Vuh, que señala, que tras un primer intento de creación del hombre de lodo que se deshacía por efecto de la lluvia, los dioses deciden crear al hombre a partir de la madera, que también desechan al no tener alma ni memoria, a pesar de que se podían reproducir y hablar. Esos hombres de madera vivían en los árboles, en la madera, eran los primates (monos), que servirián de soporte para la manipulación genética que permitió la aparición del género homo.

Quizás la expresión aragonesa de "hacer un hijo de madera" provenga de la mitología maya, adoptada por alguien que la hubiera conocido en su visita al Nuevo continente en la época de los descubrimientos, para referirse a un hijo sin iniciativa, en definitiva, un "alma de cántaro".

5
La Eva "mitocondrial" y el Adán "molecular": estructura celular.

La "enemistad" entre la semilla de "el Serpiente" y la de "Eva" es la incorporación en la "célula" de la "mitocondria", de la Eva mitocondrial.

El ADN mitocondrial es un pequeño trozo de ADN que se encuentra en las estructuras fuera del núcleo, recibiendo estas estructuras el nombre de mitocondrias, que son antiguas bacterias que entraron en las células tempranas cuando aún eran células vivas individuales, hace aproximadamente unos tres millones de años. Una vez que estas bacterias tienen su propio sistema de información, que es el ADN, convierten esta información en las estructuras en forma de ARN y luego en proteínas.

Pues bien, el ADNmt contiene información genética sólo de la madre, que transmite a hombres y mujeres, mientras que el nuclear contiene información de ambos padres.

Recordemos que en Génesis Dios advierte a la Serpiente: *"Enemistad pondré entre ti y la mujer, entre tu linaje y su linaje: él te pisará la cabeza mientras acechas tú su calcañar."* (3, 15). יָת וְאֵיבָה

תִּשׁוּפֶנּוּעָקֵב וָאַתָּה רֹאשׁ יְשׁוּפְךָ הוּא זַרְעָהּ וּבֵין זַרְעֲךָ וּבֵין הָאִשָּׁה וּבֵין בֵּינְךָ אָשׁ

Los valores de las palabras involucradas son:

Carcañar: 172. Cabeza: 501; que suman 673.

Enemistad: 24. Eva/Mujer: 19/306. Serpiente: 358.

Si a cabeza (501) le restamos carcañar (172), se obtiene 329.

Si a serpiente (358), le sumamos Eva (19) da la cantidad de 477.

Pues bien, 477 menos 329 es igual a 148, que dividido entre 4 da un resultado de 37, que se corresponde con el valor del nombre de Abel, 37.

Por otra parte, Abel (37) menos enemistad (24) da 13, que se corresponde con la mitad del valor de Yahvé (26).

Por ultimo, 673 (Cabeza+Carcañar) x 24 (Enemistad)=16.152

La representación gráfica de la "enemistad" de la "Eva mitocondrial", es el "ouróboros":

Cabeza　　　　Cola

Según el texto bíblico, la mujer pisa la cabeza de la serpiente y la serpiente le acecha el calcañar, el talón de la mujer. La figura que se forma es la serpiente que se muerde la cola, lo que evoca a que el linaje de la mujer se encuentra en algo circular.

Pues bien, la célula mitocondrial es circular, además tiene 37 genes. El valor numérico de Abel es también 37. Los pares de bases de ADNm son de 16.569 pares, y tiene 13 proteinas. (16.569, según la Ciencia; 16.152, según el Génesis, es decir, con una diferencia de 417).

Esta es su representación actual:

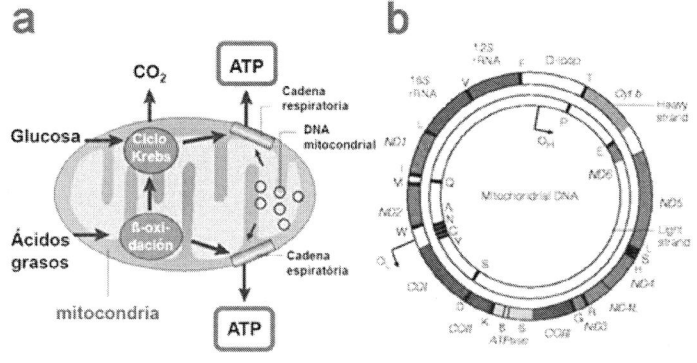

Y Dios le dice a Adán: *"Por cuanto obedeciste a la voz de tu mujer, y comiste del árbol de que te mandé diciendo, No comerás de él; maldita será la tierra por amor de ti; con dolor comerás de ella todos los días de tu vida. Espinos y cardos te producirá, y comerás hierba del campo. En el sudor de tu rostro comerás el pan hasta que vuelvas a la tierra, porque de ella fuiste tomado: pues polvo eres, y al polvo serás tornado."*

Como se desprende de este relato, Adán realizó dos conductas infractoras a los ojos de Dios: una, obedecer a la mujer, incumpliendo su prohibición; dos, haber comido del árbol. Por ello, en adelante, ha de procurarse su supervivencia; de estar alimentado y cuidado por Dios, tendrá que cultivar la tierra para obtener alimentos para él y para su mujer.

Por último, Dios y los elohim hacen una reflexión sobre lo acontecido, y deciden: *"He aquí el hombre es como uno de Nos sabiendo el bien y el mal: ahora, pues, porque no alargue su mano, y tome también del árbol de la vida, y coma, y viva para siempre."* (Gén. 3:22).

La palabra utilizada en el texto hebreo es לעלם (le-'olan), significa "durante mucho tiempo", que era lo que sucedía con los elohim por las caracterísitcas de su ADN. Esta palabra tiene un valor de 730 (600+30+70+30). Por otra parte, recordamos que el de la palabra sangre, דָם, es 604 (600+4). Para evitar que el hombre viviera durante mucho tiempo, (730), fijaron (letra vau en hebreo, con valor 6) en su sangre (604) para reducirla con una modificación genética. En efecto, 730 - 6+604=120; que resultó ser la edad del hombre tras el Diluvio.

La decisión de acortar la duración de la vida, de la "célula", se adopta más tarde. En Génesis, tras la multiplicación incontrolada de los hombres y las relaciones de los hijos de los elohim con las "hijas de los hombres", y, por ello, el alargamiento de la duración de la vida de los nacidos de dichas uniones, en las que la "semilla" de los elohim se transmitía, dando lugar a una mayor esperanza de vida, Dios ordenó: *"No contenderá mi espíritu con el hombre para siempre, porque ciertamente él es carne: mas serán sus días ciento y veinte años."* (6, 3).

En el XVII Congreso Internacional de Medicina Antienvejecimiento y Longevidad (SEMAL), celebrado en Valencia, se concluyó que, estábamos genéticamente programados para vivir 120 años. Hasta que Dios decidió acortar la longevidad del hombre, los antecesores, como demuestran las edades de los patriarcas antediluvianos, excedían, al igual que sucedía con los elohim, de los 120 años. Y tras expulsar al hombre del Edén: "puso al oriente del huerto de Edén querubines, y una espada encendida que se revolvía a todos lados, para guardar el camino del árbol de la vida."

Ésta es otra modificación celular, que añade dos elementos a la "célula". Utilizando el mismo esquema anterior, del Edén y del huerto, tenemos:

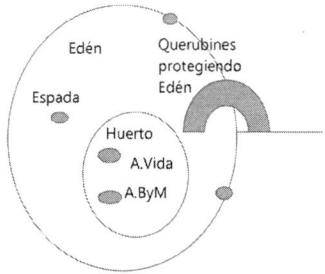

Se completa la "célula", añadiendo una capa protectora y una fuerza o fuente energética, quedando estructurada con los componentes esenciales y básicos de la célula (núcleo -"el árbol de la vida en medio del huerto"-, nucleolo, membrana plásmática y mitocondria).

Esta es la representación actual de la célula:

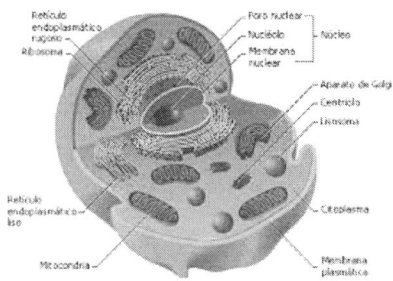

En las mitrocondrias se encuentra el AND mitocondrial, mientras que en el núcleo se encuentra el AND cromosómico, regado por los cuatro rios, es decir, las cuatro bases químicas: A (adenina), G (guanina), C (citosina) y T (timina).

Pero la fijación en 120 años de la "vida" del hombre, de la "célula", no significa, únicamente, su muerte. La modificación genérica llevada a cabo de la membrana plasmática, (expulsión del huerto), es decir, de la membrana celular, (membrana citoplasmática o plasmalema), que hace de frontera entre el interior y el exterior de la célula, introdujo, además de contar con su propio mecanismo de protección de la membrana, de "recuperación", cuando tenía daños, o de su "muerte", el "envejecimiento celular"; envejecimiento que se produce, según el Génesis, después del Diluvio, es decir, por un desbordamiento del líquido citoplasmático (un líquido gelatinoso que llena su interior).

Ese "desbordamiento" acarrea el envejecimiento de la célula, con las consecuncias que la "vejez" conlleva. En definitiva, depende de la naturaleza y la incidencia del daño de la membrana celular, que la célula se pueda reparar, que muera o envejezca. En este último caso, entran como en una especie estado latente que puede beneficiar o perjudicar a las células que las rodean.

Por lo tanto, Yahvé, los elohim, sabían como acortar la vida sana, "envejecer", de la célula humana.

En este mismo año 2.024, en el 22 de febrero, se ha publicado en la prestigiosa revista científica Nature Aging, los resultados de un trabajo dirigido el profesor Keiko Kono, jefe de la unidad de Membranología y autor principal de este estudio, en el que han participado investigadores del Instituto de Ciencia y Tecnología de Okinawa (OIST), en Japón, y de la Universidad de Tokio y de Nagoya. (Nature Aging https://doi.org/10.1038/s43587-024-00575-6), cuya finalidad, en princio, era la de entender los mecanismos de reparación de la célula dañada y el resultado de esa reparación.

Dependiendo del nivel del daño sufrido por la célula, distinguen entre: primero, si el daño de la membrana es leve, la célula puede repararse fácilmente, continuando la célula su vida normal de división celular. Segundo, si el nivel del daño celular es más alto, se produce la muerte de la célula. Y tercero, existe un nivel medio del daño de la membrana, que no supone una reparación de la célula ni su muerte, es el estado de las "células senescentes".

Las "células senescentes", como se explica en ese trabajo, no mueren, sino que permanecen activas y van formando parte de los tejidos del cuerpo, en donde se acumulan, liberando unas sustancias dañinas para las células vecinas, lo que, a su vez, provoca un aumento de la reacción inmunitaria de los tejidos cercanos y de defensa de los órganos lejanos.

6
Caín: el ADN no tan basura.

El caso de "Caín", en principio, es paradójico, pues no se comprende que, con una imputación de asesinato como responsable de la muerte de su hermano, Abel, Dios le proteja de la ira de "otros habitantes" o "pobladores" de la tierra; todo ello, desde el punto de vista mitológico o simbólico de la historia que nos tranmite el Génesis.

Dios le castiga alojándolo en la parte oriental del Edén, sacándolo de su "presencia" (Gén. 4:16, *"Caín dejó la presencia de Yahvé y se estableció en el país de Nod, al oriente de Edén"*). Fue, precisamente, en esta parte oriental del Edén, en donde también, dependiendo de la versión bíblica, puso Yahvé a los querubines para guarder el camino del "árbol de la vida".

Ante el termor de Caín de ser matado, como puso de manifiesto ante Dios por su crimen, Dios le respondió: *"Al contrario, quienquiera que matare a Caín, lo pagará siete veces."* Y Yahvé puso una señal a Caín para que nadie que lo encontrase lo atacara." (Gen. 4, 15).

Algo parecido sucedió con Lamec cuando mató a un "hombre" y a un "muchacho": *"Dijo Lámec a sus mujeres: "Adá y Silá, oíd mi voz; mujeres de Lámec, escuchad mi palabra: Yo maté a un hombre por una herida que me hizo y a un muchacho por un cardenal que recibí. Caín será vengado siete veces, mas Lámec lo será setenta y siete."* (Gen. 4: 23-24).

Por otra parte, parece que Dios, en lugar de castigarlo, le encomienda una misión, una función a desempeñar, ajena a la de la agricultura: constructor de ciudades, como nos cuenta el Génesis: *"Caín dejó la presencia de Yahvé y se estableció en el país de Nod, al oriente de Edén.Conoció Caín a su mujer, que concibió y dio a luz a Henoc. Estaba construyendo una ciudad, y la llamó Henoc, como el nombre de su hijo."* (4: 16-17).

Veamos los valores de las palabras involucradas:
Cain: 810.

Señal, *'ôth*, אות (400+6+1) 407. Arca, *têbâh*, תבה, tiene el valor de 407 (5+2+400), es decir, el mismo valor que señal.

Nod נוד (4+6+50), el de 60.

Por lo que Caín (810) más señal (407) y Nod, suman 1.217. Y Caín (810) menos marca (407), da 403.

También, *"òth"*, además de significar "marca distintiva (Gén. 4:15), tiene otros significados, como "memorial o recordatorio (Gén. 9:12, 17; Exo 13:9); "milagro que revela el poder de alguien (Exo. 4:8); "indicio de lo que va a ocurrir (Gén. 1:14); y "advertencia" (Núm. 17:3/16:38).

Pero sigamos con los demás términos:
"La voz de la sangre". Dan, sangre, דמי, 44 (40+4). (Qol),קול, voz , la de 180 (30+50+100). Por lo que 44+180 suman 224 (12x12).

Con el valor de Abel: 37, tenemos que, la suma de "la voz de la sangre de Abel", suman 261. Si a a la "voz de la sangre" se le suma Caín (810), se obtiene 1.034.

Si la operación se hace con el término la "sangre de", que tiene un valor de 234 (54+180), y le restamos Caín (810), se obtiene 576. Por otra parte, si a "sangre de" (234), le restamos Abel (37), se obtiene 197. La diferencia entre ambas cantidades (576-197) da 379, que si le restamos el valor de serpiente

(358), da 21; lo que indica que Cain y Abel no tenían los cromosomas X Y.

(Otros resultados: 224+37=261; 224+810=1034; 261+1034=1295; 810-224=586; 224-37=187; 586-187=399; 399-358=41).

Por otra parte, un constructor necesita de un compás, מצפן, que tiene el valor de 910. En el alefato hebreo la letra kohp (kof) se representa como el "ojo de una aguja", que en arquitectura era una puerta estrecha que se colocaba en las murallas, en la parte lateral, para entrar en las ciudades amuralladas. Esta letra, como vimos, tiene el valor de 100. Por ello, Caín (810) más koph (100) suman 910, es decir, compás.

Por eso la "marca" (407) puesta a Cain era el sexo varón (407) para evitar que lo mataran, al desaparecer la característica que los diferenciaba del resto de los hombres, no descendientes de Adán y de Eva. A partir de entonces Cain conoce a mujer y tiene hijos, mientras que Abel no conoció a mujer antes de morir, no teniendo el problema de Caín como consecuencia de ser desterrado por Dios.

Caín era un hibrido estéril, como le sucedía a Adán. Entonces Dios separa los sexos y surge Eva. Caín y Abel eran hibridos pues no fueron fruto de la unicón sexual entre Adán y Eva, sino por intervención de Dios. Esta situación cambia, posteriormente, al tener a Set, fruto de la separación de sexos. Dios manipuló genéticamente a Caín para que pudiera tener hijos con una mujer. Por ello, su ADN es importante para conocer el ADN de los elohim y conocer el secreto de la longevidad.

Cain domina el campo, שדה, y se "levantó", ויקם, contra su hermano; sus valores son, respectivamente: 309 (5+4+300) y 716 (600+100+10+6). Si a 716 le restamos 309, nos da 407 (la "marca" de Cain).

Si a la palabra "campo", 309, le sumamos la de "voz de la sangre", 224, se obtiene la cifra de 533, a la que si, a su vez, restamos la de "serpiente", 358, nos da 176, que tiene los mismos números que la palabra "se levantó", 716.

Por último, cuando Dios preguntó a Cain por su hermano, Abel, le respondío: *"¿soy yo guarda de mi hermano?"* (אחי השמר אנכי).

Analicemos los valores de las palabras utilizadas.

Guardián, (השמר), (200+40+300+6) tiene el valor de 546.

"Acaso, yo, Cain", (810), soy el "guardián" (546) de mi hermano, (19), Abel, (37). Guardián+hermano+Abel suman 602.

"Maldito", ארור, tiene el valor de 407 (200+6+200+1); es decir, marca, maldito y varón, tienen el mismo valor.

En hebreo "gemelo" se dice ta'oma, תְּאוֹמָא, con un valor numérico de 448 (1+40+6+1+400). Si a 602 (suma de guardían, hermano y Abel) le restamos 448 ("gemelo"), obtenemos 154. Y si a 546 (guardián) le restamos 448 ("gemelo"), obtenemos 98.

Pues bien, la diferencia entre 154 y 98 es 56, que es la suma de Abel (37) y hermano (19); lo que indica que Abel era "hermano gemelo" de Caín, si bien en el texto se habla de "guardían" de su hermano.

Por otra parte, si a Cain (810) se le quita la marca (407) resulta 403. Si a 403 se le resta Adán (45 –el otro valor de su nombre-), resulta 358, que es el valor de la Serpiente; que es su padre biológico.

El nombre de Caín significa "el forjador de su propia lanza". El nombre de Abel, "vulnerable, suavidad, soplo". Cain representa autodestrucción y Abel, vulnerabilidad.

"Salir de la presencia" en hebreo es "milipaniym" (מִלְפְנֵי), equivale a 210 (10+50+80+30+40). Y Dios le puso una señal (Gén. 4:15); señal en hebreo, como sabemos, es "oth" (אֹת), con valor de 407, que coincide con el de la palabra "varón", en hebreo "zo'th", (זֹת), que vale 407.

Cain sale de la presencia (210) de los elohim (646), es decir, pierde 856. Si a 856 restamos Caín, 810 (Cain), se obtiene 46, por lo que adquiere 2 pares de cromosomas (23), adquiriendo la naturaleza humana, perdiendo la primogenitura como descendiente de un elohim, convirtiéndose en un varón (407), que es el valor de la marca.

Otra circunstancia digan de analizar es el castigo que Dios decreta con el fin de evitar la muerte de Caín, que, luego, Lamec asume como propia. ¿Qué significado tienen las venganzas por los posibles atentados contra las vidas de Caín y de Lamec?

En efecto, según Gén 4:15: *"Y respondióle Jehová: Cierto que cualquiera que matare a Caín, siete veces será castigado."*

Y en relación con Lamec, dice: *"Y dijo Lamech a sus mujeres: Ada y Zilla, oid mi voz; Mujeres de Lamech, escuchad mi dicho: Que varón mataré por mi herida, Y mancebo por mi golpe: Si siete veces será vengado Caín, Lamech en verdad setenta veces siete lo será."* (Gén. 4:23-24).

Es decir, que, en el caso de que alguien matara a Caín, sería vengado 7 veces, mientras que si lo fuera Lamec, seria vengado 490 veces (70 por 7), como consecuencia de haber derramado, el primero, la sangre de su hermano Abel por el rechazó de Dios de su ofrenda vegetal, y, el segundo, por haber matado a un hombre que le produjo una herida y a un joven por el golpe que le propinó. Estos hechos demuestran el carácter irritado de ambos personajes y de su instinto sanguinario ante hechos de escasa relevancia objetiva, en una primera lectura del texto hebreo.

Los valores de las palabras involucradas son:

Caín=810. Ira, חרה, 213 (5+200+8). Ofrenda, מנחתו, 504 (6+400+8+50+40). 213+504=717. Yahvé, 26.

Lamech=570. Herida, לפצעי, con valor de 280 (10+70+90+80+30). Golpe, cardenal, לחברתי, valor de 650 (10+400+200+2+8+30). Suman 930.

Caín (810)+ira (213)+ ofrenda (504)+Yahvé (26)=1.553.

Lamec (570)+herida (650)+ golpe (280)=1.500.

La diferencia entre ambos (1.553-1.500) es 53.

La reacción de Lamec por la herida y golpe, 930, y la de Caín por la ofrenda rechazada y por su ira, 717, difieren en 213, que es, precisamente, el valor de la palabra "ira". Por otra parte, 7 y 490, las veces que serán vengados, suman 497. Si a 497 le restamos 53, nos da 444, que es el valor de "lentejas", el "potaje rojo", es decir, una referencia a la "sangre", que luego expondré.

Esto indica que en el material genético de Caín y Lamech se conservan unas características genéticas de la sangre de los elohim y que ante determinadas circunstancias invasivas para la salud o la vida se produce una reacción en cadena en su defensa, es decir, el sistema inmunitario se pone en alerta, acudiendo a la biblioteca genética y ofreciendo la respuesta más adecuada frente a una situación de peligro.

Lo que sí se puede afirmar es que con Caín se inició un nuevo linaje del género homo, que presentaba características distintas a los del homo sapiens, siéndole asignado un territorio alejado al de ubicación de Adán y sus descendientes, aunque su vocación (impuesta) era la de un linaje humano errante.

En definitiva, Caín representa el "genoma oscuro", el genoma desterrado del "genoma edénico", que contiene los genes codificantes de las proteinas, y que supone un 2% de nuestro genoma.

Caín tenía grandes conocimientos en el manejo de la piedra, pasando de labrador a cazador errante, y, por ultimo, a arquitecto, a constructor de grandes ciudades, dejando su impronta por todos los territorios que atrvesaba en su peregrinaje. Recibió de los elohim, tanto de Yahvé como de "el Serpiente", los secretos de la construcción, del misterio del trabajo de la piedra, los que transmitió a sus descendientes, que son especialistas en el uso de los materiales para la construcción (forjadores de cobre y de hierro, y de la utilización de ultrasonidos –cítara y flauta-). Puede ser que el quebranto de esos secretos y revelación de esos misterios fueran el motivo de las muertes atribuidas a Adán y a Lamec, y la explicación de la interogante que subyace en las "venganzas" por la posible muerte o asesinato de uno y otro, en el afán por mantener ese secretismo cofrade o gremial de la construcción y metalúrgia.

Yahvé fijó la residencia de Caín en un territorio situado al oriente, al este, del Edén; territorio vigilado por los "querubines", los aparatos voladores. Estos datos son relevantes para identificar ese territorio, en el que Caín inició el ejercicio de constructor y el que poblaría su descndencia.

Caín, como hijo de "el Serpiente", un elohim, y de una humana, Eva, era un "gigante", como así nos recuerda el pasaje sobre el motivo que desencadenó el diluvio bíblico (Gén. 6:4). Su aspecto era diferente al del resto de los otros humanos, a los que temía. Por lo tanto, Caín y sus descendientes era una raza de gigantes, que se dedicaban a la consturcción, siendo grandes expertos en el manejo de la piedra y en metalúrgia.

El territorio de destino, creo que fue el subcontinente indio, la India, extendiéndose después por los territorios del sur, (ahora, un sin fin de islas), que llegarían hasta Magadascar, por el occidente, y hasta el centro del Pacífico, por el este. La India está al oriente del Edén y, en aquella época, estaba en posesión de unos aparatos voladores, las "vimanas", a semejanza de los "querubines", como nos cuentan los poemas épicos indios del Ramayana y el Mahhabarata, incluso, existen textos (el Sumara Sutradhara y el Vaimanika Sastra, que hacen referencia a otros textos más antiguos), en los que se describe la construcción y manejo de las vimanas.

Por otra parte, en el Mahawansa, la Biblia del pueblo cingalés, se habla de los primitivos habitantes de la Ceilán, llamados yakkhas, que eran expertos en la construcción y en la metalurgía. Así los describe el arqueólogo cingalés, A. D. Fernando en un artículo que publicó en el Journal of the Sri Lanka Branch of de Royal Asiatic Society, en el año 1982, haciendo referencia a la construcción de un gran templo adornado con imágines de oro de cuatro grandes reyes, entre otros personajes, y a la construcción de una obra hidráulica megalíticas en la region llamada Maduru Oya, como así descubrieron unos arqueólogos noruegos que visitaron el yacimiento; terreno que se descubrió con motivo de la construcción de una presa en ese mismo lugar, advirtiendo que, ya, hacía miles de años los primtivos habitantes habían levantado una presa, utilizando bloques de piedra de 15 toneladas, que medían casi 100 metros de altura, y que las esclusas de la presa superaban los 9 kilómetros de longitud.

El binomio gigantes-obras megalíticas era una realidad en la antigüdad más remota. El conocimiento de la utilización de la piedra era notorio por esa raza de constructores, cuyas obras se extendieron por todo el orbe. En ese conocimiento se escondía el secreto de la elaboración de la "piedra artificial"; secreto que revela la denominada "Estela del hambre", un texto jeroglífico grabado en un afloramiento rocoso al sur de la isla Sehel en el rio Nilo, cerca del sur de Asuán, descubierta Charles Edwin Wibour en el año 1.889. En ella, además de recoger la ayuda ofrecida por el dios Khnum al faraón Zoser para acabar con la hambruna que asoló a Egipto, también se explican ciertas técnicas de ablandamiento y fabricación de piedra, como nosotros hacemos con el hormigón, que estamos endureciendo y prolongando su vida añadiendo sustancias naturales, como la escoria de acero.

Pues bien, Caín, el "genoma oscuro", ejerce una funcion esencial en la formación de las estrucutras tridemensionales en el núclio de la célula, es el constructor del genoma. Ese genoma, como luego veremos, tiene su propia estructura que se combina con la estructura de doble hélice del ADN, con su doble hebra, a semejanza de las cuatro hebras de la doble hélice del ADN cromosomático.

Por otra parte, la protección que Yahvé dispensa a Caín, puede designer una funcion importante del "genoma oscuro", la de constituir una especie de biblioteca que permite al ADN adaptarse a las multiples y variadas circunstancias a las que el organismo humano ha sufrido desde su ADN prìstino, por lo que contiene la solución para curar e impedir enfermedades o defectos genéticos, cuyas causas se arrastren desde los primeros tiempos.

Resumiendo lo expuesto, hasta ahora, podemos concluir: las imágenes del Edén y del huerto describen la estructura de la célula animal humana. Que Adán fue el resultado de la mezcla del ADN de un homínido con el ADN de los elohim. Que Eva fue formada tomando una célula madre de Adán y del ADN de una hembra elohim. Las gestaciones de ambos estuvo a cargo de elohim femeninas, que los parieron. Después, tanto Adán como Eva pudieron engendrar por sí solos a los hombres trabajadores. Caín, en su version genética, esconde el secreto del ADN y genes que intervienen en la construcción del cuerpo humano, así como en el misterio de la longevidad.

7

Los primogénitos excluidos de la línea sucesoria patriarcal.

Como hemos visto, Caín fue expulsado de la línea sucesoria de Adán, por no ser hijo suyo, y, por lo tanto, no llevar toda la carga genética humana. Pero no es el único, como se pone de manifiesto en los relatos sobre Ismael y Esaú. Es casi una constante el enfrentamiento de los hermanos, que a primera vista, gozan de la primogenitura frente a otros que la pretenden, y la resolución del conflicto por la intervención final de Dios, bendiciendo o confirmando la primogenitura de uno, y haciendo del otro padre de un gran pueblo. Empezamos por Ismael.

• Ismael, "Dios ha oído", era el hijo primogénito de Abrahán, pero de la esclava de su mujer, Agar, que huyó por el maltrato recibido por parte de Saray cuando se quedó embarazada de Abrahán, regresando por consejo del "Ángel de Yahvé". Ismael nació como un "onagro humano". Isaac fue el segundo hijo, tenido con Sara (antes, Saray). Yahvé bendice a Ismael, del que hará "un gran pueblo", pero su alianza la establece con Isaac (Gén. 17:20-21).

Los valores a tener en cuenta son los siguientes:
Ismael, יׁשמעאל, con valor de 457 (30+1+70+40+300+10+6).
Isaac, יצחק, con 208 (100+8+90+10). La diferencia entre el valor de los nombres es 249, a favor de Ismael.

Onagro, color rubio oscuro, como el del león, פרא אדם, 886, (600+4+1)+(1+200+80) =605+281. El valor 605, como luego veremos, es el mismo valor de "potaje rojo" en la escena de la venta de la primogenitura de Esaú a Jacob.

Agar, הגר, 238 (200+3+5).

Saray, שרי, 510 (10+200+300), luego, Sara, שרה, 505 (5+200+300).

Entre ambos nombres de la esposa de Abrahán, Saray/Sara, hay una diferencia de 5. Y entre Saray/Sara y Agar, de 272/267, a favor de Sara. Otro dato, si a la diferencia entre los nombres de Sara y Agar, 272, le restamos el número de cromosomas, 23, se obtiene 249, que es la diferencia entre los nombres de Ismael e Isaac. Por último, y con referencia a Isaac, si a onagro, 886, le restamos el nombre de Abrahán, 803, obtenemos 83, que es la suma de los genes de la mitocondria, 37, más 46 (los 23 pares de cromosomas). Por ello, el hijo de Abraham con Sara, Isaac, tenía que ser designado sucesor en la linea genética patriarcal.

En definitiva, a nivel genético, supone que Isaac recibe el mensaje genético de las mitocondrias de su madre, Sara, a diferencia de Ismael, que lo recibe de su madre egipcia Agar. No se produce una modificación en los cromosomas, que se mantienen. En efecto, si a 272 (diferencia entre el nombre de Saray y de Agar), le restamos 249 (diferencia entre los nombres de Ismael e Isaac), se obtiene 23 (el número de parejas de los cromosomas).

• Esaú era el primogénito de Isaac, y hermano mellizo de Jacob, porque nació el primero, en primer lugar, mientras que Jacob nació a continuación agarrando el talón del pie (que es el significado de Jacob) de Esaú. Al igual que Caín, Esaú era labrador. Su nombre significa "velludo"; lo contrario que Jacob, que era "lampiño".

La historia de Esaú está marcada, primero, por la venta de su primogenitura a su hermano Jacob (Gén. 27:1-45), a cambio de un plato de lentejas. Y segundo, por no haber obtenido la bendición de su padre, Isaac, antes de que éste muriera, debido a un engaño perpetrado por Rebeca, esposa de Isaac, por el que Jacob se hizo pasas por Esaú poniéndose unas pieles de cabrito en las manos y la parte lampiña del cuello para confundir a Isaac cuando le entregara el guiso, (que antes había pedido a Esaú), preparado por Rebeca. Así, consiguió Jacob la bendición de su padre, en lugar de que fuera su hermano, Esaú, el que la recibiera legítimamente.

Esaú, por lo tanto, perdió dos derechos que le correspondían: la primogenitura y la bendición paterna, que le presentaban como sucesor de su padre, Isaac.

Estos dos hechos con corroborados por los valores de las palabras involucradas en el relato hebreo, que son:

Esaú, velludo, שׂעו, 376 (6+300+70).

Jacob, talón o planta del pie, יעקב, 182 (2+100+70+10).

Bendición, ברכת, 622 (400+20+200+2).

Primogenitura, הבכרה, 232 (5+200+20+2+5).

Lentejas, עדשים, 984 (600+10+300+4+70).

De estos valores se desprende que, para Esaú, por cambiar la primogenitura por las lentejas -984 (lentejas), 232 (primogenitura)-, pierde 752, que es el doble del valor de su nombre (376x2), es decir, que pierde dos características que le correspondían: la primogenitura y la bendición.

Otras de las características de Esaú es su relación con el color "rojo". A partir de la venta de su primogenitura, su nombre era, también, Edom, que significa "rojo". A este dato, se ha de añadir que en relato bíblico, antes de mencionar las "lentejas", se refieren al potaje que iba a comer Jacob, al "potaje rojo", y, por último, al color del pelo o vello de

Esaú, que era "rubicundo" (rubio tirando a rojo, es decir, pelirrojo).

Estos son los valores involucrados:
Edom, (rojo), אדום, 611 (600+6+4+1).
Potaje rojo, אדם אדם, 605 (600+4+1). Se repite en el texto hebreo dos veces, por lo que 2x605=1.210.
Rubicundo, rubio tirando a rojo (pelirrojo), אדמוני, admoni, 111 (10+50+6+40+4+1).
Si Esaú, al vender su primogenitura, perdió 752, sin embargo, con el cambio de nombre (611) gana 235 (611-376), por lo que la pérdida real o definitiva es de (752-235) 517; que se corresponde con lo que le supuso a Jacob, que era lampiño (138), al convertirse en velludo (376), que da 514, es decir, 3 menos que la pérdida de Esaú (que es de 517). En definitiva, Jacob gana 1.036 (182 –su nombre- + 622 –bendición- + 232 –primogenitura-), que supone un añadido de 854.

Otros cálculos:
Lampiño, חלק, 138 (100+30+8).
376 (velludo)-138(lampiño)=238
138+376=514 Jacob se hace velludo
611 (Edom)-376 (Esaú)=235 es lo que gana con cambio de nombre; 3 más que primogenitura (232) y 3 menos que la diferencia entre velludo y lampiño (238).
182 (Jacob)+138 (lampiño)=320.
376 (Esaú)+376 (velludo)=752, igual que la diferencia entre 984 (lentejas)-232 (prinogenitura)=752.
Lo que subyace, a nivel genético, en el relato hebreo es una modificación genética en el orden sucesorio genético de los patriarcas, pues la "sangre", (identificada con el color "rojo") domina las escenas principales en las que Esaú y Jacob son los

protagonistas. En hebreo, sangre, דָּם, dam, tiene el valor de 604, y potaje rojo tiene el valor de 605. Luego, Yahvé cambia el nombre a Jacob (182) por el de Israel (541, que tiene los mismos números de "Jacob velludo", 514).

Este es el esquema resultante:

	O	Abrahán
	O O	Ismael-Isaac
	O O	Esaú-Jacob
	O	José
O O	O O	Los doce hermanos de José
O O	O O	
O O	O O	

Segunda parte

Los datos

8
El lenguaje genético

La enseñanza que debe extraerse de los textos, una vez desprendido del ropaje con el que es revestido, la expondré más adelante. Lo que pretendo, ahora, es demostrar que el texto bíblico adquiere una relevancia especial y, casi esencial, cuando las palabras se conjugan con su valor numérico.

Uno de las dificultades que debieron afrontar los exégetas bíblicos, dado que el Génesis está escrito sin separación entre las letras y carecer de vocales, cuyo vacio ha sido colmado por las "nekudot", era, precisamente, dar sentido narrativo al compacto texto.

Esta circunstancia ha provocado el surgimiento de muchas interpretaciones, sin que contemos con un texto traducido en el que exista conformidad de los traductores y estudiosos o exégetas del Génesis. Sin embargo, partiendo del valor numérico de las letras hebreas, con este método se puede confirmar la narración que el autor o autores de este Libro Sagrado nos han querido transmitir bajo el ropaje de unas historias familiares encadenadas. Con este método los problemas lingüísticos quedan relegados en parte, de forma que la "entropía" derivada de la transmisión del texto a lo largo de los años, se reduzca o desaparezca en pro de la fiabilidad del mensaje transmitido, como indiqué al principio.

Pero sigamos con otro ejemplo que viene a apoyar la bondad de este método.

Lo que pretendo demostrar con los cálculos expuestos es que el Génesis es un libro que transciende al relato que, prima facie, ofrece a su lector. Narrando una historia nos transmite el origen genético del "homo sapiens", de las diversas operaciones y mezclas de ADNs y el resultado del mapa genético del humano actual. El ADN de los "elohim" fue cruzado con el ADN de los "adán" y de las "eva", adquiriendo especial relevancia el ADN de la mujer, de la "hembra", pués a través de "ADN mitocondrial", se ha mantenido como el arca que encierra el secreto del ADN de nuestros creadores, o ingenieros genéticos, en definitiva, manipuladores de la "materia prima" de la que se extrajo la "arcilla" utilizada para "formar" a Adán y la "materia" que sutentó la "elaboración" de Eva.

Como expuse anteriormente, en el texto bíblico el número 23 tiene una relevancia especial. Los 46 "cromosomas" humanos están repartidos en 23 pares, de los que, los pares del 1 al 22 son iguales en hombres y mujeres (denominados autosomas), mientras que el par número 23, que determinan el sexo, en el hombre está compuesto por los cromosomas XY, y en la mujer, por dos cromosomas XX. A su vez, en los cromosomas están distribuidos los "genes", que constituyen la biblioteca de la información de las características de la especie humana.

El Génesis nos transmite este conocimiento, que en la actualidad nadie duda de su transcendencia, debido a la importancia científica de las "células madre", que son las células que dan origen a todas las demás que forman y configuran los tejidos y órganos del cuerpo, determinando sus funciones y permitiendo el desarrollo del cuerpo, regenerando los tejidos durante toda su vida.

En el Génesis se narra la vida y descendencia de los patriarcas, antediluvianos y postdiluvianos. Son, precisamente 23.

En el cuadro siguiente, expongo el nombre de los patriarcas, con su nombre hebrero, el valor numérico de su nombre y el capítulo del Génesis en el que se cita.

Estos "patriarcas" (cromosomas) configuran el "edén" (célula), que contiene un "huerto" (genes), y en el que se encuentran el "árbol de la vida" y el "árbol del conocimiento del bien y del mal", es decir, el ADN y el ARN.

Sabemos que la molécula de ADN está formada por la repetición de unidades químicas menores llamadas bases, que identificamos con las letras A, T, C y G, que se corresponden con las iniciales de adenina, timina, citosina y guanina, respectivamente. Como expone James D. Watson, Premio Nobel de Biología en 1962, en su libro "La doble hélice", dos hebras de ADN se unen o aparean para formar la estructura en doble hélice, descubierta por su compañero Crick en 1953. De forma que, las bases de cada hebra se enfrentan con las bases de la otra, siempre, respetando una misma regla: la de que frente a A sólo se puede ubicar T y frente a C sólo, G.

Al unirse las dos hebras surge un lenguaje derivado del interminable emparejamiento de las letras. Por ello, una hebra de secuencia, por ejemplo, TGAATTGCCGCCCGATAT tendrá la secuencia complementaria de la otra hebra ACTTAACGGCGGGCTATA, iniciándose la duplicación del ADN y la transmisión de la información genética a una célula madre, y ésta, a su vez, a las células hijas sea por medio de la mitosis (división celular) o de la meiosis (otra forma de reprodución celular).

A continuación expongo una serie de cuadros con los datos que se van utilizar con posterioridad para demostrar que el Génesis es un tratado, si se puede llamar así, básico de genética, del que podemos extraer la estructura de la célula humana, los ADNs implicados en la "creación" o "formación" del ser humano, los cromosomas y el número de genes que configuran cada cromosoma.

9
"Patriarcas" y "cromosomas"

En este cuadro figuran los nombres de los patriarcas en castellano y en hebreo, con el valor numérico de su nombre y las citas en el Génesis.

CUADRO I

N°	Patriarcas	Nombre Hebreo	Valor Nombre	Génesis
1	Adán	אָדָם	600, 4, 1 605	5:04
2	Set	שֵׁת	400, 300 700	5:08
3	Enós	אֱנוֹשׁ	300,6,50,1 357	5:11
4	Cainán	קֵינָן	700,50,10,100 860	5:14
5	Mahalaleel	מַהֲלַלְאֵל	30, 1, 30, 30,5,40 136	5:17
6	Jared	יֶרֶד	4, 200,10 214	5:20
7	Enoc	חֲנוֹך	500,6, 50, 8 564	5:20
8	Matusalén	מְתוּשֶׁלַח	8,30,300,6,400,40 784	5:27
9	Lamec	לֶמֶך	500,40, 30 570	5:31
10	Noé	נֹחַ	8, 50 58	9:28
11	Sem	שֵׁם	5,50, 300 355	11:10-11
12	Arphaxad	אַרְפַּכְשַׁד	4,300,20,80,200,1 605	11:12-13
13	Sala	שֶׁלַח	8,30,300 338	11:14-15
14	Heber	עֵבֶר	200,2,70 272	11:16-17
15	Peleg	פֶּלֶג	3,30,80 113	11:18-19
16	Reu	רְעוּ	6,70,200 276	11:20-21
17	Serug	שְׂרוּג	3,6,200,300 509	11:22-23
18	Nacor	נָחוֹר	200,6,8,50 264	11:24-25
19	Taré	תֶּרַח	8,200,400 608	11:32
20	Abraham	אַבְרָם	600,200,2,1 803	25:07:00
21	Isaac	יִצְחָק	100,8,90,10 208	35:28:00
22	Jacob	יִשְׂרָאֵל	(30,1,200,300,10,541)2,100,70,10 182	47:28:00
	Israel	יַעֲקֹב	x	x
23	José	יוֹסֵף	800,60,6,10 876	50:26:00

En el cuadro siguiente se reflejan los datos de los patriarcas, referidos al año de su nacimiento (AN), edad a la que tienen al hijo que le sucede en la cadena patriarcal (EH), el tiempo que conviven padre e hijo (TCV), edad a la que muere (EM) y, por último, año en el que mueren (AM).

CUADRO II

	Patriarcas	AN	EH	TCV	EM	AM
1	Adán	0	130	800	930	930
2	Set	130	105	807	912	1042
3	Enós	235	90	815	905	1140
4	Cainán	325	70	840	910	1235
5	Mahalaleel	395	65	830	895	1290
6	Jared	460	162	800	962	1422
7	Enoc	622	65	300	365	987
8	Matusalén	687	187	782	969	1666
9	Lamec	874	182	595	777	1651
10	Noé	1056	500	450	950	2006
11	Sem	1556	100	500	600	2156
12	Arphaxad	1656	35	403	438	2094
13	Sala	1691	30	403	433	2124
14	Heber	1721	34	430	464	2185
15	Peleg	1755	30	209	239	1994
16	Reu	1785	32	207	239	2024
17	Serug	1817	30	200	230	2049
18	Nacor	1847	29	119	148	1995
19	Taré	1876	70	135	205	2081
20	Abraham	1946	100	75	175	2121
21	Isaac	2046	60	120	180	2226
22	Jacob/Israel	2106	91	56	147	2253
23	José	2197	31	79	110	2307

AN=año nacimiento. EH=año en el que engendra a hijo. TCV=tiempo que convive con hijo. EM=edad a la que muere. AM=año de la muerte.

De los datos reflejados en este Cuadro y de los contenidos en el Génesis, se pueden apreciar una serie de conclusiones curiosas, como:

- Adán muere (930) unos años antes de que naciese Noé (1056), por lo que conoció a su descendientes, hasta Lamech.
- Noé muere (2006) unos años antes de naciera Isaac (2014), por lo que conoció a sus descendientes, incluido Abrahán.
- Abrahán muere (2121) sin conocer a José (2197).
- Adán, Noé, Abrahán y José marcan los hitos más importantes en este árbol genealógico de los patriarcas.
- El Diluvio ocurre en el año 1656, cuando Noé tenía 600 años, y lo vivieron, además, Matusalén (8) y Lamec (9). En ese mismo año nació Arphaxad (12).
- Abrahán muere cuando tenía 100, 60 y 15 años, es decir, 175 años.
- Abrahán tuvo a Isaac (21) a los 100 años, y a Ismael, con 86 años. Osea, Ismael era el primogénito con diferencia, por eso, el mundo del Islam celebra el día 10 del mes de du-l-hiyya musulmán la Id al-adha, es decir, el día del sacrificio, en el que se degüella un cordero, un carnero o un camello…, en conmemoración del sacrificio de Ismael, el hijo de Abraham, como así relata el Corán (Sura 37, aleyas 102-111).
- Ismael murió a la edad de 137 años, pues nació en el año 2032 y murió en el año 2169.
- Enoc, no muere. (Gén 5:24 "Caminó, pues, Enoc con Dios, y desapareció, porque Dios lo llevó."), y conoció a Adán, pues Yahvé se lo llevó en el año 987, mientras que Adán murió en el año 930.

- Desde la formación de Adán hasta la muerte de José transcurren 2.307 años; años contados desde la formación de Adán en el año 0.

De todos los datos expuestos en este último Cuadro, los relevantes para la investigación e interpretación científica de la "genética biblica", lo constituyen los referidos a la EH (edad a la que engendran al hijo), TCV (tiempo que convive con el hijo) y EM (edad a la que mueren), que son los recogidos expresamente en el Génesis, teniendo en cuenta que los datos referidos a la edad a la que murieron los patriarcas 12 a 18, inclusive, no se expresan en el texto bíblico, así como el tiempo que conviven con el hijo de los patriarcas 19 a 23, inclusive, y tampoco la edad en la que engendraron a sus hijos los patriarcas 22 y 23; todos ellos, lo ponemos en rojo.

Esos datos sirven de base para calcular y determinar el número de genes de los primeros "adanes" y "evas".

En el siguiente Cuadro recojo los datos referidos a los patriarcas, los expresamente recogiso en el texto y los deducidos de otros datos, (que pongo en rojo), es decir, el de la edad con la que tienen al hijo (que sigue la sucesión); los años que vive tras el nacimiento del hijo y la edad a la que mueren; todo, según el Génesis.

CUADRO III

130	800	930
105	807	912
90	815	905
70	840	910
65	830	895
162	800	962
65	300	365
187	782	969
182	595	777
500	600	950
100	500	600
35	403	**438**
30	403	**433**
34	430	**464**
30	209	**239**
32	207	**239**
30	200	**230**
29	119	**148**
70	**135**	205
100	**75**	175
60	**120**	180
91	**56**	147
31	**79**	110

Con estos números y sus combinaciones vamos a elaborar las tablas correspondientes aplicando el sistema de números triangulares y números cuadrados, (matrices triangulares y matrices cuadradas), en un Capítulo posterior, utilizados por el Profesor Álvarez López, únicamente, con los patriarcas antediluvianos para identificar los valores de las constantes atómaticas.

El motivo que me inspiró la idea de que el Génesis era algo más que un libro religioso fue, precisamente, en primer lugar, la detallada datación que el autor del libro hace de las edades de los patriarcas. ¿Qué necesidad tiene el autor de transmitir esos datos y el lector, de conocerlos? Y en segundo lugar, el esquema gráfico que se presentaba ante mí al ordenar a los patriarcas junto con los hijos, en aquellos casos, de los patriarcas con más de un hijo, mencionados en cierto plano de igualdad o pugna fraternal. El esquema al que me refiero es el siguiente:

ESQUEMA I

1 **Adán**	O	45/605
2 Caín, **Set**, Abel	OOO	700
3 **Enós**	O	357
4 **Cainán**	O	860
5 **Mahalaleel**	O	136
6 **Jared**	O	214
7 **Enoc**	O	564
8 **Matusalén**	O	784
9 **Lamec**	O	570
10 **Noé**	O	58
11 Cam, **Sem**, Jafet	OOO	355
12 **Arphaxad**	O	605
13 **Sala**	O	338
14 **Heber**	O	272
15 **Peleg**	O	113
16 **Reu**	O	276
17 **Serug**	O	509
18 **Nacor**	O	264
19 **Taré**	O	608
20 Harán, **Abraham**, Nacor	OOO	803
21 **Isaac**, Ismael	OO	208
22 **Jacob**/Israel, Esaú	OO	182/541
23 **José** con sus hermanos	O	876
	OO OO	
	OO OO	
	OO OO	

Los hijos de Jacob fueron (13): Rubén (Lea) רְאוּבֵן; Simón (Lea) שִׁמְעוֹן; Leví (Lea) לֵוִי; Judá (Lea) יְהוּדָה; Dan (Bilha) דָן; Nephtalí (Bilha) נַפְתָּלִי; Gad (Zilpa) גָד; Aser (Zilpa) אָשֵׁר; Issachar (Lea) יִשָּׂשכָר; Zabulón (Lea) זְבֻלוּן; Dina (Lea) דִּינָה; José (Lea) יוֹסֵף; Benjamín (Raquel) בִּנְיָמִין.

En este esquema se aprecia que entre los patriarcas que tienen tres hijos, (con una mención especial por su importancia o relevancia en el relato bíblico), la separación entre los grupos de los tres hermanos es de 8, (del 3 a 10, inclusive, y del 12 a 19, inclusive). Luego suceden dos grupos de dos hermanos, 21 y 22; y por último, el grupo de 12. O, desde otra perspective, se aprecian los siguientes grupos: 1 (Adán); dos de 9 (de Set a Noé y de Sem a Taré); y 1 (de cuatro, desde Abraham a José), acompañado de un subgrupo de 12 (los hermanos y hermana de José). Los tres últimos grupos (desde Set a José) se inician con 3 hermanos.

Pues bien, los 23 patriarcas se corresponde con los 23 pares de cromosomas, como a lo largo de los siguientes capítulos quedará confirmado.

10
La estructura del ADN

El anterior esquema me recordó determinada estructura. Fui trazando lineas que pasaran por los extremos de los grupos de tres hermanos, respetando los grupos verticales de cuatro, finalizando por los hermanos de José, y el resultado fue el siguiente esquema.

ESQUEMA II

Por tanto, en la estructura del ADN que la Ciencia nos presentaba, estaba incompleta, al falta la unión de doce elementos (puntos de conexión de los hermanos de José) en cuatro filas de tres.

Esta figura coincide con la imagen publicada en el periódico ABC Ciencia, de 24 de abril de 2018, tomada de los firmantes del artículo publicado en Nature, de un equipo de biólogos australianos, con el comentario de: "Cuando la mayoría de nosotros hablamos de ADN -explica Daniel Christ, del Instituto Garvan de Investigación Médica en Australia y coautor del estudio- pensamos en la doble hélice. Pero esta nueva investigación nos recuerda que existen estructuras de ADN totalmente diferentes, que podrían ser muy importantes para nuestras células". (…). "El i-motif es un 'nudo' de ADN de cuatro hebras. En la estructura del nudo, las letras C (citosina) de una misma hebra de ADN se unen entre sí, lo que es muy diferente de una doble hélice, donde las 'letras' de hebras opuestas se reconocen entre sí, y donde las C se unen a a las G (guaninas)".

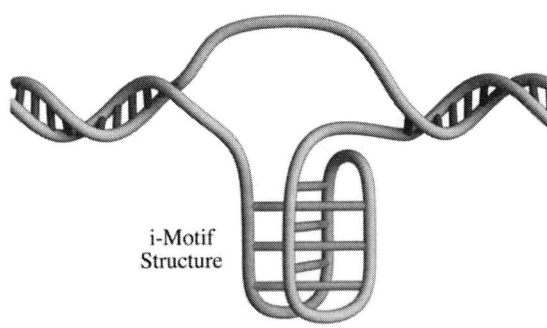

i-Motif
Structure

Pues bien los puntos de conexión (12) del "nudo de cuatro hebras" se corresponde con los doce hermanos de José.

Pero del relato bíblico del Génesis se desprende que existe otro ADN escondido, y que se corresponde con la genealogía de Caín, que, como sabemos, su herencia genética es el resultado de la unión del ADN de "el Serpiente" y de "Eva", que, a su vez, fue elaborada de la "costilla" de Adán, o con mayor precisión, de un "lateral" o "lado".

Hoy en día, las "células madre" de la médula ósea, precisamente, se obtienen de las "crestas ilíacas", es decir, de los huesos de la parte lateral posterior de la cadera.

Como adelante antes, el ADN de Caín tiene una especial relevancia. La genealogía de Caín, siguiendo el mismo esquema que el utilizado con los patriarcas, (pero en lugar de poner edades, que en el texto bíblico no se exponen, las sustituyo por el valor de los nombre del propio Cain y su descendientes, según la genealogía expuesta en Gén. 4:17-22), partiendo del "Serpiente" (1), es la siguiente:

2. Caín קַיִן (700+10+100)	810
3. Henoch חֲנוֹךְ (500+6+50+8)	564
4. Irad עִירָד (4+200+10)	214
5. Mehujael מְחִיָּאֵל (30+1+10+10+8+40)	99
6. Melhusael מְתוּשָׁאֵל (30+1+300+6+8+40)	385
Jabal יָבָל (30+2+10)	42
Jubal יוּבָל (30+2+6+10)	48
7. Lamech לֶמֶךְ (500+40+30)	570
Tubal-Caín קַיִן תּוּבַל (700+10+100+30+2+6+400) 1.148	1.148
Naama נַעֲמָה (5+40+70+50)	165

El esquema resultante de la genealogía de Adán, entiéndaase el Serpiente, con Caín es el siguiente:

ESQUEMA III

1	O	Adán/Serpiente
2	O O O	Abel, Caín, Set
3	O	Henoch
4	O	Irad
5	O	Mehujael
6	O	Melhusael
7	O	Lamech
	O O	Jabal, Jubal
	O O	Tubal-Caín, Naama

En este esquema se observa la irrupción de una mujer, Naama, de forma que hay dos parejas: una de hombres (XX) y otra, formada por un hombre y una mujer (XX, XY). Pero como Caín desciende del "Serpiente" y de "Eva", en lugar de "Adán", se ha de colocar a ambos progenitores, que con los valores numéricos de su nombre queda así:

ESQUEMA IV
(con Serpiente y con Adán como padres)

1	O O	Serpiente, Eva	358	Adán	605/45
2	O O O	Abel, **Caín**, Set	810		810
3	O	Henoch	564		564
4	O	Irad	290		290
5	O	Mehujael	79		79
6	O	Melhusael	477		477
7	O	Lamech	570		570
	O O	Jabal, Jubal	(42 48) 90		90
	O O	Tubal-Caín, **Naama** (1148 165)	1.313		1.313
		Total:	4.551		4.758/4.238

De este análisis se desprende que el "homo sapiens" tiene una cadena más de ADN. Un ADN escondido, expulsado de la cadena ordinaria, al que los genetistas llaman "ADN basura", pero que su información genética es trascendental para comprender y conocer la genética de los "elohim", que con su "soplo" nos inocularon su ADN, convirtiendo a los "simios" utilizados en "homo sapiens", de los que "Adán" y "Eva" son los progenitores de la nueva especie.

Leámos la noticia bajo el título de: "Revolución científica al descubrir que no hay ADN "basura" sino un segundo ADN secreto sensible a la vibración", publicada en "Investigación y Ciencia", que comienza señalando que: *"Por fin los científicos admiten que hay un segundo ADN que controla los genes y es sensible a la vibración.."*, lo que supone que el "cuerpo habla dos idiomas diferentes".

Lo esencial de ese descubrimiento es la respuesta del ADN a una frecuencia; lo que ya había constatado el biofísico ruso y biólogo molecular Pjotr Garjajev y su colegas, al explorar el comportamiento vibratrio del ADN, como recoge esta noticia y que recoge la conclusión que alcanzaron: *"Los cromosomas vivos funcionan como computadoras politónico/holográficas usando la radiación láser endógena del ADN"*, lo que significa la posibilidad de influir en la frecuencia del ADN y de su información genética. También, recoge el dato de la transformación de embriones de rana a embriones de salamandra, transmitiendo los patrones de información del ADN.

Pues bien, este ADN es el derivado de la unión sexual entre "el serpiente" y Eva. Es el ADN "fuera de la presencia" del ADN normal o básico, y en el que se esconde la información genética más transcendental, pues contiene la historia genética de nuestros "formadores" o "ingenieros genéticos", a los que consideramos como "dioses".

Esta es su estructura:

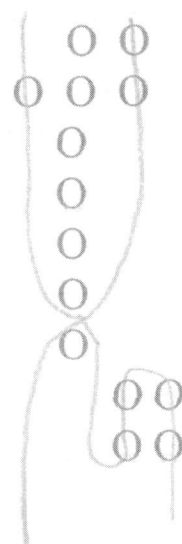

Lo desconcertante de nuestro genoma es que, menos del 2% de los 3.000 millones de letras (bases) del genoma humano están dedicadas a las proteínas (hay, aproximadamente, unos 20.000 genes codificadores de proteínas, al igual que algunas de las criaturas más simples de nuestro mundo), mientra que el 98 % restante de nuestro ADN se conoce como materia oscura, o genoma oscuro, que alberga una misteriosa mezcolanza de letras sin una finalidad concreta.

Por ello, algunos genetistas entendieron que el genoma oscuro era ADN basura (el basurero de la evolución humana, de aquellos genes rotos o innecesarios, al haber cumplido un fin concreto, en un tiempo de la evolución). Sin embargo, entre ellos, el director ejecutivo de la empresa islandesa deCODE genetics, Kári Stefánsson, considera que *la evolución no tolera en absoluto la basura"*, por lo que el genoma oscuro es esencial *"para la comprensión de la humanidad"*.

Como he expuesto en relación con los datos de Caín, comparto esta opinión, por la importancia genética que se esconde en la figura de este personaje en la evolución y aparición del hombre moderno y su configuración genética de nuestro complicado genoma.

Caín se hizo constructor, primero planificaba y, luego, construía. Esa misma función es la desempeñada por el ADN oscuro, verdadero software, que procesa y responde a la información externa que el hombre percibe con el fin de adquirir las condiciones biológicas y físicas que la adaptación al medio, al clima, a la alimentación, etc, exije a lo largo, primero, de su evolución natural, y, segundo, tras la modificación genética externa.

Así lo entiende el biólogo molecular y director ejecutivo de la compañía Haya Therapeutics, Samir Ounzain, al afirmar: *"Si piensas en nosotros como una especie, somos unos maestros de la adaptación al medio ambiente a todos los niveles. Y esa adaptación es el procesamiento de la información"*, … *"Cuando regresas a la pregunta de qué nos hace diferentes a una mosca o un gusano, nos damos cuenta cada vez más de que las respuestas se encuentran en el genoma oscuro"*.

En definitiva, el genoma oscuro es una biblioteca fósil en la que se recogen los datos genéticos desde los albores de la vida y su transición a lo largo de los seres vivos, y que nuestro genoma puede consultar para extraer aquellos datos que, en un momento determinado de la evolución, son necesarios para la adaptación del ser vivo a las nuevas circunstancias, incluso, a las no previstas por el hombre en su largo camino hacia el futuro: el hombre cósmico o celestial.

Nuestro ADN es el resultado de esa "manipulación" o "intervención genética", quedando almacenada en el ADN de desecho o basura la información genética de la unión del ADN de los "elohim" con Eva, antes de la unión sexual de Adán y Eva, cumpliendo el mandato de "multiplicarse", por lo que los "elohim" cesaron en su actividad de "multiplicar" a los seres que "crearon" para que realizasen las tareas que, hasta entonces, los "elohim" realizaban. Y en el séptimo día, los "elohim" descansaron. Nosotros vamos por el mismo camino con la inteligencia artificial.

Resumiendo lo analizado, podemos concluir que en el libro del Génesis se recogen:

1°. La descripción de la célula humana y su núcleo.

2°. La existencia y estructura del ADN molecular y mitochondrial, y del ADN basura.

3°. El número de cromosomas.

4°. El número de genes; como a continuación expongo.

11
Los cromosomas

En los esquemas anteriores, además de contener la estructura del ADN, también se contiene el número de cromosomas, que se corresponde con los 23 patriarcas.

En el Génesis se hace una division en el linaje patriarcal, pues primero hace una lista de los patriarcas anteriores al Diluvio (patriarcas antediluvianos), que comprende desde Adán hasta Noé, es decir, diez patriarcas, y después hace una relación de los patriarcas (postdiluvianos), que se inicia con Sem y finalize con José, que hacen trece patriarcas, por lo que el resultado final es el de veintitrés patriarcas.

Al igual que los cromosomas, portadores del ADN (que es el material que contiene los genes y constituye el pilar fundamental del cuerpo humano), los patriarcas son el fundamento de la linea sucesoria iniciada con el material genético de los genetistas que nos formaron, los elohim. Cada patriarca, como cada cromosoma, encierra en su linea sucesoria la carga genética de los primeros y transmite a sus hijos la información inicial con la que recibieron el "alma", que los genes tratan de conservar y recordar con el paso del tiempo, pasando de un cuerpo a otro dentro de esa sucesión de vida, con sus experiencias, enfermedades, aprendizajes y la apreciación de la brevedad o temporalidad de la vida, de nuestra naturaleza mortal.

A continuación expongo la lista de los nombres de los patriarcas con su significado en hebreo.

1	Adán	"hombre", "rojizo", "sangre", "hecho de tierra"
2	Set	"nombrado", "sustituto"
3	Enós	"mortal", "enfermo", "olvidadizo"
4	Cainán	"poseedor", "forjador" (de metales).
5	Mahalaleel	"alabanza a (de) Dios".
6	Jared	"fallo", "decision", gobierno", "descanso"
7	Enoc	"iniciado", "dedicado", "disciplinado"
8	Matusalén	"liberado de la muerte"
9	Lamec	"pobre", humillado", "hecho vil"
10	Noé	"reposo", "consolación", "paz"
11	Sem	"renombre", "fama", "conocido"
12	Arphaxad	"regenerador", "rehabilitador", "límite"
13	Sala	"brote", "brotar"
14	Heber	"más allá", "compañero", "accidente"
15	Peleg	"division"
16	Reu	"amigo de Dios"
17	Serug	"rama"
18	Nacor	"que jadea", "que resopla"
19	Taré	"sitio" (estación, paradero), "íbice"
20	Abraham	"padre del pueblo"
21	Isaac	"reir"
22	Jacob/Israel	"talon", "sostener", "suplantar"/"el que lucha contra Dios"
23	José	"Yahvé añadirá"

Los nombres de los patriarcas son, a la vez, claves para entender la funcionalidad de cada cromosoma, su esencia.

12

Los genes

Para determinar el número de genes, voy a partir del esquema resultante de la línea generacional de Adán, reflejando los valores del nombre de cada Patriarca y de los hijos e hijas con influencia en esa linaje. Sabemos que el Génesis recoge la existencia de 23 pares de cromosomas (23 patriarcas). Para ello, de ese esquema eliminaré a aquellos personajes cuya influencia se debilita por las razones que expondré. Éstos son los datos que se recogen en el siguiente cuadro.

Valor nombre	Año nace	Engendra	Hijo vive con	Edad	Año muerte
A 605/45	0	130	800	930	930
700	130	105	807	912	1042
357	235	90	815	905	1140
860	325	70	840	910	1235
136	395	65	830	895	1290
214	460	162	800	962	1422
564	622	65	300	365	987
784	687	187	782	969	1656
570	874	182	595	777	1651
58	1056	500	600	950	2006
900	1556	100	500	600	2156
605	1656	35	403	438	2094
338	1691	30	403	433	2124
272	1721	34	430	464	2185
113	1755	30	209	239	1994
276	1785	32	207	239	2024
509	1817	30	200	230	2047
264	1847	29	119	148	1995
608	1876	70	135	205	2081
803	1946	100	75	175	2121
208	2046	60	120	180	2226
J/I 182/541	2106	91	56	147	2253
876	2197	31	79	110	2307
10.601		2.228	10.105	12.183	
11.161		2.228	10.105	12.183	
10.960		2.228	10.105	12.183	
11.521		2.228	10.105	12.183	

10.601 (Adán, 45, y Jacob 182).
11.161 (Adán, 605, y Jacob, 182).
10.960 (Adán, 45; e Israel, 541).
11.521 (Adán 605 e Israel, 541).
10.601 + 10.105=   20.706
10.960 + 12.183=   23.143
11.161 + 10.105=   21.626
11.521 + 12.183=   23.704
Número de genes: 20.706/21.626 (valor de nombres + tiempo que viven con hijo).
Número de genes no codificantes: 23.143/23.704 (valor de nombres + edad a la que mueren). Jacob se llamó, luego, Israel, por eso tiene dos valores numéricos.
Año 0 (formación de Adán). Año 2.307 (muerte de José).

Estos serían los números de genes del Adán cromosomático, y que, hoy en día, los genetistas afirman que son 20.440.

En el siguiente gráfico expongo los datos que se corresponden con el número de años que los nueve primeros patriarcas (de Adán hasta Lamec, que nació viviendo Adán) vivieron o convivieron con sus hijos (VH) y nietos (VN).

Orden	V H	V1N	V2N	V3N	V4N	V5N	V6N	V7N	V8N	V9N	V10N	VconH	VconN
1	800	695	605	535	470	308	243	56				3712	2912
2	807	717	647	582	420	355	168					3696	2889
3	815	745	680	518	453	266	84					3561	2746
4	840	775	613	548	361	179						3316	2476
5	830	668	603	416	234							2751	1921
6	800	735	548	366								2449	1649
7	300	113										413	113
8	782	600	100	0								1482	700
9	595	95										690	95

Es decir, la suma de los años en los que conviven con hijos y nietos da un resultado de 22.070, mientras que, descontado el tiempo que conviven con los hijos, suman 15.501. La cantidad de 22.070 se corresponde con la genética del ADN cromosómico o nuclear de Adán, pues con Noé se inicia otra modificación genética.

A continuación expongo el gráfico con los datos referidos a Noé hasta Taré, padre de Noé.

Orden	V H	V1N	V2N	V3N	V4N	V5N	V6N	V7N	V8N	V9N	V10N	VconH	VconN
10	450	350	315	285	251	221	189	159	130	60		2410	1960
11	500	465	435	401	371	339	309	280	210	110	50	3470	2970
12	300	373	339	309	277	247	218	148	48			2362	1959
13	400	369	339	307	277	248	178	78	18			2217	1814
14	430	400	368	338	309	239	139	79				2302	1872
15	209	177	147	118	48							699	490
16	207	177	148	78								610	403
17	200	171	101	1								473	273
18	119	49										168	49
19	135	35										170	35

Lo que da los siguientes resultados: 14.881 y 11.825, respectivamente.

Por ultimo, desde Noé hasta José, los datos son los siguientes:

Orden	V con H	V1N	V2N	V3N	V4N	V5N	V6N	V7N	V8N	V9N	V10N	VconH	VconN
20	75	15										90	15
21	120	29										149	29
22	56	25										81	25
23	79											79	

Lo que arroja estos resultados es: 399 y 69, y las sumas de los totales parciales son: 37.350 y 27.395, respectivamente.

Si en el cuadro inicial, los diez primeros patriarcas e hijos los sustituimos por los 9 patriarcas e hijos de la línea de Caín, encabezada por el Serpiente y por Eva, la Tabla con estos nueve de Caín, queda así:

1	O O	Serpiente, Eva	358	**Adán**	605/45
2	O O O	Abel, **Caín**, Set	810		810
3	O	**Henoch**	564		564
4	O	**Irad**	290		290
5	O	**Mehujael**	79		79
6	O	**Melhusael**	477		477
7	O	Lamech	570		570
	O O	**Jabal, Jubal**	(42 48) 90		90
	O O	**Tubal-Caín, Naama (1148 165)**	1.313		1.313
		Total:	**4.551**		**4.758/4.238**

(No sumando a la Serpiente ni a Adán, la cifra es de 4.149).

Plasmando este esquema en la Tabla inicial, sustituyendo a los 9 patriarcas por los descendientes de Caín, obtenemos el siguiente cuadro:

Valor nombre	Año nace	Engendra	Hijo vive con	Edad	Año muerte
358					
810					
564					
290					
79					
477					
570					
(42-48) 90					
(1148-165) 1.313					
58	1056	500	600	950	2006
900	1556	100	500	600	2156
605	1656	35	403	438	2094
338	1691	30	403	433	2124
272	1721	34	430	464	2185
113	1755	30	209	239	1994
276	1785	32	207	239	2024
509	1817	30	200	230	2047
264	1847	29	119	148	1995
608	1876	70	135	205	2081
803	1946	100	75	175	2121
208	2046	60	120	180	2226
J/I 182/541	2106	91	56	147	2253
876	2197	31	79	110	2307
10.561		**1.172**	**3.536**	**4.558**	
10.920		**1.172**	**3.536**	**4.558**	

10.561 (Serpiente, 358, y Jacob 182). **10.920** (Serpiente, 358, e Israel, 541). **10.248** (Adán 45 y Jacob 182). **10.808** (Adán 605, Jacob 182). **10.607** (Adán 45, Israel 541). **11.167** (Adán 605, Israel 541).

10.561+3.536=14.097. 10.920+3.536=14.456

10.561+4.558=15.119. 10.920+4.558=15.478

10.248+3.536=13.784. 10.808+3.536=14.344

10.248+4.558=14.806. 10.808+4.558=15.366

10.607+3.536=14.143. 11.167+3.536=14.703

10.607+4.558=15.165. 11.167+4.558=15.725

Los primeros 9 se corresponden al Serpiente, pasando por Caín hasta Tubal-Caín y Naama, que suman **4.551**, mientras que los nombres de los 9 patriarcas sustituidos por la descendencia de Caín suman **4.790** (con el valor de Adán, de 605) o **4.230** (con valor 45 de Adán), es decir, con una diferencia en más de **239** o de **321** en menos.

Conjugando todos los datos expuestos podemos advertir que, el número de años que los 9 primero patriarcas conviven con sus nietos es de 15.501 (Adán conoció a todos ellos, lo que significa que comparten los genes de su antecesor). Si le añadimos 4.551 (descendencia de Caín), resulta la cantidad de 20.052, que sumada al valor de la palabra elohim -648- (genes aportados por los creadores), da un total de 20.698, es decir, 8 menos que la cantidad de 20.706, que se corresponde con la suma del valor de los nombres hebreos de los patriarcas y los años que convivieron con los hijos. Lo que viene a confirmar que el número de genes era, inicialmente, de 20.052, ascendiendo a 20.706.

Según la información publicada por el diario *El País* de fecha 31 de marzo de 2022: *"Un equipo científico internacional, denominado Consorcio T2T, publica este jueves la primera secuencia verdaderamente completa de un genoma humano. Hasta ahora solo se había logrado leer el 92%. Los autores comparan su tarea con un gigantesco puzle de una ciudad, en el que faltaba por encajar el 8% de las piezas, las del cielo azul, demasiado repetitivas como para encontrar su lugar. Los avances en la tecnología han permitido ahora poner orden en esos tramos redundantes."*

Siguiendo ese estudio, el genoma completo de un humano es un texto de 3.055 millones de letras (ATTGCTGAA...), en el que cada letra es simplemente la inicial de un compuesto químico con diferentes cantidades de carbono, hidrógeno, nitrógeno y oxígeno. Como anteriormente vimos esa cantidad coincide con la que se desprende de los datos del Génesis.

Por ultimo, he de recordar que gen, en hebreo גַּן, tiene el valor de 703, (700+3), es decir, igual que la de "huerto", siendo el fruto que se cultiva en él, en nuestro genoma. Por otra parte, cromosoma en hebreo es כרומזום, con un valor de 885 (600+6+7+6+40+6+200+20). Pues bien, si sumamos el valor de "placenta", שִׁלְיָה, *shilya*, 345 (5+10+30+300) a la de "guardar", שָׁמַר, *shamar*, 540 (200+40+300), se obtiene la cantidad de 885, que es, precisamente, el valor de la palabra cromosoma.

13

Cromosomas y su genes

El número de los genes codificantes, genes no codificantes y pseudogenes, estimados científicamente, se exponen en esta tabla:

Cromosoma	Genes	Genes no codificantes	Pseudogenes
1	2.059	2.090	1.293
2	1.300	1.768	1.079
3	1.077	1.283	800
4	753	1.112	757
5	886	1.293	738
6	1.049	1.150	831
7	1.001	1.067	910
8	686	1.120	649
9	779	840	691
10	729	972	601
11	1.320	1.131	835
12	1.034	1.268	654
13	321	658	395
14	817	919	532
15	612	1.032	532
16	859	1.061	506
17	1.185	1.228	546
18	269	665	260
19	1.472	915	527
20	545	639	261
21	234	425	188
22	495	538	343
X	852	665	891
Y	64	108	394
mitocondrias	13	24	0
No asignado	29	24	6
Totales	20.440	23.995	15.222

En las siguientes tablas se exponen el número de genes codificantes y de genes no codificantes y su total

Cromosomas	Genes	Genes no codificantes	Total
1	2.059	2.090	4.149
2	1.300	1.768	3.068
3	1.077	1.283	2.360
4	753	1.112	1.865
5	886	1.293	2.179
6	1.049	1.150	2.199
7	1.001	1.067	2.068
8	686	1.120	1.806
9	779	840	1.619
10	729	972	1.701
11	1.320	1.131	2.451
12	1.034	1.268	2.302
13	321	658	979
14	817	919	1.736
15	612	1.032	1.644
16	859	1.061	1.920
17	1.185	1.228	2.413
18	269	665	934
19	1.472	915	2.387
20	545	639	1.184
21	234	425	659
22	495	538	1.033
X	852	665	1.517
Y	64	108	172
mitocondrias	13	24	37
No asignado	29	24	53
Totales	**20.440**	**23.995**	**44.435**

1	5.442	15	2.176
2	4.147	16	2.426
3	3.160	17	2.957
4	2.622	18	1.194
5	2.917	19	2.914
6	3.030	20	1.445
7	2.978	21	747
8	2.455	22	1.376
9	2.310	X	2.408
10	2.302	Y	566
11	3.286	Mitocon.	37
12	2.956	No asig.	59
13	1.374	**Totales**	**59.657**
14	2.282		

En la Tabla anterior se expresa el tiempo que los patriarcas viven con sus hijos y sus nietos, ahora, incluidos todos los patriarcas:

Anteriormente, he determinado que el número de genes codificantes es el de **20.706/21.626** (valor de nombres + tiempo que viven con hijo), y el número de genes no codificantes: **23.143/23.704** (valor de nombres + edad a la que mueren). Por lo que el número total de genes (codificantes y no codificantes) es de **43.849/45.330**, muy cercano al que se calculan científicamente: **44.435**. Pero hagamos otros cálculos para determinar el número de los genes no codificantes y pseudogenes. Para ello partimos de la tabla anterior.

Pues bien, el valor de la suma de los nombres de los 23 patriarcas es de **10.242**, y el valor de la suma de las edades a las que mueren los 23 patriarcas es de **12.077**; lo que sumados dan la cantidad de **22.312**.

Orden	V con H	V1N	V2N	V3N	V4N	V5N	V6N	V7N	V8N	V9N	V10N	VconH	VconN
1	800	695	605	535	470	308	243	56				3712	2912
2	807	717	647	582	420	355	168					3696	2889
3	815	745	680	518	453	266	84					3561	2746
4	840	775	613	548	361	179						3316	2476
5	830	668	603	416	234							2751	1921
6	800	735	548	366								2449	1649
7	300	113										413	113
8	782	600	100	0								1482	700
9	595	95										690	95
10	450	350	315	285	251	221	189	159	130	60		2410	1960
11	500	465	435	401	371	339	309	280	210	110	50	3470	2970
12	300	373	339	309	277	247	218	148	48			2259	1959
13	400	369	339	307	277	248	178	78	18			2214	1814
14	430	400	368	338	309	239	139	79				2302	1872
15	209	177	147	118	48							699	490
16	207	177	148	78								610	403
17	200	171	101	1								473	273
18	119	49										168	49
19	135	35										170	35
20	75	15										90	15
21	120	29										149	29
22	56	25										81	25
23	79											79	
	9.849	7.778	5.988	4.802	3.471	2.402	1.528	800	406	170	50	37.244	27.395
										Totales			

Si sumamos, por tanto, el valor de los nombres (**10.242**), las edades a las que murieron (**12.077**) y el tiempo en el que convivieron los patriarcas con sus hijos y nietos -la herencia genética- (**37.244**), se obtiene la cantidad de **59.563,** que es una cantidad que se asemeja a la de **59.657**, que es la suma de los genes codificantes, los genes no codificantes y los pseudogenes, que, hoy en día, se estiman que contienen los cromosomas.

Por otra parte, el valor de los nombres de los descendientes de Caín, incluido el Serpiente, es de **4.551,** y el de los nombres de los patriarcas desde Noé hasta José, el de **5.467/5.826** (según el valor del nombre de Jacob/Israel). Estas cifras arrojan un valor total de **10.018/10.377.**

La suma del valor de los nombres de los descendientes de Caín, más del valor de los patriarcas (del 10 al 23), más el valor de las edades a las que murieron (10.018/10.377+12.077), da un resultado de 22.095/22.454; a la que se ha de sumar la carga genética de los elohim (646), obteniendo un resultado final de **22.741/23.100**; cantidad que se acerca a la de 23.995, que es el número de genes no codificantes estimados en la actualidad.

Pero todavía podemos hacer otros cálculos para determinar el número de genes codificantes. Como expuse al hablar de la estructura del ADN, los doce hermanos de José se corresponden con los nódulos que las últimas investigaciones de los genetistas ha advertido y que configuran la nueva estructura del ADN, superando la inicial de la "doble hélice".

Para ello, parto de los valores de los doce hermanos de José (el 23 patriarca), que se mencionan en el Génesis, y que, ante una primera situación de unión de los hermanos, le sigue una de separación, para finalizar con una nueva unión familiar; que es lo que se refleja en esa estructutra del ADN.

Los hermanos de José (patriarca 23) fueron doce:

Rubén (Lea) רְאוּבֵן	700+2+1+200 =903
Simón (Lea) שִׁמְעוֹן	700+6+70+40+300 =1.116
Leví (Lea) לֵוִי	10+6+30 =46
Judá (Lea) יְהוּדָה	5+4+6+5+10=30
Dan (Bilha) דָן	700+4=704
Nephtalí (Bilha) נַפְתָּלִי	10+30+400+80+50= 570
Gad (Zilpa) גָּד	4+3=7
Aser (Zilpa) אָשֵׁר	200+300+1=501
Issachar (Lea) יִשָׂשכָר	200+20+300+300= 820
Zabulón (Lea) זְבֻלוּן	700+6+30+2+7=745
Dina (Lea) דִינָה	5+50+10+4=69
Benjamín (Raquel) בִּנְמִין	700+10+40+10+50+2=812
Total	**6.323**

Sumando este total de los valores de los nombres de los doce hermanos de José, como los de todos los patriarcas, tenemos:

10.601 (Adán, 45, y Jacob 182)   +   6.323 = 16.924
11.161 (Adán, 605, y Jacob, 182) +   6.323 = 17.484
10.960 (Adán, 45; e Israel, 541)   +   6.323 = 17.283
11.521 (Adán 605 e Israel, 541)   +   6.323 = 17.844

Por otra parte, sumando a los nombres de los patriarcas y el de los hermanos de José, los valores de los descendientes de Caín, resulta:

16.924 + 4.551 = 21.475
17.484 + 4.551 = 22.035
17.283 + 4.551 = 21.834
17.844 + 4.551 = 22.395

Por lo que, la sumas de los valores de los nombres de los patriarcas, de los hermanos de José y los descendientes de

Caín oscilan entre 21.475 y 22.395, que coinciden con el número de genes codificantes estimados científicamente.

La última cuestión que se plantea es la relativa al número de genes que contiene cada uno de los cromosomas.

- Cromosoma 1, Adán. Los genes estimados (en adelante, ges) son 5.442 (computando los codificantes, no codificantes y los pseudosgenes). El tiempo que Adán vive con su hijo (VcH, en adelante), es 800 y con sus nietos (en adelante, VcNs) 2.912; en total son 3.712, (es decir, 1.730 menos que los estimados). Pero Adán tenía la carga genética del simio, 906, y la de los elohim, 646, por lo que habría que añadir 1.552, arrojando la cifra de 5.264, (178 menos).
- Cromosoma 2, Set. Los ges son 4.147. El tiempo que VcH es 807 y VcNs es 2.889, en total 3.696, (451 menos que los estimados).
- Cromosoma 3, Enós. Los ges son 3.160. VcH 815 y VcNs 2.746, total 3.561, (401 más).
- Cromosoma 4, Quenán. Los ges son 2.622. VcH 840, VcNs 2.746, total 3.316, (694 más).
- Cromosoma 5, Malalael. Los ges son 2.917. VcH 830, VcNs 1.921, total 2.751, (166 menos).
- Cromosoma 6, Pared. Los ges son 3.030. VcH 800, VcNs 1.649, total 2.449, (581 menos).
- Cromosoma 7, Enoch. Los ges son 2.978. VcH 300, VcNs 113, total 413, (2.565 menos). Como Dios se lo llevó, no se sabe el tiempo que vivió y los nietos que pudo haber conocido si hubiera seguido en la Tierra, es decir, la carga genética que transmitió hasta los siguientes sucesores en la línea patriarcal.
- Cromosoma 8, Matusalén. Los ges son 2.455. VcH 782, VcNs 700, total 1.482, (973 menos).

- Cromosoma 9, Lamech. Los ges son 2.310. VcH 595, VcNs 95, total 690, (1.620 menos).
- Cromosoma 10, Noé. Los ges son 2.302. VcH 450, VcNs 1960, total 2.410, (108 más).
- Cromosoma 11, Sem. Los ges son 3.268. VcH 500, VcNs 2970, total 3.410, (142 más).
- Cromosoma 12, Arfaxad. Los ges son 2.956. VcH 300, VcNs 1.959, total 2.259, (697 menos).
- Cromosoma 13, Sela. Los ges son 1.374. VcH 400, VcNs 1.814, total 2.214, (840 más).
- Cromosoma 14, Herber. Los ges son 2.282. VcH 430, VcNs 1.872, total 2.302, (20 más).
- Cromosoma 15, Peleg. Los ges son 2.176. VcH 209, VcNs 490, total 699, (1.447 menos).
- Cromosoma 16, Reu. Los gss son 2.426. VcH207, VcNs 403, total 610, (1.816 menos).
- Cromosoma 17, Serug. Los ges son 2.957. VcH 200, VcNs 273, total 473, (2.484 menos).
- Cromosoma 18, Nacor. Los ges son 1.194. VcH 119, VcNs 49, total 168, (1.026 menos).
- Cromosoma 19, Taré. Los ges son 2.914. VcH 135, VcNs 35, total 170, (2.744 menos).
- Cromosoma 20, Abraham. Los ges son 1.448. VcH 75, VcNs 15, total 90, (1.358 menos).
- Cromosoma 21, Isaac. Los ges son 747. VcH 120, VcNs 29, total 149, (598 menos).
- Cromosoma 22, Jacob/Israel. Los ges son 1.376. VcH 56, VcNs 25, total 81, (1.295 menos).

Se observa que a partir de Peleg (patriarca 15) se produce un incremento en la diferencia entre los genes estimados y los extraidos del Génesis. Peleg significa "división". También se ha de recordar que tras el diluvio Yahvé redujo a 120 años la vida del hombre, como ya expliqué. Lo que acredita la edad a la que mueren los patriarcas a partir de Peleg, (que bajan de los 400 años de los tres anteriores desde Noé), va siendo menor, alcanzando de alrededor de los 200 hasta los 110 de José. Esto acredita que Yahvé realizó una modificación genética: una división celular con su asociada diferenciación celular, que afectó a la duración de la célula, lo que se refleja también en el número de genes de los cromosomas 15 a 22.

El cromosoma X tiene 2.408 genes y el Y, 566 genes.

Las mujeres (XX) que se incluyen en las listas de los descendientes de Jacob (Israel) y de Caín, son dos: Dina (69) y Naama (165); suman 234. Si multiplicamos 234 por (19), Eva, se obtiene 4.446 (XX), que dividido entre 2 da 2.223, genes de un X.

Los hombres X (2.408) e Y (566), suman 2.974. El cromosoma Y tiene 566 genes. Quien marca la carga genética de los hombres es Adán, 605. Abel, 37, es asesinado y sustiutido en la descendencia de Adán. Por ello, 605 − 37 = 568, que se corresponderían con los genes de Y.

Otro cálculo. José (el patriarca 23) tiene un valor de 876. Si le sumamos el de los nombres de su hermano mayor Rubén, 903, y el de su hermano pequeño Benjamín, (primero y último de las hebras), 812, se obtiene la cantidad de 2.438 (30 más que la cantidad estimada de genes del cromosoma X, 2.408).

14
El ARN (ácido ribonucleico). Los aminoácidos.

1. EL ARN: El "árbol de la ciencia del bien y del mal".

El ARN, o ácido ribonucleico, es un ácido nucleico similar en estructura al ADN pero, a diferencia del ADN, está formado por una única cadena. Asi como el ADN es la molécula portadora de la información genética en todos los organismos celulares, el ARN puede guardar, también, información genética, permitiendo que esa información sea comprendida por las células; incluso, se piensa que su aparición de este ácido es anterior al del ADN. También se diferencian en el azúcar que los componen, pues en el ADN es la desoxirribosa y en el ARN la ribosa. Y entre las bases nitrogenadas del ARN, la Timina (T) se sustituye por el Uracilo (U).

La célula utiliza el ARN para realizar diferentes tareas, y una de estas moléculas se llama ARN mensajero o ARNm, Y es la molécula de ácido nucleico cuya traducción transfiere información del genoma a las proteínas. Otra forma de ARN es el ARNt o ARN de transferencia, son moléculas de ARN no codificantes de proteínas, que físicamente llevan los aminoácidos al sitio dónde se lleva a cabo la traducción y permiten que sean ensamblados en las cadenas de proteínas en dicho proceso. Una molécula de ARN tiene un eje formado por grupos fosfato alternantes y el azúcar ribosa, en lugar de la desoxirribosa del ADN. Cuatro son las bases que van unidas a cada azúcar: adenina (A), uracilo (U), citosina (C) o guanina (G).

Según la última versión de GENCODE, la base de datos del EBI (Instituto Europeo de Bioinformática), sostiene que el ADN tiene un total de 19.901 genes codificantes y 23.348 genes de ARN no codificante, mientras que la base de datos SeqRef, (dirigida por el Centro Nacional de Información Biotecnológica de EE.UU.) estima 20.433 genes codificantes y 17.835 genes de ARN no codificante; es decir, que oscilan entre una horquilla de 20.400 y 23.900, como ya expuse en el Capítulo 13, según los datos del Génesis.

En el siguiente gráfico se muestra la diferencia de estructuras del ADN y ARN

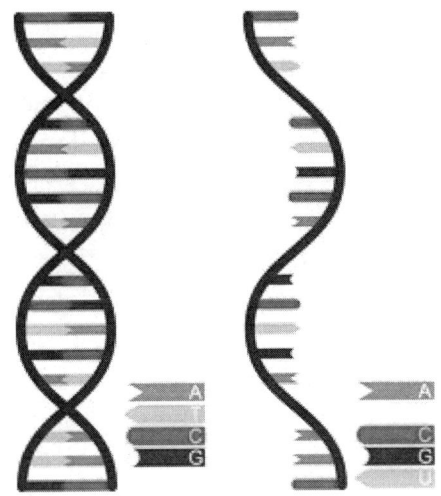

En el Génesis éste es el árbol cuyo fruto no podía comer el hombre, según el mandato divino: "mas del árbol de la ciencia del bien y del mal no comerás, porque el día que comieres de él, morirás sin remedio." (2:17).

El ARN, como antes he comentado, además de la información que contiene, cumple el papel de Hermes, de mensajero entre el AND y las proteinas. En el caso de que se afirmara que es el predecessor del AND, contendría la información de la vida en la Tierra y, como no, en el Universo. En este sentido, su fruto es sagrado, y su alteración artificial sería una profanación. Es lo que sucede con la Ciencia y el progreso científico, que puede usarse para bien o para el mal, y los elohim, como nuestros "creadores", conocían la tendencia al mal de los hombres, a quienes intentaron eliminar de la faz de la Tierra.

2. LOS AMINOACIDOS.

Los aminoacidos son moléculas que se combinan para formar protenias, constituyendo los pilares fundamentales de la vida, y que nuestro cuerpo produce para ayudar al cuerpo a realizar operaciones determinantes en nuestro desarrollo corporal. Son la materia prima de las proteinas.

La Ciencia distingue tres clases de aminoácidos: esenciales, no esenciales y condicionales. Entre los aminoácidos esenciales (9) se encuentran: histidina, isoleucina, leucina, lisina, metionina, fenilalanina, treonina, triptófano y valina; que no produce el cuerpo, sino por los alimentos. Los no esenciales (11) son: alanina, arginina, asparagina, ácido aspártico, cisteína, ácido glutámico, glutamina, glicina, prolina, serina y tirosina; los produce el cuerpo. Y los condicionales (8): arginina, cisteína, glutamina, tirosina, glicina, ornitina, prolina y serina.

El lenguaje genético (con sus largas palabras por combinación de las bases, ATCG), se complementa con el lenguaje del ARN (con sus letras A, C, G, U), que combinadas forma el siguiente cuadro:

1D	U	C	A	G	3D
U	UUU Fenilalanina UUC UUA Leucina UUG	UCU Serina UCC UCA UCG	UAU Tirosina UAC UAA Stop UAG Stop	UGU Cisteina UGC UGA Stop UGG Triptófano	U
C	CUU Leucina CUC CUA CUG	CCU Prolina CCC CCA CCG	CAU Histidina CAC CAA Glutamina AAG	CGU Arginina CGC CGA CGG	C
A	AUU Isoleucina AUC AUA AUG Metionina	ACU Treonina ACC ACA ACG	AAAU Asparagina AAC AAALisina AAG	AGU Serina AGC AGA Arginina AGG	A
G	GUU GUC Valina GUA GUG	GCU Alanina GCC GCA GCG	GAU Ac.aspártico GAC GAA Ac. glutámico GAG	GGU Glicina GGC GGA GGG	G

La correspondencia de estas combinaciones de U, C, A, G con las bases del ADN (ATCG) son las siguientes:

Fenilalanina (AAA, AAG), Leucina (AAT, AAC, GAA, GAG, GAT, GAC), Isoleucina (TAA, TAG, TAT), Metionina (TAC), Valina (CAA, CAG, CAT, CAC), Serina (AGA, AGG,

AGT, AGC, TCA, TCG), Prolina (GGA, GGG, GGT, GGC), Treonina (TGA, TGG, TGT, TGC), Alanina (CGA, CGG, CGT), Tirosina (ATA, AATG), Stop (ATT, ATC, ACT), Histidina (GTA, GTG), Glutamina (GTT, GTC), Asparagina (TTA, TTG), Lisina (TTT, TTC), Ac. Aspártico (CTA, CTG), Ac. Glutámico (CTT, CTC), Cisteina (ACA, ACG), Triptófano (ACC), Arginina (GCA, GCG, GCT, TCT, TCC), Glicina (CCA, CCG, CCT, CCC).

Pues bien, todas esas combinaciones se pueden realizar con los datos del Génesis sobre los cuatro rios, Pisón, Gibón, Tigris y Eúfrates (P,G, T, E) y que representan a los cuatro patriarcas con los que se inician modificaciones genéticas: Set (el nº 2), Noé (el nº 10), Abrahán (el nº 20) y Jacob (el nº 22), es decir, las bases ATCG (S,N,A,J). Y como a Jacob se le cambia de nombre por Yahvé, pasando a llamarse Israel, las bases (del ARN) quedan: S, N, A, I, es decir, U, C, A, G; la U sustituye a A (la I – de Israel- sustituye a la J –de Jacob-).

La secuencia numérica es obvia: 2-10-20-22, siendo 22 los aminoacidos, de los que 10 son esenciales.

15
Enoc: el cromosoma del lenguaje.

La historia de Enoc es misteriosa. Como sabemos, es el séptimo patriarca y es el único de los patriarcas que no murió en la Tierra, porque *"anduvo con Dios"* y *"desapareció, porque Dios lo llevó"*. (Gén 5, 24). Contaba con 365 años (los días de un año terrestre), y el valor numérico de su nombre es 564.

En el Génesis se recoge dos veces el nombre de Enoc: una, como hijo de Jared (sexto patriarca); dos, como hijo de Caín (del que toma nombre la ciudad construida por Caín tras ser desterrado).

El papel fundamental que desempeño Enoc fue el de intermediario entre Dios y los "vigilantes" (como se narra en el enigmático y hermético Libro de Enoc), y que viene a cubrir la historia, no contada en el Génesis, sobre el motivo por el que Dios reprobó la conducta de los vigilantes (unirse con la hjas de los hombres y engendrar a los gigantes, nephilim) y el castigo que les impuso; todo ello, en el contexto temporal inmediatamente anterior del Diluvio universal.

Pues bien, la funcion que desempeó Enoc fue el de transmisor de los mensajes que los "vigilantes" comunicaban a Enoc para que, a su vez, los pusiera en conocimiento de Dios. También, se narra los conocimientos astronómicos que le fueron transmitidos por Dios y los ángeles, como se expone en el apócrifo Libro de los Jubileos (version etíope): *"Durante trescientos años, Enoc aprendió todos los secretos (del Cielo y de la Tierra) de los bene Elohim ('los hijos de los dioses')."* También los midrashim de Yalqut Shimoni y el Bereshit Rabbati narran, de forma muy parecida, las andanzas de Semyazza y sus compañeros (citados en el *Libro de Enoc*) en la Tierra hasta su castigo.

Por lo tanto, el "lenguaje" es una de las principales características de Enoc (al igual que el dios Hermes). Es el intermediario entre Dios y los ángeles (los hijos de Dios –elohim-), entre Dios y los hombres. Domina el lenguaje celestial y el lenguaje terrenal. De hecho, Enoc significa "dedicado, instruido, maestro, consagrado, seguidor", en general, "enseñanza".

Esta característica es una de las principales del "séptimo cromosoma". Una de las interrogantes que los científicos han dedicado muchas horas de investigación, junto con antropólogos, paleoantropólogos, genetistas, biólogos y profesionales de otras disciplinas, ha sido el origen del lenguaje.

La respuesta ha venido de parte de los genetistas ante la posibilidad de que, al igual que otras muchas circunstancias y cualidades del humano (enfermedades, coloración, etc), que se esforzaron en determinar el papel de los genes en el origen del lenguaje, del habla (además de la estrucutra bucal y faríngea que permite la comunicación hablada).

En los años 90 un equipo investigó el caso de una familia inglesa, afectada por un trastorno hereditario del habla. Observaron que en dicho trastorno estaba implicado el gen FOXP2, y aquí lo curioso de este dato, este gen está localizado en una región del "cromosoma 7". Esa investigación permitió seguir los estudios sobre ese gen, y en el año 2002 se publicó en la revista Nature un estudio que, efectivamente, sugería que el gen FOXP2 sería determinante en el desarrollo del lenguaje; gen que también compartían neandertales y denisovanos. Por último, otro estudio, publicado en la revista

Cell, sostiene que, además de este gen, puede existir conexión otros genes, como afirma la genetista Elizabeth Atkison, que participó en dicho estudio.

Efectiamente, en el Génesis, además de Enoc, otro patriarca que se caracteriza por una de las cualidades del lenguaje es Enós: *"También a Set le nació un hijo, al que puso por nombre Enós. Éste fue el primero en invocar el nombre de Yahvé"* (Gén 4, 26).

Puede existir otro gen en el "cromosoma 3" que, juntamente, con el gen FOXP2, sea responsable de una faceta del "lenguaje". Corresponde al patriarca Enós, que significa "mortal", y quizás se refiera a la capacidad de aprendizaje verbal.

A principios de este siglo XXI, el genetista Dean Hamer descubrió un gen llamado VMAT2, que se relacionaba con la parte del cerebro encargada de canalizar las experiencias espirituales, como expone en su libro, publicado en 2.004, "El gen de Dios". Llega a esa conclusión tras comparar más de 2000 muestras de ADN, sosteniendo que las creencias religiosas están ligadas a ciertas substancias químicas presentes en el cerebro, siendo el gen responsable de la fe. Este gen está localizado en el "cromosoma 10", es decir, en el patriarca "Noé", que significa "paz, descanso"; nombre muy apropiado para designar el resultado de la espiritualidad en el hombre: la paz interior.

16
Matusalén: el secreto de la longevidad y del aprendizaje

Si existe en el Génesis un personaje que represente la longevidad humana es Matusalén, el octavo patriarca, que murió a la edad de 969 años, al que le siguen en edad Yared, el sexto patriarca, que murió con 962 años, y Noé, el décimo, con 950 años.

La longevidad del ser humano depende de muchos factores externos (trabajo, alimentación, clima, etc.) y otros factores internos (enfermedades, deterioro celular, rotura de una cadena de ADN, entre otros muchos). Conforme vamos envejeciendo, nuestro ADN se va deteriorando, no sólo por la vejez, sino también por los malos o perjudiciales hábitos (fumar, beber, sedentarismo, etc.), o, incluso, por el oxígeno del que no podemos desprendermos, que causa el daño oxidativo, con las consecuencias de roturas de doble cadena de nuestro ADN.

Por ello, hablar del "gen de la longevidad" no se puede identificar con la existencia de un único factor, ni con un solo gen. Al igual que ocurre con el origen o causa de nuestra facultad del lenguaje, el secreto de la longevidad esta disperso o escondido en varios cromosomas y en una diversidad de genes.

Así lo confirman los trabajos y descubrimientos científicos en el campo de la genética de los genes SIRT6, CISD2, KLOTHO, CETP, APOE4 y FOXO3A.

En el Génesis se ofrecen datos en los que se pueden sustentar y determinar los códigos genéticos que proporcionan o permiten alcanzar la longevidad de nuestro organismo, de nuestras células, así como los cromosomas en los que radican los remedios genéticos para evitar el deterioro celular.

Los patriarcas (cromosomas) que guardan relación con la duración de la célula, con su mantenimiento sano y regeneración, son los siguientes:

1. Cainán, el 4º patriarca, cuyo nombre significa "forjador".
2. Matusalén, 8º patriarca, que significa "liberado de la muerte".
3. Arphaxad, 12º patriarca, el "regenerador", el "rehabilitador".
4. Reu, 16º patriarca, el "amigo de Dios".
5. Taré, 19º patriarca, con el significado de "sitio", "estación".
6. Jacob/Israel, 22º patriarca, que significa "talón", "sostener", "el que lucha contra Dios".
7. José, 23º patriarca, con el significado de "Yahvé anadirá".

Pues bien, los genes de la longevidad que se manejan en Genética se encuentran en los siguientes cromosomas:

En el cromosoma 4, el CISD 2, que se corresponde con Cainán, "el forjador". Este gen contribuye al buen funcionamiento y mantenimiento de las mitocondrias, favoreciendo el crecimiento y la división celular.

En el cromosoma 12, el gen KLOTHO, se corresponde con Arphasad, "el regenerador", "el rehabilitador. Este gen ofrece propiedades antienvejecimiento.

En el cromosoma 16, el CETP, corresponde a Reu, "el amigo de Dios". Este gen facilita el transporte de ésteres de colesterol y triglicéridos entre las lipoproteínas, es decir, ejerce un control sobre nuestro colesterol y grasa corporal.

En el cromosoma 19 el gen APOE4 (una de las tres formas de este gen), se corresponde con Taré, "sitio", "estación", "parada". Es responsable del buen desarrollo cognitivo y uno de los factores de riesgo que presenta es el Alzheimer.

El el cromosoma X, el gen SIRT6. Jacob/Israel, "talón", "sostener". Este gen organiza las proteinas y recluta enzimas cuya función es reparar el ADN dañado.

En el cromosoma Y se identifica al gen FOXO3A, correspondiente a José, "Yahvé añadirá". Este gen se encuentra en personas mayores que viven más de 100 años, y su función esencial es la de proteger las células madre del cerebro del estrés y favorecer la salud cerebral durante la fase de envejecimiento

Por último, aunque el cromosoma Cromosoma 8, (Matusalem, el "liberado de la muerte"), no se ha identificado un gen específicamente relacionado con la longevidad, sin embargo, en él se encuentra el gen YWHAZ, del que conocen de sus secretos los científicos, Noèlia Fernàndez-Castillo y Bru Cormand, de la U720 CIBERER en la Facultad de Biología y del Instituto de Biomedicina de la Universidad de Barcelona (IBUB) y el Instituto de Investigación Sant Joan de Déu (IRSJD), y William H. J. Norton, de la Universidad de Leicester (Reino Unido), que en un artículo publicado en la revista científica Molecular Psychiatry revelan los mecanismos moleculares que explicarían cómo el gen YWHAZ, que se relaciona con los procesos de formación, diferenciación y posicionamiento de neuronas durante el neurodesarrollo, es capaz de alterar ese proceso. Desde luego, la juventud neuronal es determinante para nuestra salud, no solo mental, sino, también, física. El cuerpo, siguiendo la ley de entropía, tiende a deteriorarse, a envejecer, pero tener una mente sana y joven retrasa ese proceso. Matusalén es "el liberado de la muerte", del envejecimiento de mente y cuerpo, y la atención por el buen alimento de nuestras células y el tratamiento genético nos permitirá acceder a una vejez sana y sabia.

Pero en el cromosoma 8, también se encuentra el gen del aprendizaje, el gen llamado ARC; gen que forma parte del grupo de genes denominados genes de expresión inmediata-temprana, que tienen como función el responder de forma transitoria y rápida a los estímulos celulares, por lo que es esencial para la formación y almacenamiento de la memoria en nuestro cerebro, en definitiva, de su capacidad.

A Matusalén acudió su hijo Lamec, cuando nació Noé, (hijo de Lamec), por las dudas que tenía sobre la paternidad de su hijo, recién nacido, Noé, cuyas características físicas (albino con ojos rojos) le hicieron sospechar sobre su paternidad, y que atribuía a los hijos de los dioses. Matusalén le tranquilizó. Por su edad, Matusalén acumulaba mucha información sobre los hombres y acerca de los descendientes de los elohim. Era una enciclopedia viva. De ahí que el gen ARC no es de extrañar que se localice en el cromosoma 8 humano.

17
Matrices triangulares y matrices cuadradas.

Partiendo de las edades de los patriarcas a la que tuvieron a su hijo, que siguen la linea sucesoria de los 23 patriarcas, la tabla que se forma, al ir sumando las edades del progenitor con sus sucesores es la Tabla A:

A continuación se forman las siguientes pirámides numéricas, primero, con los números de las unidades de cada uno de las sumas de las respectivas edades; después, con las decenas, las centenas y millares, resultando las siguientes pirámides numerales, que figuran con las Tablas n° 1, 2, 3 y 4, del.

Como se puede apreciar las edades de los patriarcas expuestas en el Génesis, guardan una relación matemática lógica, al seguir un patrón en el que las secuencias numéricas responden a un orden numeral, en el que el azar queda enervado. Lo que es patente, a primera vista y sin esfuerzo alguno, en el triángulo correspondiente a los millares, desde los números de su base izquierda hasta el vértice, que son: 0-0-0-0-0-0-0-0-1-1-1-1-1-1-1-1-1-1-1-2-2-2-2. En la de las centenas la progresión es la siguiente: 1-2-3-3-4-6-6-8-0-5-6-6-7-7-7-8-8-8-9-0-1-1-2.

Este dato indica que las cantidades que se exponen como edades de los patriarcas, años con los que conviven con su hijo y edad en la que mueren, no son aleatorias, sino que esconden

Tabla A

	2228	2197	2106	2046	1946	1876	1847	1817	1785	1755	1721	1691	1656	1556	1056	874	687	622	460	395	325	235	130
130	2228	2197	2106	2046	1946	1876	1847	1817	1785	1755	1721	1691	1656	1556	1056	874	687	622	460	395	325	235	130
105		2098	2067	1976	1916	1816	1746	1717	1687	1655	1625	1591	1561	1526	1426	926	744	557	492	330	265	195	105
90			1993	1962	1871	1811	1711	1641	1612	1582	1550	1520	1486	1456	1421	1321	821	639	452	387	225	160	90
70				1903	1872	1781	1721	1621	1551	1522	1492	1460	1430	1396	1366	1331	1231	731	549	362	297	135	70
65					1833	1802	1711	1651	1551	1481	1452	1422	1390	1360	1326	1296	1261	1161	661	479	292	227	65
162						1768	1737	1646	1586	1486	1415	1387	1357	1325	1295	1261	1231	1196	1096	596	414	227	162
65							1606	1575	1484	1424	1324	1254	1225	1195	1163	1133	1099	1069	1034	934	434	252	65
187								1541	1510	1419	1359	1259	1189	1160	1130	1098	1068	1034	1004	969	869	369	187
182									1354	1323	1232	1172	1072	1002	973	943	911	881	847	817	782	682	182
500										1172	1141	1050	990	890	820	791	761	729	699	665	635	600	500
100											672	641	550	490	390	320	291	261	229	199	165	135	100
35												572	541	450	390	290	220	191	161	129	99	65	35
30													537	506	415	355	255	185	156	126	94	64	30
34														507	476	385	325	225	155	126	96	64	34
30															473	442	351	291	191	121	92	62	30
32																443	412	321	261	161	91	62	32
30																	411	380	289	229	129	59	30
29																		381	350	259	199	99	29
70																			352	321	230	170	70
100																				282	251	160	100
60																					182	151	60
91																						122	91
31																							31

un código que sirve para entender la realidad de la aparición del homo sapiens sapiens, de su genoma.

El cálculo matricial de los números triangulares fue utilizado en la antigüedad. El premio Nobel de Física, Edwin Schrödigen, en su libro La Naturaleza y los Griegos, dice: *"Los Números Triangulares de los pitagóricos no fueron una simple ocurrencia. Tienen una profunda conexión con muchos temás de física, pues, por ejemplo, el cuadrado del momento angular no es (n2h2), sino n(n+1) h2, aparte de que los números triangulares tienen una permanente aplicación en matemáticas"*.

Hoy en día, la utilización del cálculo matricial, tanto el triangular como el cuadrangular, es el utilizado en las matemáticas de la física atómica, a lo que ha coadyuvado la aparición de los ordenadores.

También el profesor argentino José Álvarez López, en su interesante libro La Blibia cuántica indica la influencia del citado Premio Nobel, así como el de otro Premio Nobel de Física, Werner Heisenberg, en la orientación de los formalismos de la mecánica cuántica en la utilización del cálculo matricial.

Esa misma proporción y relación numérica se desprende de las tablas resultantes de los años que los patriarcas viven con su hijo.

En la siguiente Tabla B se forman los números triangulares a partir de los años que los patriarcas conviven con su hijo (primera columna), sumando, sucesivamente, los de cada patriarca con los siguientes patriarcas que le siguen:

A continuación, partiendo de estos datos, se extraen u obtienen los números triangulares, empezando por las unidades (iniciándolas por la última columna y siguiendo con las que le anteceden), seguidas de las decenas, centenas y millares. El resultado se recoge en las Tablas nº 5, 6, 7 y 8, del Anexo.

Tabla B

800	1607	2422	3262	4092	4892	5192	5974	6569	7019	7519	7922	8325	8755	8964	9171	9371	9490	9625	9700	9820	9876	9955
807	1622	2462	3292	4092	4392	5174	5769	6219	6719	7122	7525	7955	8164	8371	8571	8690	8825	8900	9020	9076	9155	
815	1655	2485	3285	4067	4662	5112	5612	6015	6418	6848	7057	7264	7464	7583	7718	7793	7913	7969	8025	8104		
840	1670	2470	2770	3552	4147	4597	5097	5500	5903	6333	6542	6749	6949	7068	7203	7278	7398	7454	7533			
830	1630	1930	2712	3307	3757	4257	4660	5063	5493	5702	5909	6109	6228	6363	6438	6558	6614	6693				
800	1100	1882	2477	2927	3427	3830	4233	4663	4872	5079	5279	5398	5533	5608	5728	5784	5863					
300	1082	1677	2127	2627	3030	3433	3863	4072	4279	4479	4598	4733	4808	4928	4984	5063						
782	1377	1827	2327	2730	3133	3563	3772	3979	4179	4298	4433	4508	4628	4684	4763							
595	1045	1545	1948	2351	2781	2990	3197	3397	3516	3651	3726	3846	3902	3981								
450	950	1353	1758	2186	2395	2602	2802	2921	3056	3131	3251	3307	3386									
500	903	1306	1736	1945	2152	2352	2471	2606	2681	2801	2857	2936										
403	806	1236	1445	1652	1852	1971	2106	2181	2301	2357	2436											
403	833	1042	1249	1449	1568	1703	1778	1898	1954	2033												
430	639	846	1046	1165	1300	1375	1495	1557	1630													
209	416	616	735	870	945	1065	1121	1200														
207	407	526	661	736	856	912	991															
200	319	454	529	649	705	784																
119	254	329	449	505	584																	
135	210	330	386	465																		
75	195	251	330																			
120	176	255																				
56	135																					
79																						

126

En estas tablas se pueden apreciar una serie de números que se reiteran como si de un código se tratara. Partiendo del número de genes estimados, se puede observar que de los números triangulares se pueden extraer el número de genes que se fijan en el Génesis, obteniendo un número total semejante, parecido o el mismo que los estimados en la actualidad, y, todo ello, sin tener en cuenta la variación en el número de genes desde que se formó a la primera pareja, de la que descendemos todos, desde los primeros simios bípedos ("Danuvius guggenmosi" y "ardipithecus").

Así, las cantidades que se recogen son las siguientes:
- 5.443 y 5.444, que se correspondería a los genes estimados del cromosoma 1, 5.442.
- 4.137, a los del cromosoma 2, 4.147.
- 3.166, a los del cromosoma 3, 3.160.
- 2.635, a los del cromosoma 4, 2.622.
- 2.941, a los del cromosoma 5, 2.917.
- 3.028 y 3.77, a los del cromosoma 6, 3.030.
- 2.977, 2.998 y 2.999, a los del cromosoma 7, 2.978.
- 2.444, a los del cromosoma 8, 2.445.
- 2.345, a los del cromosoma 9, 2.310.
- 2.335, a los del cromosoma 10, 2.302.
- 3.299, a los del cromosoma 11, 3.286.
- 2.966, a los del cromosoma 12, 2.956.
- 1.334, a los del cromosoma 13, 1.374.
- 2.279, a los del cromosoma 14, 2.282.
- 2.171, a los del cromosoma 15, 2.176.
- 2.413, a los del cromosoma 16, 2.426.
- 2.966, a los del cromosoma 17, 2.957.
- 1.161 y 1.995, a los del cromosoma 18, 1.194.
- 2.916, a los del cromosoma 19, 2.914.
- 1.445, a los del cromosoma 20, 1.445.

- 746, a los del cromosoma 21, 747.
- 1.368, 1.374 y 1.375, a los del cromosoma 22, 1.376.
- 2.408, a los del cromosoma X, 2.408.
- 566, a los del cromosoma Y, 566.

En la Tabla del Anexo con los números 9, 10, 11 y 12 se detallan esos números en los triangulares resultantes de los años que los patriarcas viven con su hijo.

Pues bien, en el Génesis no sólo se utilizan los números triangulares, sino tambien el cálculo matricial cuadrado.

El cuadro siguiente se forma con las edades en los que los patriarcas engendran al hijo (primera linea horizontal) y el tiempo que conviven con ellos (primera columna vertical). Se exponen los doce primeros patriarcas. En la Tabla nº 13 se recogen los datos de los 23 patriarcas.

xxx	130	105	90	70	65	162	65	187	182	500	100
800	930	905	890	870	865	962	865	987	982	1300	900
807	937	912	897	877	872	969	872	994	989	1307	907
815	945	920	905	885	880	977	880	1002	997	1315	915
840	970	945	930	910	905	1002	905	1027	1022	1340	940
830	960	935	920	900	895	992	895	1017	1012	1330	930
800	930	905	890	870	865	962	865	987	982	1300	900
300	430	405	390	370	365	462	365	487	482	800	400
782	912	887	872	852	847	944	847	969	964	1282	882
595	725	700	685	665	660	757	660	782	977	1095	695
450	580	555	540	520	515	612	515	637	632	950	550
500	630	605	590	570	565	662	565	687	682	1000	600

En las siguientes Tablas 14, 15 y 16 se ordenan los números de las centenas, decenas y unidades de las cifras resultantes del anterior cuadro. En estas Tablas se confirman los genes de los respectivos cromosomas.

La Tabla que expongo a continuación se forma con las edades en los que los patriarcas engendran al hijo (primera linea horizontal) y la edad con la que mueren (primera columna vertical). También, se exponen los datos de los 12 primeros patriarcas. En la Tabla n° 17 figuran los datos de los 23 patriarcas.

x0x	130	105	90	70	65	162	65	187	182	500	100
930	1060	1008	1020	1000	995	1092	995	1117	1112	1430	1030
912	1042	1017	1002	982	977	1074	977	1099	1094	1412	1012
905	1035	1010	995	975	970	1068	970	1092	1087	1405	1005
910	1040	1015	1000	980	975	1072	975	1097	1092	1410	1010
895	1025	1000	985	965	960	1057	960	1082	1077	1395	995
962	1092	1067	1052	1032	1027	1124	1027	1149	1144	1462	1062
365	495	470	455	435	430	527	430	552	547	865	465
969	1099	1074	1059	1039	1034	1131	1034	1156	1151	1469	1069
777	907	882	867	847	842	939	842	964	959	1277	877
950	1080	1055	1040	1020	1015	1112	1015	1137	1132	1450	1050
600	730	705	690	670	665	762	665	787	782	1100	700

De las cantidades obtenidas en esta Tabla se forman las otras tablas con los números de los millares (sólo de los 12 primeros patriarcas para apreciar la lógica númerica de los resultados), de las centenas, decenas y unidades, que arrojan cantidades que confirman el número de genes, codificantes y no codificantes, que las matrices triangulares determinan. Figuran en el Anexo como Tablas números 18, 19, 20 y 21.

18
Los datos en binario

Además del sistema decimal, que utilizamos en los cálculus matemáticos, y que se sustenta en el uso diez dígitos (del 0 al 9), también empleamos el sistema binario, (lenguaje binario), en el que, únicamente, utilizamos dos dígitos (el 0 y el 1), sobre todo en los campos de la informática y electrónica, es decir, en el ámbito tecnológico. En este sistema, el decimal 0 se corresponde con el 0000 binario; el 1, con el 0001; el 2, con el 0010; el 3, con el 0011; el 4, con el 0100; el 5, con el 0101; el 6, con el 0110; el 7, con el 0111; el 8, con el 1000; el 9, con el 1001; y el 10, con el 1010; y así sucesivamente.

El autor que proporcionó los datos sobre los patriarcas bíblicos, por supuesto, no desconocía este sistema redactor de la numeración y de cálculo.

Por ello, he utilizado este sistema, en primer lugar, en relación con las tres edades que el Génesis recogen, las que se refieren a la edad en la que engendró al hijo (que sigue la línea sucesoria patriarchal), el tiempo que vivió con él y, por ultimo, la edad a la que muere. Por ejemplo, Adán, engendró a Set con 130 años; vivió con él, 800, y murió con 930 años. El número decimal que se forma es: 130800930. Esta cifra es la que convierto a binario, así como las referidas a los otros patriarcas, con el resultado que figura en la Tabla n° 22.

En la Tabla nº 23 se reflejan los datos que expresamente se recogen en el Génesis, sin hacer constar lo que se omiten, pero que se deducen, como consta en el siguiente cuadro.

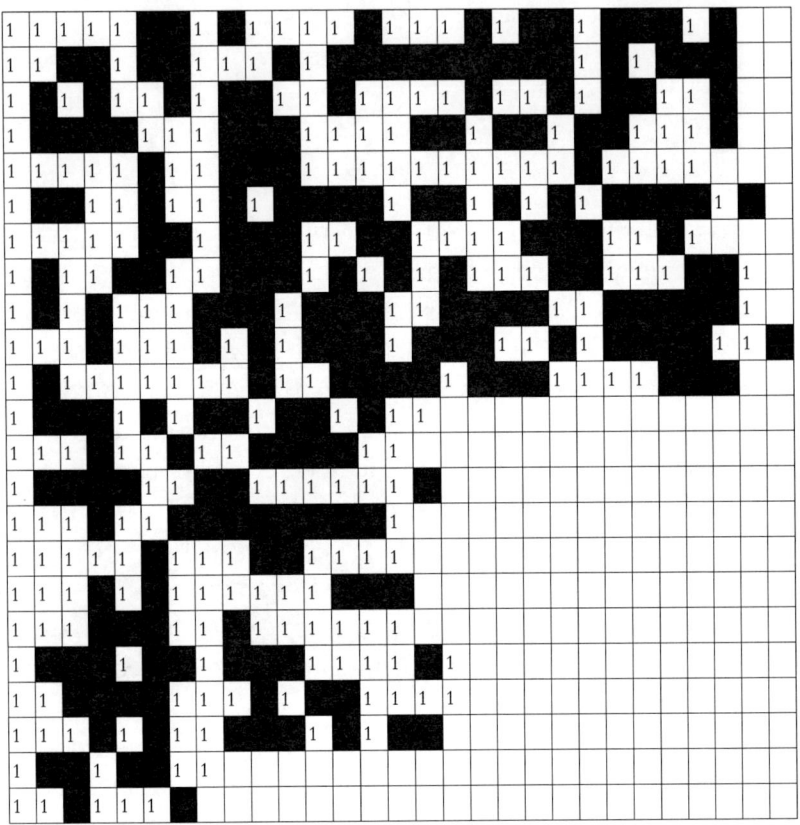

Como se puede observar, a partir de Arphaxad ("límite", "rehabilitador"), el 11 patriarca, se aprecia una diferencia entre los 11 primeros patriarcas y los otros 10 (hasta el 21); al igual que en relación con los dos últimos (22 y 23).

A continuación pongo el gráfico de los carotipos de los cromosomas o patrones cromosómicos, según la investigación científica y el cuadro obtenido con los datos binarios expuestos anteriormente:

Versión vertical del gráfico anterior con los datos bíblicos:

La suma de los valores de los nombres de los hermanose José es 6.323. En binario es:

Este es el cromotipo del cromosoma X, mientras que el patriarca 23 (José), se corresponde con el Y mucho menor que el del X.

En definitiva, se puede apreciar una gran similitud en los gráficos resultantes, el científico y el bíblico.

Tercera parte

Nuestros antepasados: Los "primates"

19
Los homínidos candidatos a "sapiens sapiens"

A continuación voy a exponer los géneros de homínidos, derivados de los simios, que han sido el soporte animal de la formación del "homo sapiens", es decir, de nuestros antecesores, cuya manipulación genética ha supuesto la aparición del "homo sapiens sapiens" conforme a los descubrimientos fósiles realizados hasta la actualidad, siguiendo un orden cronológico, según la datación de los mismos.

Hace 7.000 millones de años (en adelante, Ma), aparecen los primeros homínidos:
- Sahelthopus tchaddensis (Chad).
- Orrorin tugeneuris (Keniaba).

Hace unos 6 Ma, otro homínido:
- Ardipithecus kadalba (Etiopía).

Los homínidos se estienden hasta los 5 Ma, en el que aparece:
- Ardpithecus ramidas (Etiopía).

De 4,5 Ma, aparecen los australopitecinos:
- Austrolopithecus afarensis (Kenia y Etiopía).
- Austrolopithecus dahrogkzali (Kenmia).
- Austrolopithecus anamensis (Kenia).

Hacia los 3 Ma siguen apareciendo algunos austrlopitecinos:
- Paranthropus buisei (Tanzania).
- Paranthropus robustus (Sudafrica).
- Paranthropus aehlúopicus (Kenia).

Los miembros pertenecientes al género "homus" se extienden a lo largo de los 2,5 Ma:
- Homo habilis (Tanzania).
- Homo eregaster (Kenia)
- Homo erectus (Africa y Europa).
- Homo georgian (Georgia).
- Homo tudolfensis (Kenia).
- Homo garutengencis (Sudafrica).

Hacía el 1 Ma el homo erectus sigue apareciendo, junto con:
- Homo heidelbergensis (Africa y Europa).
- Homo neandertalensis (Europa).
- Homo antecesor (España, Francia y Reino Unido).
- Homo sapiens (mundial).
- Denisovanos (Rusia y Tibet).
- Homo luzonensis (Filipinas).
- Homo floresiensis (Indonesia).
- Homo rhodeisiensis (Zimbaube).
- Homo haledi (Sudafrica).

Últimamente, con una datación de 146.000 años (pleistoceno), se descubre:
- Homo longi, "hombre dragón" (China).

De estos datos, se aprecia que la aparición del género "homo" oscila entre los 2,8 y 1,8 Ma, derivando de una rama de los australopitecinos, y de los que algunos ejemplares de 2

Ma comparten rasgos de homo sapiens, como sucedió con los neanderthalensis y homo sapiens, que covivieron hace unos 60.000 años, si bien, desde el punto de vista genético, ambos divergieron hace unos 600.000 años, habiéndose producido hibridaciones entre unos y otros, así como con denisovanos.

El "polvo de la tierra" ya existía y permitió a los elohim manipular su genética. El soporte animal pertenecía la genero homo sapiens primitivo, cuya manipulación genética dio origen al hombre moderno, dando un salto evolutivo que, a su vez, provocó la desaparición de otros miembros pertenecientes al género homo, lo que fue favorecido por el mestizage o hibridación, quedando como único superviviente el hombre sapiens moderno.

Otra cuestión que se planteó fue la prioridad de la aparición del ADN cromosónico o del ADN mitocondrial.

Del relato bíblico, se desprende que, primero, fue el ADN cromosómico, el ADN adámico, al que siguió el ADN mitocondrial, el ADN de Eva.

La discución científica quedó zanjada con la estimación de la aparición del ADN cromosónico alrededor de los 60.000 y 142.000 años, con un máximo de 156.000 años, frenta a los 99.000 a 148.000 años, de la Eva mitocondrial.

Hubo un tiempo en el que el Adán cromosómico no tenía a su Eva mitrocondrial, según el texto bíblico. Si los elohim necesitaban de mano de obra para realizar los trabajos que pesaban sobre ellos, con la formación de los adama (humanos) se cubrió, en principio, esa necesidad. Sin embargo, el sistema de reproducción que les proporcionaba esa mano de obra no era rentable, por lo que, mucho tiempo después, los elohim les proporcionaron a las Evas, de forma que, al concederles la capacidad de reproducción, eran los propios humanos los que aportaban el número necesario de humanos para que los elohim descansaran, al asumir las cargas y tareas de los dioeses encargados de, hasta entonces, esas pesadas cargas.

Los primeros Adanes estaban imposibilitados de tener hijos con las otras hembras del género homo debido a la mutación genética que propició su aparición, por ello, era necesario presentarle y ofrecerle una hembra compatible con su genética y que le permitiera reproducirse.

Como expuse con anterioridad, en el texto bíblico nos encontramos con:

- ADN cromosómico (formación de Adán).
- ADN mitocondrial (formación de Eva).
- ADN basura (ADN de Caín).

Para la formación de Adán, se acudió a la técnica de la "fecundación in vitro". Con la semilla (barro o polvo de la tierra) de un "homo" se fecunda un óvulo de una hembra primitiva, que se injerta en el útero de una hembra elohim, que sigue la gestación hasta el parto.

Para la formación de Eva se utiliza la técnica de la clonación, pues de una célula madre (costilla o lateral-cresta ilíaca-) de Adán, se fecunda un óvulo de una hembra primitiva y que se acoje en el útero de una hembra elohim, que pare a Eva, que nacería con la genética de Adán más el legado genético (ANDm) de su gestante. Se produce una separación de sexos ("varón" y "varona", según el Génesis) con la finalidad de la procreación de la nueva especie, con los que los elohim dejan de producir adanes. Ello explica la anterioridad del ADN cromosomático sobre el ADN mitocondrial.

Teniendo en cuenta lo argumetado sobre el "soporte animal" utilizado para la creación de Adán, el homo sapiens arcaico o primitivo, se ha de señalar que, mientras que todas las demás especies que, en principio, descienden de los primates homínidos siguen su evolución natural, (incluidas las hibridaciones entre ellas y mediatizados por las circunstancias locales y climáticas de sus entornos), finalmente desaparecen, sin embargo, el homo sapiens sobrevive desplazando a las otras categorias de Homo, incluido el homo sapiens primitivo, el neandertal, que es desplazado y sustituido por el homo sapiens moderno.

Que hubo uniones entre neandertales y sapiens se ha confirmado científicamente. De hecho, el sapiens comparte de un 2% del ADN del neandertal, sin embargo, y este es un dato paradojico, en los restos de los neandertales encontrados y analizados no se ha encontrado ADN de sapiens.

A esta paradoja ha dado una explicación uno de los mayores investigadores expertos en el estudio de los neandertales, Ludovic Slimak, investigador del Centro de Antropobiología y Genómicas de Touluse. Según Slimak, el "cruce familiar" entre neandetales y sapiens servían para asegurar y fortalecer las alianzas entre los grupos encontrados y fusionados, pero dicha "fusión" no fue total, a pesar de que, como consecuencias de esos cruces, tuvieron descendencia común, y sostiene que, también sabemos que una parte significativa de ella eran personas estériles incapaces de reproducirse. Es decir, aunque las comunidades intentaron trabar esas relaciones y alianzas fundadas en el mestizaje, la cosa no funcionó. Lo que explicaría los resultados de los ADNs de nenadertales y de sapiens, y que en el Génesis se describe como la falta de una pareja para Adán para reproducirse, hasta que encontró a su "Eva".

Pues bien, al alcanzar ese grado de evolución genética y, ya, con un cerebro desarrolllado, los elohim inician la misión educadora del hombre, haciendo una puesta a punto de los lóbulos cerebrales. Se les enseña a hablar, leer, escribir, a cultivar, la cría de ganado, el manejo de los metales, etc; funciones y labores que todos los textos sagrados atribuyen a nuestros educadores divinos. Nos abrieron los ojos y vimos los que nuestras manos eran capaces de realizar. El cerebro nos haría avanzar hasta límites insospechados.

Con la transformación del "homo sapiens" primitivo o arcaico a "homo sapiens sapiens", se produce una pérdida de información genética: 906 (mono)-450 (imagen)=456.

Esto es lo que pierde el homo primitivo que se utilizó como soporte ("polvo" de la tierra) para formar a Adán a imagen y semejanza de los elohim. Esa pérdida, por otra parte, provoca que Adán carezca de otras facultades sensitivas y grupales de las que el hombre primitov gozaba.

La hembra primitiva desaparece y es sustituida por Eva, (19). 19x2=38. Si a la "pérdida" de esas características (456), le restamos 38, queda 418; que multiplicado por el número de cromosomas del mono, 24, nos indica la cantidad de información de ADN perdida por el paso del hombre primitivo (soporte animal) a Adán, que es 418x24=10.032. Por lo tanto, son 10.032 datos genéticos del hombre primitivo que se borran del ADN del homo sapiens sapiens, al ser manipulado genéticamente por los elohim con el fin de adquirir facultades congnitivas y neuronales superiores a la de los mamíferos. Al mismo número se llega si a la "pérdida", 456, se multiplica por 22, es decir, eliminando un cromosoma de los 23.

Para terminar e ilustrar esta circunstancia traigo a colación un artículo de Miguel Ángel Criado, periodista titulado en Ciencias Políticas y Sociología, especializado en la actualidad científica y tecnológica, titulado "Lo que nos hace humanos son 10.000 trocitos de ADN que nos faltan", publicado en el diario El País, de 27 de abril de 2023, que comienza así: "A los humanos les faltan 10.032 piezas de ADN en regiones del genoma que sí tienen el resto de los mamíferos, incluidos sus parientes más cercanos, los homínidos. La eliminación de esta información genética habría sucedido en el curso de la evolución de la especie. Buena parte de estos elementos desaparecidos estarían relacionados, según los científicos que las han detectado, con la regulación del sistema neurológico y la cognición. Este es uno de los muchos resultados de un ambicioso proyecto internacional que ha comparado los genomas de 240 especies de mamíferos placentarios, desde musarañas a ballenas, pasando por el ser humano."

Se apoya en las investigaciones llevadas a cabo por varios científicos en el denominado "Proyecto Zoonomía", publicadas en un especial publicado en Science, que ha dado a conocer una decena de investigaciones llevadas en paralelo, en las que se han comparado desde distintos ángulos de la ciencia el genoma de 240 especies de mamíferos placentarios. Pues bien, en una de las investigaciones, liderada por científicos del Broad Institute, organismo conjunto de la universidad de Harvard y el MIT, y la Universidad de Yale, todos en Estados Unidos, añade Criado que: "se fijó en las llamadas regiones genéticas altamente conservadas. Se trata de porciones del genoma que no varían (o lo hacen mínimamente) entre los individuos y tampoco entre las especies. Y si no lo hacen es porque deben de cumplir funciones realmente importantes. Pero lo que han descubierto estos investigadores es que los humanos han tenido 10.032 deleciones en estas regiones, eliminaciones que no se han producido en el resto de las especies, tampoco entre los demás homínidos."

Aporta la opinión de Steven Reilly, profesor de genética de Yale y coautor de este estudio, que manifiesta: "las deleciones están especialmente enriquecidas para funcionar en el cerebro… Cuando se piensa en funciones innovadoras de nuevas habilidades fenotípicas en humanos, muchos científicos, ¡incluidos nosotros!, podrían pensar que nuestro ADN codificaría nuevas instrucciones con nuevos genes. Sorprendentemente, descubrimos que las eliminaciones también pueden generar algo nuevo, ... La eliminación de solo una o dos bases de ADN podría suprimir una secuencia represora, lo que conduciría a un aumento de la expresión génica, o el borrado de una base que no encaje bien en un activador [de un gen], conduciría a una expresión génica mejorada. Sorprendentemente, vemos esto el 30% de las ocasiones, donde una eliminación aumenta la actividad del gen en lugar de suprimirla".

Coincidencia o no, esos son los resultados que se desprenden de los datos del Génesis.

20
¿Realmente tenemos 400.000 años? El tiempo de los "dioses" y el tiempo del hombre.

La evolución humana no sigue una secuencia lineal, cuyo inicio sea el primate (el mono y el simio) y su culminación se alcance con la aparición del hombre moderno. Los datos y descubrimientos paleontológicos y paleogenetistas revelan la existencia de ramificaciones diversas desde un ancestro común, motivadas por los diferentes entornos en los que sus diversos miembros se desenvolvían y el clima de las distintas regions en las que habitaban; diversidad a la que se ha de añadir las hibridaciones entre esas especies, que van configurando las características de la variedad de los grupos y su propia genética.

Pero en ese contexto, junto a la evolución natural de los homínidos, aparece un elemento externo a las de sus miembros, que provocó un salto evolutivo, no natural, sino artifical, de forma que el buscado "eslabón perdido" solo encuentra respuesta si se entiende la injerencia genética por parte de unos seres, a los que identificamos como dioses, los elohim hebreos, o los annunakis sumerios; en definitiva, por una operación de intervención genética por parte de científicos ancestrales, que trataremos de identificar.

Se estima que la divergencia del linaje de los chimpancés y del linaje humano (homininos) se produjo hace unos 6 millones de años (Ma), pudiéndose distinguir cuatro grandes grupos en este ultimo linaje: uno, los primeros homininos, que conservaban las características del antecesor de chimpancés y homininos. Dos, los austrolopitecinos (4 Ma hasta 1 Ma). Tres, aparición del género homo, con todas sus variantes (2,8 Ma a 1,8 Ma), que convivió con los austrolopitecinos. Cuatro, los neandertales y homo sapiens, cuyo volumen cerebral se acerca al del hombre moderno (2 Ma a 400.000 años).

El descubrimiento del linaje humano representado por los "denisovanos" y el análisis genético de los restos encontrandos, hace pensar que neandertales y denisovanos compartieron un ancestro común, divergiendo de los neandertales aproximadamente unos 400.000 años. También, esta demostrada la hibridación entre neandertales y homo sapiens hace unos 60.000 años; lo que explica que compartamos con ellos el 2% de su herencia genética. Pero el surgimiento del homo moderno sigue siendo un misterio, que se intenta justificar por las interaciones de esas últimas especies homo.

Sin embargo, el texto bíblico ofrece otra respuesta que descoloca al hombre racional y mente científica: la modificación genética.

Antes hago una pequeña precision sobre el calendario hebreo, que según los cálculos milenarios de astrónomos hebreos, la creación ocurrió el lunes 7 de septiembre del año 3.760 a.C., equivalente al primer día del mes tishrei del año 1 del calendario hebreo. Por ello, en el año 2024 del calendario gregoriano, los judíos celebran el año 5.784 de su calendario (que es el calendario de Nippur, traido por Abraham de Ur).

En el año 3.700 a.C. finaliza la denominada cultura de El Obeid, que es considerada como el primer estadio de la civilización sumeria, (Baja Mesopotamia) que se calcula se inició alrededor del año 5.000 a.C., y durante cuyo período se produjo un gran avance en la agricultura debido al control de las aguas en superficie mediante técnicas de regadío a base de canales, que permitió que la agricultura floreciera en nuevas áreas de Mesopotamia, y que, como luego veremos, fue uno de los primeras obras desarrolladas por una categoría de los "dioses" (los Igigu), cuyo pesado trabajo y queja provoco la creación del "terrestre", del Adán.

La separación de las aguas superiores e inferiores supone una tarea de preparación de la tierra para el cultivo con un mecanismo de distribución de las aguas, lo que requiere la construcción de presas y de canales para el riego organizado.

Como puede apreciarse entre el 3.760 y 2.307 (años patriarcales) hay una diferencia de 1.393 años. Si sumamos al año 3.700 esa diferencia, (1.393), resulta el año 5.093, que coincide con el año aproximado del inició de dicho período de El Obeid

Pero el "tiempo celeste" no es el mismo que el *"tiempo terrestre", "pues mil años a tus ojos son un ayer que pasó, una vigilia en la noche"* (Sal 90:4), mientras que el "tiempo de los hombres", viene determinado por días, meses y años: *"Dijo Dios: «Haya luceros en el firmamento celeste, para apartar el día de la noche, y sirvan de señales para solemnidades, días y años"* (Gén 1:14).

Debido al achatamiento de la Tierra se produce un cambio lento y gradual en la orientación del eje de rotación de la Tierra (a modo del movimiento de una peonza), que hace que la posición que indica el eje de la Tierra en la esfera celeste se desplace alrededor del polo de la eclíptica, trazando un cono y recorriendo una circunferencia completa, lo que ocurre cada 25.776 años (2.148 x 12), período que es conocido como año platónico. En astronomía se trata de la precesión de los equinoccios o precesión axial.

Los 2.148 años es una era astrológica, que se corresponde con el período de tiempo del desplazamiento en 30 grados de arco del eje terrestre debido al fenómeno de la precesión de los equinoccios, y que en el año platónico (ciclo equinoccial) es el tiempo que tarda la precesión de la Tierra en dar una vuelta de 360°, que como hemos dicho, ocurre cada 25.776 años (2.148 por 12). Es decir, "1 año celestial" equivale a "2.148 años terrestres", una "era astrológica".

A este tiempo vamos a añadir también el contemplado por los sumerios, partiendo de la información contenida en el denominado Prisma de Weld-Blundell, un prisma vertical de arcilla, encontrado en la ciudad sumeria de Larsa, que se encuentra en el museo Ashmnoleano, que contiene la lista de los reyes sumerios ante-diluvianos y pos-diluvianos. La lista de los reyes empieza: *"Cuando el reinado fue bajado del cielo estuvo (primero) en Eridu"* y expone, a continuación la lista de los 8 reyes que reinaron un total de 241.200 años antes del Diluvio. Beroso, sacerdote de Marduk en Babilonia (siglo III a.C), completa la lista ofreciendo 10 reyes anteriores al Diluvio y una duración total de sus reinados de 432.000 años. Esos reinados eran medidos en sars, período de tiempo de 3.600 años. Debenos recordar que los sumerios utilizaban el sistema sexagesimal (6x10=60; 60x6=360; 360x10=3.600, etc). Por ello, 432.000 años equivalen a 120 sars. Luego, ocurrió el Diluvio, en el sars 121. (Esta cifra nos recuerda a la medida de tiempo del hinduismo, un kalpa, que equivale a 4.320 millones de años (el único día de Brahma), que equivale a mil mahayugas.

En el Génesis se fija en "siete días" la duración de la creación, de forma que, a partir del "octavo día", se inicia un Nuevo orden terrestre con la aparición del hombre con la dinastía adámica.

Si por "día bíblico" entendemos "año platónico", al multiplicar 25.776 por 8 obtenemos la cantidad de 206.208 años. Al trasladar esta fecha y encuadrarla en la infografía del proceso de evolución que finaliza con el nacimiento de la estirpe humana, (desde nuestros ancestros, los primitivos homínidos –bípedos-, y los descendientes, con sus emparejamientos o hibridaje, que siguieron, hasta la aparición del Homo sapiens), podemos apreciar que en el año 200.000 de esa escala evolutiva, nos encontramos con el Homo sapiens, el Homo neandertalensis, el final del Homo erectus, el Homo rhodesiensis, Denisovanos, entre otros, cuyos fósiles se han encontrado, que tuvieron como antecesores, a su vez, al Homo erectus, Homo engaster y Homo antecesor.

Teniendo en cuenta las medidas de tiempo expuestas, la pregunta que surge es sobre la compatibilidad entre los tiempos determinados en los textos sumerios y los que se desprenden del Génesis.

De la tabla en la que reflejo los años de nacimiento y de fallecimiento de los patriarcas, se desprende que el Diluvio bíblico ocurre en el año de nacimiento de Arfaxad, cuando Noé tenía 600 años (nace en el 1.065), es decir, en el año 1.656. Si se aplica el período de 25.776 años (año platónico, año celestial) y le restamos los 1.656 años, no da la cantidad de 24.120 años. Este período multiplicado por el número patriarcal de Noé, el número 10 (el décimo reino antes del Diluvio), obtenemos la siguiente cantidad: 24.120 x 10 = 241.200 años (equivalente a 67 sars sumerios), que, precisa y sorprendentemente, coincide con el tiempo de duración de los reyes sumerios anteriores al Diluvio, fijado en el prisma de arcilla sumerio. Este período es más fiable que el dado por Beroso (432.000, equivalente a 120 sars), que a los 67 sars añade otros 53 sars.

Pero lo determinante es, desde el punto de vista genético, la aparición de la "Eva mitocondrial", de la que nace el linaje de las "Evas" compatibles genética y reproductivamente con el nuevo Homo sapiens, (también manipulado genéticamente y "domesticado" o enseñado con el fin de realizar las labores que le permitían organizarse civilizadamente en asentamientos construidos por ellos mismos, en los que podían cultivar y cazar para su subsistencia y reproducción, además de fabricar utensilios para realizar esas tareas, conforme a las labor educadora y docente de los "dioses" encargados de dicha labor, así como iniciarles en las diversas artes), se produce hace, aproximadamente, 200.000 años.

Se comprende el espíritu emigrante de estos individuos y su aparición en la mayoría de los continentes, pues los cambios de clima y catástrofes terrestres que tuvieron que soportar a lo largo de sus generaciones, les obligó a buscar tierras con climas más cálidos, y en ese peregrinaje no obviaron el mestizaje con individuos de los otros grupos que seguían la evolución natural, lo que, a su vez, suponía el riesgo de su desaparición al ser "fagocitados" por la nueva especie mejorada del Homo sapiens.

Los datos genéticos de los fósiles analizados confirman que, así como los homo machos de esos grupos pudieron tener relaciones sexuales con las "Evas mitocondriales", por el contrario, era más difícil que el macho Homo sapiens las tuviera con las hembras de esos otros grupos. Nuestro porcentaje de ADN neandertal es, en personas de origen europeo y asiático, del 1% a 2%, pues el homo neanderthalensis se extendió en Euroasia, hasta su desaparición hace 40.000 años.

En el Génesis se afirma que Adán no tuvo una pareja que fuera carne de su carne y sangre de su sangre hasta que los elohim formaron a Eva, con los que se inicia el linaje humano del que nosotros somos sus descendientes.

El predecesor de nuestro ancestro Homo sapiens y su nueva especie mejorada genéticamente, fue el Homo erectus (cuya existencia se estima entre 1,9 Ma y 117.000 años, es decir, tras aparecer la "Eva mitocondrial" y el Homo sapiens primitivo o arcaico, que no estaba organizado "civilizadamente", hasta la aparición de su subespecie del Homo sapiens sapiens, que se estima que ocurrió hace 50.000 a 30.000 años, (yo creo que algo antes), es decir, con la manipulación genética llevada a cabo por los elohim (según el Génesis) o los anunnaki (según el Poema de Atra Hasis y el de Gilgamesh).

21
Los largos períodos de tiempo

Esas medidas de miles de años, que mencioné anteriormente, no encuentran justificación para nuestra mente científica y religiosa, pues entendemos que la relación creador-creación sólo se entiende como la relación Dios-hombre, de forma que nosotros somos el culmen de la creación, la finalidad del plan divino.

La Historia empieza con el hombre, con su creación, y, por ello, se niega la posibilidad de que con anterioridad a esta humanidad existiera otra u otras anteriores. Sobre la singularidad del hombre gira tod el pensamiento religioso y científico. Así, se entiende que las medidas de tiempo, astronómicas (en todos sus sentidos y significados), que en algunas culturas se recogen se rechacen, primero, al afirmar que somos los humanos los únicos seres inteligentes que han poblado la Tierra; y, segundo, por la imposibilidad técnica y científica del empleo de esas ingentes medidas de tiempo.

Las grandes unidades de medida en la mitología hindú son las siguientes:

• *Mahayuga*, que abarca 4.320.000 años, y que abarcan la suma de las Edades de Oro.
• Kritayuga, que consta de 1.728.000 años, de Plata, y se corresponden son a suma de las Edades de Plata.
• *Tretayuga*, que comprende 1.296.000 años), que se corresponden con la Edad de Hierro.

- Kaliyuga, períodos de 432.000 años, con unas etapas intermedias, llamada Dvarapayuga, de 864.000 años. (En Sumeria, Beroso habla de 432.000 años que duraron los reyes antediluvianos).

Por otra parte, todo período consta de una Aurora y de un Crepúsculo. Así, 71 Mahayugas constituyen, (junto con su crepúsculo de 1.728.000 años), una nueva unidad, llamada Marantara o patriarcado. A su vez, una Maranta (con su respectiva aurora de 1.728.000 años), forma el Aeon o Kalpa, de 4.320.000.000 de años. Una Kalpa es un "día de Brama", con igual duración para su noche. Como la vida de Brahma es de 100 años, si multipicamos un kalpa por 100 años del aeon, no podemos imaginarnos el resultado que nos indica la duración de la vida de Brama.

Veamos la combinación de medidas de tiempo que, hasta ahora, he mencionado.

360 x 4 = 1.440
360 x 10 = 3.600
363 x 4 = 1.452
2.148 x 12 = 25.776 (año platónico)
2.148 x 200 = 429.600
3.600 − 1.200 = 2.400 (429.600 + 2.400=432.000)
3.600 − 2.148 = 1.452
3.600 x 120 = 432.000 (*Kaliyuga*)
432.000 x 2 = 864.000 (*Dvarapayuga*)
432.000 x 3 = 1.296.000 (*Tretayuga*, edad de Hierro)
432.000 x 4 = 1.728.000 (*Kritayuga*, edad de Plata)
432.000 x 10 = 4.320.000 (*Mahayuga*)
432.000 x 100 = 43.200.000
432.000 x 1.000 = 432.000.000
432.000 x 10.000 = 4.320.000.000 (Kalpa. Edades de Oro)

Como he dicho, Beroso recoge la medida de tiempo sumerio de 432.000 años, como duración de los reinos sumerios antediluvianos.

De estas cantidades podemos apreciar lo siguiente:
• La edad del Universo se estima está comprendida entre 13.761 y 13.835 millones de años (13.761.000.000 años). Tres (3) kalpa suman la cifra de 12.960.000.000 años (una diferencia de 801.000.000. Cuatro kalpa, 17.280.000.000 años (una diferencia de 3.445 miles de millones, respecto a la mayor cifra de edad del Universo, según los científicos).
• La Tierra se formó hace 4.543 millones de años (4.543.000.000 años), mientras que un kalpa consta de 4.320.000.000 años (un día de Brama). Si esa cifra la divide en seis períodos (6 días de la creación, según el Génesis), se obtienen 720.000.000, de forma que cada dos períodos de esta subdivisión, se forman 1.440.000.000, por lo que en esos seís días hay tres perídodos de 1.440.000.000.

Una cifra semejante se recoge enrte las medidas de tiempo maya. En efecto, en el calendario maya la duración del año terrestre es de 360 días (kines), y se llama Tun. 7.200 kines equivalen a un katún. 20 katunes forman un baktún (formado por 20 tunes o 360 uinales –meses de 20 días o kines), que equivalen a 144.000 kines. Si multiplicamos 144.000 por 10.000 obtenemo la cifra de 1.440.000.000. (Un dato curioso: en el calendario maya se forman eras de 5.200 tunes, que corresponden a 5.125,36 años solares, que computados con el calendario gregoriano, arrojaba la fecha de inicio y final de esa era, desde el 11 de agosto de 3114 a.C. y hasta el 21 de diciembre del año 2012.

El calendario judío se inicia, como hemos dicho, en el año 3761 a.C. Por otra parte, según el astrónomo indio Aria Bhatta (476-550 d. C), partiendo de los datos astronómicos (conjunciones planetarias y eclipses) que ofrece la Majabhárata, el kaliyuga en el que ocurren las batallas que describe se inició en el año 3.102 a.c. (lo que indica que el anterior kaliyuga se inició hace 433.102 años, es decir, coincidiendo con la caida del asteroide que chocó en la Antártida hace 430.000 años – el 10.000 kaliyuga desde el inicio del "día de Brahma"-), por lo que en ese año se inicia el kaliyuga 10.001, que finalizará en el año 428.898. Por último, la traidición judía sostiene que Yahvé creó el mundo en el año 3.952 a.C.

No cabe duda de que en el milenio IV a.C. sucedieron una serie de acontecimientos que marcaron un nuevo cómputo del tiempo.

La historia geológica de la Tierra, según los científicos, comprende las siguientes Eras:

- Era Azoica (4500-3800 M.a.)
- Era Arcaica (3800-2500 M.a.)
- Era Proterozoica (2500-600 M.a.)
- Era Precambriana (> 600 M.a.)
- Era Paleozoica (600 M.a.)
- Era Mesozoica (250 M.a.)
- Era Cenozoica (60 M.a.)

Un *Dvarapayuga* (864.000 años) multiplicado por 5.125,36 años solares mayas, equivalen a 4.428.311.040 (edad de la Tierra). O lo que es lo mismo: 144.000 x 6 x 5.125,36.

Con estas cifras lo que quiero poner en énfaisis es que, en definitiva, las medidas de tiempo antiguas responden a unos patrones comunes: la Luna, planetas, el Sol y el cielo zodaquial.

Pues bien, los seres a los que llamamos o identificamos como los "dioses" poblaron y tenían su residencia en la Tierra. Convivieron con los homínidos, contemplando su linea evolutiva e intervinieron en esa linea natural evolutiva, que terminó con la aparición del homo sapiens sapiens. Su presencia, conforme a los datos aportados por sumerios, hebreos, hindúes y mayas, se remonta, por los menos, entre 500.000 y 400.000 años.

La pregunta que suscita la presencia de los "dioses" en la Tierra tiene relación con su lugar de origen. ¿Se trataba de una civilización terrestre anterior a la nuestra, que alcanzó una tecnología que les permitió dominar los cielos, los mares y la tierra, y que por causas naturales o conflictos bélicos estuvieron al borde la extinción, escapando a esa catástrofe quienes estaban autorizados para abandonar la Tierra (militares, científicos, técnicos, etc), y que regresaron cuando se recuperaron las condiciones de viabilidad para establecerse en el planeta?

Lo sorprendente de todo es el hecho de que los "dioses" no diferían físicamente y bilógicamente de nosotros, lo que descartaría el que se trataran de seres procedentes de otro sistema solar de nuestra galaxia, debido a las condiciones físicas que son necesrias para realizar viajes cósmicos de larga distancia, de años-luz. Luego, desarrollo estas interrogantes.

Cuarta parte

Los manipuladores o ingenieros genéticos: los "dioses"

22
El poema de Atrahasis o del Muy Sabio

Este gran poema, firmado y datado por Ipiq-aya durante el reinado de Ammi-Saduca (desde 1.646 a. C. hasta 1.626 a. C.), narra desde el origen del mundo y la creación del hombre, hasta los devastadores efectos del Diluvio, entre otros acontecimientos intermedios. En la actualidad, la copia más antigüa y completa de este poema se encuentra en el Museo Británico de Londres.

El protagonista de este poema es Atrahasis, conocido bajo el nombre de Utnapishtin en Babilonia o como Ziusudra en Sumeria.

En su análisis sigo la traducción del ilustre asiriólogo Samuel Noah Kramer y del historiador francés, Jean Bottéro.

TIEMPO AL QUE SE REFIERE EL POEMA.

"I) – 1-*Cuando los dioses (hacían) de hombres, Tenían que trabajar y estaban atareados: Su tarea era considerable, Su trabajo pesado, su labor infinita. 5-¡Pues los grandes Anunnaku, a los Igigu,* Imponían una séptuple prestación de trabajos!"

Según este poema, antes de la existencia del hombre moderno únicamente existían los "dioses", que tenían asignadas distintas funciones y tareas. Los Igigu eran los "dioses" que realizaban y soportaban las labores más pesadas y penosas, al exigir un gran esfuerzo físico; trabajo impuesto por los

Anunnaku (entre esas tareas figuraban la de excavar los cursos de agua y abrir los canales que vivifican la tierra, ellos abrieron el curso del Tigris, y después, el del Éufrates).

Su rey era Anu, el padre de todos ellos. Enlil, el valiente, era su soberano. Su encargado era Ninurta y Ennugi, su capataz.

MOTIVO PARA CREAR AL HOMBRE.

En lo que interesa, como última reflexión, de lo expuesto con anterioridad, se ha de señalar que la trama central del poema se centra en la necesidad de la creación o formación de un ser, el hombre, que sustituya a los dioses trabajadores, dioses menores, o Igigu, en las grandes y penosas tareas; trabajos que duraron "dos mil quinientos años y más".

Al final, los Igigu se quejan ante Enlil, provocando una reunión con Anu y Enki con la finalidad de adoptar una solución: la creación del hombre para que sustituyan a los dioses trabajadores.

Dice el relato: "(c) *1 "'Ea, habiendo [abierto] la boca,*
Se dirige a los dioses, [sus her]manos:"¿Por qué los [culp]amos?
¡Su tarea era pesada, [su labor infinita]! 5 `Cada día [...] Su grito de auxilio era cosa ser[ia...]. Pero existe [un remedio para esta situación (?)]: Dado que [Belet-ili, la Matriz], está aquí, Que fabrique un prot[otipo de hombre]: 10 `¡Será él quien car[gue] con el yugo [de los dioses (?)]- [Quien ca]rgue con el [y]ugo [de los Igigu(?)]: [Será el Hombre quien cargue] con su [traba]jo!"

Esa labor se encarga o encomienda a Bele-Ili: la Matriz.

Tras larga deliberación, se acuerda que el yugo impuesto por Enlil a los Igigu sea asumido por el nuevo ser a fabricar: el hombre. A partir de entonces, los dioses ya no harán de hombre, sino de dioses, y los hombres, de trabajadores. En el fondo subyace la supremacia de los linajes de unos y otros dioses, de la clase dominante y el mantenimiento de su status social frente a quienes, sin pertenecer a un linaje real, pretenden alcanzar ese rango.

ENKI: LA ARCILLA.

Para llevar a cabo la formación del hombre, Nintu replica a los dioses que no puede hacerlo sola, por mí misma, necesitando la ayuda de Enki para el éxito de la operación, pues el puede "purificarlo" todo, y quien debe entregarle la arcilla para llevar a cabo esa labor.

Es la semilla, "arcilla", de Enki, su ADN el sustrato para generar al hombre. Pare ello, Enki ordena la inmolación de un dios, y: *"210- Con su carne y su sangre, Nintu mezclará la arcilla: De este modo el dios y el hombre estarán asociados, Reunidos en laarcilla, ¡Y, apartir de este momento, nosotros estaremos ociosos (?)!215- ¡Gracias a la carne del dios Habrá en el Hombre un "alma", Que lo presentará siempre vivo después de su Muerte. Esta "alma" estará allí para guardarlo del olvido!" 219 –Y los grandes Anunnaku, 220-que asignan los destinos, 218 -Al nísono respondieron: "¡Sí!".*

La belleza de este pasaje es impresionante. A la carne y sangre del dios inmolado, Nintu añadirá el ADN de Enki, mezclando todo con el ADN del protohombre, dando origen al "hombre", que estará dotado de un "alma", por lo que sera consciente de si mismo y de quienes le formaron; un "alma" que impedirá que caiga en el "olvido" de sus descendientes, apareciendo siempre vivo en la memoria de su linaje. Lo que se logra a través de la transmission del ADN cromosómico y mitocondrial, de generación en generación.

Siguiendo la idea de enfrentamicnto de miembros pertenecientes a distintos linajes, de lo que se trata es de permitir que los miembros no nacidos en linaje real se puedan mezclar con los miembros del linaje real, una vez preparados o educados en tales funciones, hasta entonces reservadas a los dioses-reyes.

TOMA DE LA DECISIÓN Y EJECUCIÓN.

Los grandes Annunaku estuvieron de acuerdo. Se inmoló al dios We, "que tenía el "alma", en plena asamblea, y: *"Y el dios We, que tenía el "alma", Es inmolado en plena asamblea. 225- Con su carne y con su sangre 226- Nintu mezcla la arcilla,-Para que se uniesen el dios y el hombre, Estuviesen reunidos en la arcilla…..V) Gracias a la carne del dios hubo también en el Hombre un"al[ma]", Que lo presentaría siempre vivo después de la muerte. 230-Esta"alma"estaba allí] para guardarlo del olvido! Después de que Enki hubiese amasado esta arcilla, Llamó a los Anunnaku, los grandes dioses, Y a los Igigu convertidos, ellos también,) en grandes dioses, Que escupieron sobre la arcilla."*

El Génesis coincide con la esencia de este poema. La creación del hombre tiene como finalidad la asunción de las pesadas y agotadoras tareas, que suponen un gran esfuerzo físico, en sustitución de los dioses trabajadores, que alcanzan el nivel de grandes dioses. Se acaba con la distinción de clase entre dioses. Como se dice en el Génesis: *"y dio por concluida Dios en el séptimo día la labor que había hecho, y cesó en el día séptimo de toda la labor que hiciera"* (2:2), es decir, "descansó".

Para la formación del "hombre" se utiliza el ADN de un dios, la "arcilla", la muestra genética, y "un algo más", el "alma", que lo presentará como un "ser viviente" (*"que lo presentará siempre vivo después de su Muerte"*), y que le guardará del "olvido"; arcilla sobre la que "escupieron" los dioses. En definitiva, se mezclan los genes de un "anunnaku" con los del macho del género homo fertilizando el óvulo de una hembra homo, que se implanta en el útero de la diosa, utilizando el método de la fecundación in vitro. Mammi (Dama de la Vida) fue la encargada de llevar a cabo la modificación genética.

Surge el primer *Adama*, el "terrestre" o surgido de la sangre (dam, en hebreo, es sangre); de forma que al primitivo homo (erecto y bípedo, capaz de fabricar piezas, utensilios y armas) se le fija la "imagen" y "semejanza" de los "dioses".

Como se dice en el Poema de Gilgamesh sobre este héroe: *"Dos tercios de él son dios, [un tercio de él es humano]. La forma de su cuerpo [...] (3—7) (líneas mutiladas o ausentes) (8) [...] como un buey salvaje altivo [...];".*

En este mismo poema se recoge el encargo de una "clonación" con la finalidad de crear a un hombre igual, un "doble", de Gilgamesh: *"Cuando [Anu] hubo escuchado sus quejas, A la gran Aruru llamaron: «Tú, Aruru, creaste [el hombre]; Crea ahora su doble; Con su corazón tempestuoso haz que compita. ¡Luchen entre sí, para que Uruk conozca la paz! Cuando Aruru oyó esto, Un doble de Anu en su interior concibió. Aruru se lavó las manos, Cogió arcilla y la arrojó a la estepa. [En la este]pa creó al valiente Enkidu, Vástago de..., esencia de Ninurta. [Hirsu]to de pelo es todo su cuerpo, Posee cabello de cabeza como una mujer. Los rizos de su pelo brotan como Nisabal."*

En el texto se describe al ser primitivo, Enkidu, que, luego, es manipulado genéticamente: *"No conoce gentes ni tierra: Vestido va como Sumuqan. Con las gacelas pasta en las hierbas, Con las bestias salvajes se apretuja en las aguadas, Con las criaturas pululantes su corazón se deleita en el agua."*

Tal era su aspecto y semblante que causaba estupor a aquel con el que se topaba: *"El cazador abrió [su boca] para hablar, Diciendo a [su padre]: «Padre mío, hay [un] hombre que [ha venido de las colinas], Es el más poder[oso de la tierra]; vigor tiene. ¡[Como la esencia] de Anu, tan tremendo es su vigor! [Siempre] recorre las colinas, [Siempre] con las bestias [se nutre de hierba]. [Siempre planta] los pies en la aguada. [¡Tan espuntado estoy, que] no oso acercarme a él! [Cegó] las hoyas que yo había excavado, [Destrozó] mis trampas que yo había [puesto], Las bestias y las criaturas del llano [Hizo escapar de mis manos]. [¡No permite que] me dedique a la caza!»*

La madre de Gilgamehs le comunica la existencia de Enkidu: *"Ciertamente, Gilgamesh, uno como tú nació en la estepa, y las colinas le criaron"*.

MISIÓN CUMPLIDA. SE AUTORIZA LA REPRODUCCIÓN POR EL HOMBRE.

Culminado el proyecto, Mamni se dirige a los dioses para comunicarles lo realizado, y les indica: *"240- Y yo os he librado de vuestra pesada tarea, Imponiendo vuestra labor al Hombre. Cuando vosotros concedáis a los Hombres El rumor de la pululación."*

El prototipo humano estaba desarrollado, únicamente faltaba que tuviera capacidad de reproducción, y, así, alcanzar la mano de obra necesaria para sustituir a los Igigu en sus tareas laborales. Ya no sería necesario acudir al procedimiento individual de formación del hombre. A partir de entonces, sera el hombre el que tenga la facultad de reproducirse, de "multiplicarse", como hacía el protohumano. Antes, se formaron 7 parejas: 7 hombres y 7 mujeres, pero ese método de reproducción del "trabajador" era laborioso e insuficiente para cubrir la mano de obra necesaria, como vamos a ver a ontinuación.

A Manmi, a partir de ese momento, le pusieron el nombre de *"Señora de Todos los Dioses (Belet-kala-ili), Instrucción de la reproducción de los hombres."*

REPRODUCCIÓN ARTIFICIAL DE LOS PROTOTIPOS.

Y comienza la creación de 7 parejas: 7 machos y 7 hembras.

"Entonces, entraron en la sala de los destinos 250- Enki el príncipe (?) y la experta Mammi 251-270: ...(d) 8- Habiendo sido reunidas las matrices, Ea amasa la arcilla ante la mirada de Nintu, 10- Quien repite la fórmula Que Ea, sentado ante ella, le dictaba.

Cuando ella terminó dicha fórmula, Separa catorce pedazos de pasta, Coloca siete a su derecha 15- Y los otros siete a su izquierda: Después levanta entre ellos una pared de ladrillo (a) 10´[...] cortaba los cordones umbilicales.

De las catorce matrices Reunidas por la sabia experta: Siete produjeron machos y las otras siete hembras.15 Ante la Matriz divina, hacedora de destinos, Se las empareja Y se las reúne dos a dos.Y, así, Mammi traza Las reglas (del parto) de los seres humanos: "En la habitación en que se tiende, Encamada, la parturienta, Tendrá que estar durante siete días la pared de ladrillo.

20 Se deberá rendir honores a la Señora de los dioses, A Mammi la experta. La comadrona estará alegre En la habitación de la encamada parturienta. Y, cuando ella haya dado a luz, La joven madre permanecerá en el lecho, de acuerdo con su voluntad...

(f) 271- [...] [...] los senos de (cada) mujer [...] la barba [...] las mejilla de (cada) hombre 275- [...] y fuera, Cada marido y cada esposa [...]

De los siguientes párrafos se desprende que la duración del embarazo traspasó el plazo de los nueve meses, por lo que en el décimo mes Nintu decide realizar una cesárea:

Ahora bien, una vez reunidas [las mat]rices, Nintu [se detuvo]: [Ella co]ntaba los meses de embarazo 280- Hasta que en la sala de los destinos Se anunciaba el décimo.

VI) Llegado el décimo mes, Ella desenvainó el "bastón" (?) y descubrió (?) el bajo vientre (?) Trazó una línea de harina Y levantó en el lugar una pared de ladrillo, (diciendo): "¡Yo la produje, yo la hice con mis manos!

Nintu advierte que la duración del embarazo ha de ser de nueve meses, en parte, para evitar abortos:

290- ¡Que en la casa de la "consagrada" La comadrona esté alegre! Allí donde una parturienta dé a luz, O donde una joven madre aborte por sí misma, La pared de ladrillo deberá permanecer durante nueve días, Durante los cuales, en honor de Nintu la Matriz 295- Y de ammi

...], será mencionada Es ella quien [...] la matriz Y quien dispondrá la estera Y cuando se dirija al lecho para dar a luz, Se separarán el mar[ido y la mu]jer. 300- Pero, cuando se vuelvan a–re-unir, Istar estará alegre en la cámara [nupcial (?)].El regocijo [dura]rá nueve días, Y se invocará a Istar bajo el nombre de Ishara..."

EL HOMBRE FABRICA UTENSILIOS Y SE MULTIPLICAN.

Una vez formadas y preparadas las parejas, los hombres fabricaron los utensilios para trabajar: *"337- Ellos fabricaron picos y azadas nuevos, Después construyeron grandes diques de riego Para satisfacer el hambre de los hombres Y el deseo [de los dioses]340-351: nueva laguna.".*

Pero la multilicación tan rápida de los hombres provocó el enfando de Enlil, debido al ruido que producían los hombres, que no le dejaban descansar: *"352- [No habían pasado] mil doscientos años [Y el territorio se había ampliado] Y la población multiplicado. El pa[ís, como un to]ro, alzaba tanto la voz 355- Que [el ruido] molestó al dios soberano".*

A partir de entonces, Enlil programa una serie de plagas que, al no acabar con el gran número de hombres, es cuando decide el envío de un diluvio.

23
Yahvé, el dios del Génesis

En el Génesis se identifica al Creador con dos nombres: los "elohim" y "Yahvé", según las redacciones o versiones que de la creación contiene.

En el fondo, lo que subyace en las distintas redacciones es la pugna entre las tradiciones elohistas (E) y yavistas (J), que influyeron en cada una de las dos versiones. En la primera (E), como se desprende de los libros del Tamaj (sólo para judíos) -Antiguo Testamento bíblico para los cristianos-, iniciada a mediados del siglo IX a. C., la historia bíblica gira sobre el nombre de Elohim, un dios desprendido de la forma antropomórfica. En la segunda (J), se asienta sobre Yahvé, un dios humano o humanizado (come, anda, habla con Moisés, entre otras conductas y comportamientos).

Y esa doble nomenclatura del Dios no es baladí, pues ejerce su influencia en la denominación o asignación de nombres, tanto topográficos como nominales de personas, pues en la tradición elohista se pone de manifiesto el papel de Israel (Isra-El) y del sacerdocio levita frente a la tradición yavista, que pone su énfasis en Judá y en el sacerdocio aaronita, si bien es cierto que, finalmente, ambas tradiciones son incorporadas en la Torá hacia el año 400 a. C. Así, muchos nombres hebreos derivan, bien de "El" (Israel, Raquel, Samuel, Enmanuel, Gabriel, Ariel, etc), bien de Yahvé (Jesús -Yehoshu'a-, "Dios es salvación", José, Isaías, Jeremías, Elías, Juan; incluso, puede ser el nombre de María, Miryam, Mir-yam, -luz y mar-). No por casualidad, el dios Yam fue exportado a Egipto durante el Imperio Nuevo, 1.550 a 1070 A. C. y Moisés nació sobre el año 1.350 a. C, más o menos, y su hermana se llamaba Maryam, María).

La palabra elohim (en hebreo) se trata de un femenino singular, asociado a un masculino plural, y que se podría traducir como "Ella-los-dioses". Al tratarse de una palabra en plural, da pábulo a la interpretación de que con ella se identifica a un conjunto de estos seres, masculinos y femeninos, por lo que los redactores y a quienes iban dirigidos los textos, ese colectivo se identifica con el grupo, no con sus individuos, es decir, que se refieren a ellos con una denominación común: elohim.

Esta palabra hebrea deriva de la forma plural de Eloah, que significa "poderoso", que, a su vez, viene de la raíz "El", que significa, precisamente, "poderoso", "poder", "fuerza", por lo que la palabra "elohim", teleológicamente, puede entenderse como el conjunto de facultades derivadas de la situación o de la cualidad de "autoridad"; de un título concreto con autoridad en un ámbito concreto de competencia, o poderes o facultades características de un grupo determinado.

Esta palabra aparece alrededor de 2.600 veces en las Escrituras, siendo utilizada, en muchas ocasiones, no como un nombre personal, sino como un título y atributo que expresa autoridad y juicio; incluso, en determinadas ocasiones se utiliza en referencia a los ángeles, (Salmo 8:5 y sobre los dioses paganos; Génesis 31:30). Como luego expongo, dicho título es concedido a Moisés (Éxo. 4:16; 7:1), y a los jueces de Israel se les designa como elohim, (Éxo. 21:6; 22:8-9).

Pues bien, a estre grupo, a los elohim, pertenecía Yahvé (YHWH), como se especifíca en Sal. 97:9 (*"Porque tú eres Yahvé,*

Altísimo sobre toda la tierra, por encima de todos los dioses"), y en el Salomo 82: 1 (*Dios se alza en la asamblea divina, para juzgar en medio de los dioses"*).

Cuando Moisés le pregunta a Dios por su nombre, el público, para identificarlo ante aquellos que le pregunten por el Dios que le envía, Dios le responde: *"Yo soy el que soy"* (Éxo. 3:14). Sin embargo, el nombre divino, el que se pronunciaba por el Sumo Sacerdote en la intimidad del recinto sagrado, el Templo, era el resultado de deletrear la palabra Yahvé en hebreo, es decir, Jod-é-vau-é. Al deletrear esas letras se hace referencia a sus atributos divinos, pues jod hace referencia al prinicipio activo, a lo masculino; é, al principio pasivo, lo femenino; vau, unión de ambos sexos (lo que da una imagen hermafrodita de Yavé); y la é final, que refuerza los conceptos anteriores, reconociendo a Dios como creador de la vida.

Por otra parte, Yahvé desempeñaba funciones militares: era militar. Así, en el Génesis es calificado como un "guerrero", un militar: מִלְחָמָה, *milchâmâh*. Él es aclamado como el más poderoso de los dioses (Exo. 15:3 y 15:11, *"¿Quién como tú, Yahvé, entre los dioses? ¿Quién como tú, glorioso en santidad, terrible en prodigios, autor de maravillas?"*). De hecho, existió o existe un *"Libro de las Guerras de Yahvé"* (Núm. 21:14 Por eso se dice en el libro de las batallas del Eterno: *"Lo que hizo en el Mar Rojo y en los arroyos de Arnón"*), que en el supuesto de que saliera a la luz, nos mostraría la verdad sobre la estrategia bélica y fines militares de este ser, autoproclamado "dios" del pueblo hebreo. En el Salmo 68 se hace un elogio sobre el poder de Yahvé.

A la faceta militar se le añade la de legislador, como acreditan las 613 normas contenidas en los libros que conforman el Pentateuco, de forma que "los Diez Mandamientos" no reflejan la realidad normativa que impone a los israelitas, al pueblo hebreo, que se contiene en el Exódo 20, 21, 22 y 23; todo el Levítico, en Números y Deuteronomio.

También asume el papel de juez, como se recoge en el Gén. 18:23-33, cuando Abrahán intercede por los justos que pudieran residir en Sodoma, para salvarlos de la destrucción de la ciudad, y como pone de manifiesto el profeta Isaías (*"Porque Yahvé es nuestro juez, Yahvé nuestro legislador, Yahvé nuestro rey: él nos salvará."* Isa. 33:22). Militar, legislador y juez caracterizan la naturaleza de su personalidad: un dios dictador.

El hombre empieza a pronunciar el nombre de Dios, Yahvé, a partir de Enós. (Gén 4:26 *"También a Set le nació un hijo, al que puso por nombre Enós. Éste fue el primero en invocar el nombre de Yahvé"*). Esto quiere decir que Adán y Eva, Caín y Abel, y Set conocían o identificaban a dios con el término de "elohim", no con el nombre de Yahvé; conociendo también al elohim identificado como "el serpiente".

Cuando Moisés se encuentra con Yahvé, le dice, soy el dios de Abrahán, Isaac y Jacoc: אֱלֹהִים. (Éxo. 3 *"Me aparecí a Abrahán, a Isaac y a Jacob como El Sadday; pero mi nombre de Yahvé no se lo di a conocer"*). Por lo tanto, la mayoría de los patriarcas antediluvianos conocían a los "elohim", mientras que Yahvé ante Moisés se erigió y presentó como dios de Abrahám, Isaac y Jacob. También utiliza otros nombres, como el de la palabra que utiliza para dirigirse a los israelitas de Egipto: אֶהְיֶה, *hâyâh*, "yo soy" (5+10+5+1=21). Otra veces, como he indicado, se le llama "Schadda שַׁדָּי, "omnipotente".

Los egipcios llamaban a los hebreos con el calificativo yahuds (adoradores del faraón), en árabe, يهوديًا,, "judíos", que, posteriormente, fundaron Yahuda (Judá). Estos hebreos son los escogidos por Yahvé como su pueblo, su nación, y, por lo tanto, los que impondrán en Canaán a este dios, frente a "El" y, su hijo, "Baal", hermano de Yam, luego, YHWH, Yahvé.

Y la pregunta obligatoria, resultante de todo lo expuesto, amén, de las omitidas y recogidas en el Pentatéuco, es: ¿quién era Yahvé?

En Canaán eran muy abundantes los "baalim", derivados del nombre de "Baal", y extendían su dominio en zonas locales, eran entidades locales, al igual que sucede con los patrones de los pueblos de influencia católica. Da la impresión que la figura de Yahvé es una trasposición de la figura del dios sumerio "ENLIL", "Señor del viento", que habitaba en la cima de la Montaña que ascendía a los cielos. Tenía encomendado el imperio de la Ley y venerado en el Ekur ("Casa de la Montaña") de Nippur. Su número sagrado era el 50. En otras ocasiones, parece identificarse con el dios sumerio ENKI. Incluso, de la figura de Marduk, pues si tenemos en cuenta de que este último fue adorado como tal hasta el año -539, y el cautiverio de Babilonia comprende desde el año 586 hasta 538 a.c., puede concluirse que los judíos asimilaron durante su estancia en Babilonia el panteón mesopotámico, haciendo una síntesis de las figuras de los dos primeros, Enlin y Enki, y personificándolo en Marduk, que era el dios vigente en la Tierra.

Yahvé moraba en el monte *"Horeb, la montaña de Dios."*- חרֵב, Choreb (2+200+8=210)-, (Éxo. 3:1). Además las normas que Yahvé dio a Moisés son, como he dicho, parecidísimas a las leyes sumerias, utilizando el mismo sistema legal de normas. ¿Era un "annunaku"? En la Biblia hay pasajes en los que se menciona a "Anakim" y "Anak". Así, en Núm. 13:22; 13:28; 1:28, 13:33. Deut. 2:10-11; 2:21; 9:2 y 11:21-22. Josh: 14:12; 14:15; 15:13-14; 21:11. Jue 1:20.

Pero sigamos la pista de Yahvé. En Jueces, Aser responde al llamado de Gedeón para expulsar a los madianitas, amalecitas y otros del este (Jueces 6:35), y se describe la estrategia de Yahvé para destituir a Baal como el dios de Madián: *"Sucedió que aquella misma noche Yahvé dijo a Gedeón: «Toma el toro de tu padre, el toro de siete años; vas a derribar el altar de Baal propiedad de tu padre y cortar el cipo que está junto a él. Luego construirás a Yahvé tu Dios, en la cima de esa altura escarpada, un altar bien dispuesto. Tomarás el toro y lo quemarás en holocausto, con la leña del cipo que cortes.» Gedeón tomó entonces diez hombres de entre sus criados e hizo como Yahvé le había ordenado. Pero, como temía a su familia y a la gente de la ciudad, en lugar de hacerlo de día, lo hizo de noche."* (Jue. 6:25-27).

Jetró, el suegro de Moiés era un sacerdote madianita. Algunos expertos piensan que Jetro es un título y que su verdadero nombre es Reuel (Éx. 2:18). Madián formaba parte de Arabia, en la parte occidental del mar Rojo, cerca del monte Sinaí, a donde Moisés acudió después de huir de Egipto. Jetro y su familia daban culto al verdadero Dios en común con los hebreos (Éxo. 18:11-12). Los madianitas, según la Biblia, adoraban al dios Baal, al cual, en relación con Madián, se le invoca con el apelativo de Baal Peor; la palabra Peor puede referirse seguramente al lugar principal donde se le rendía culto a este dios. Para los israelitas, Baal y todos los dioses de los pueblos que les rodeaban eran ídolos, dioses falsos.

El orientalista Juan Manuel Tebes afirma que algunos aspectos de la religión madianita atestiguados arqueológicamente, tales como el culto anicónico, la práctica de la peregrinación e incluso quizás la presencia de la metalurgia en el imaginario religioso parecen haber influido en la religión yahvista de los israelitas. Existe una hipótesis, conocida como la hipótesis madianita-cenea, que sostiene que el culto a Yahvé se habría originado alrededor de las regiones sureñas de Madián y Edom y que posteriormente habría sido llevado por los comerciantes a Israel a través de las rutas de caravanas hacia la región de Canaán. (Tebes, Juan Manuel, 30 de marzo de 2021. «The Archaeology of Cult of Ancient Israel's Southern Neighbors and the Midianite-Kenite Hypothesis». *Entangled Religions, en inglés.* ISSN 2363-6696. doi:10.46586/er.12.2021.8847. Consultado el 2 de junio de 2022).

Baal (en hebreo: בַּעַל [Bá`al]; en árabe: بَعْل [Ba`al]) es una antigua divinidad de varios pueblos situados en Asia Menor y su área de influencia: babilonios, caldeos, cartagineses, fenicios (asociado a la antigua deidad Melkart), filisteos y sidonios. Era el dios de la lluvia, el trueno y la fertilidad. Por otra parte, Moloch Baal se trata de un dios de origen canaanita que fue adorado por los fenicios, cartagineses y sirios. Se le identifica con Cronos y Saturno.

Belcebú (en hebreo: זְבוּב בַּעַל Ba'al Zebub, entre otras variantes) es un nombre derivado de un dios adorado en la ciudad filistea de Ecrón, asociado con el dios Baal de la religión cananea. Baal-zebub (heb. *Ba'al zebûb,* "Baal [señor] de las moscas"; originalmente habría sido Ba'al Zebûl, "Señor de la casa [morada, habitación]", pero los masoretas lo habrían cambiado para burlarse del ídolo y sus adoradores). En las lenguas semíticas del noroeste, ugarítico, fenicio, hebreo, amorreo y arameo, la palabra Baal significaba "dueño" y, por extensión, "amo o señor", incluso maestro y esposa. Su dios padre es El.

En la mitología cananea se denominaba así a la deidad principal. Se lo conocía como «padre de todos los dioses», el dios supremo, «el creador», «el bondadoso». Por lo general, al dios El, se le representaba como un toro, con o sin alas. También se lo llamaba Eloáh o Elah y su esposa principal era Asera (Astarté, Athirat o Ishtar), diosa madre de Baal. Su hijo

Baal era representado como un joven guerrero, pero también como un toro joven (un becerro). En el templo de El-Il-Dagan (en Ugarit), Baal y el dios El estaban juntos.

Uno de los hermanos de Baal y dios rival, es el dios semítico del caos y las tempestades, llamado Yam, cuyo culto rivalizó con el culto a su hermano de Baal, ambos hijos del dios principal El. También, ambos formaban parte de su corte de dioses menores. Yam es el dios semítico del caos y las tempestades, cuyo culto rivalizó con el culto a su hermano de Baal, ambos hijos del dios principal El. También forman parte de su corte de dioses menores, llamada Elohim.

Una muestra de esa rivalidad es la ira de Yahvé con motivo de la fundición del oro que tenían los hebreos para hacer un "becerro de oro": "Yahvé dijo a Moisés: «¡Anda, baja! Porque se ha pervertido tu pueblo, el que sacaste del país de Egipto. Bien pronto se han apartado del camino que yo les había prescrito. Se han hecho un becerro fundido y se han postrado ante él; le han ofrecido sacrificios y han dicho: "Éste es tu Dios, Israel, el que te ha sacado del país de Egipto." Y añadió Yahvé a Moisés: «Ya veo que este pueblo es un pueblo de dura cerviz. Déjame ahora que se encienda mi ira contra ellos y los devore; de ti, en cambio, haré un gran pueblo." (Exo 32, 7-10). Era de comprender que a Yahvé le sentara muy mal que los hebreos, su pueblo escogido para que le adoraran como su Dios, retomaran el culto a su hermano Baal, que era representado como un toro joven, un "becerro". Baal era considerado el símbolo del fuego purificante, que a su vez simboliza el alma. La "zarza ardiente" que vio Moisés pudo ser el primer acto por el que Yahvé asumió la suplantación de su hermano. Yam-Baal – Yamba – Yabal – Yahvéh. Yam-ehyé – Yahvéh – Yahvé.

A Moisés, como he dicho, le dice en hebreo, "Ehyé". Es la primera persona de "hayá" (ser) sin embargo, no tiene tiempo verbal por lo que el pasado, presente y futuro se dicen de la misma forma. Lo que quiere decir, que Dios le comunicó a Moisés su "deseo de ser" el dios suyo y de los hebreos, con exclusividad, renegando de la adhesión a otro del grupo de los elohim. Y quería serlo al no tener territorio o nación asignada por su padre, El, y al rivalizar con su hermano, Baal, que sí tenía asignada una región como dios, la cananea.

Canaán, antigua región del Oriente Próximo, situada entre el mar Mediterráneo y el río Jordán en el año 3.000 antes de nuestra era, abarcaba lo que ahora es parte de Siria, Líbano, Jordania, Israel y Palestina, con la Franja de Gaza y Cisjordania. Es decir, que compitió con su hermano al conducir a los hebreos a la región en la que su hermano, Baal, era el dios de los cananeos, pues necesitaba un pueblo y un ejército, asumiendo símbolos de su padre y hermano ante Moisés y el pueblo hebreo, al presentarse como el dios de Abraham, de Isaac y de Jacob.

Los elohim celebraban sus asambleas, en las que se tomaban decisiones y se juzgaba el comportamiento de sus miembros; tenían hijos y morían, al igual que los humanos, aunque tuvieran una duración de vida más larga. En el Salmo 82, se nos dice: *"1. Dios se alza en la asamblea divina, para juzgar en medio de los dioses: .. 6 Yo había dicho: «Vosotros sois dioses, todos vosotros, hijos del Altísimo». 7 Pero ahora moriréis como el hombre, caeréis como un príncipe cualquiera."* Y en el Salmo 89: *"7 Pues, ¿quién en las nubes se compara a Yahvé, quién se le iguala entre los hijos de los dioses?*

En relación con la descripción física de Yahvé, como se desprende del Pentatéutico, se trata de un ser físico, con figura humana y con un rostro no muy agradable de contemplar, si tenemos en cuenta lo que nos narra el Éxodo, pues sólo mostraba sus pies, mano y espalda. Así:

"Moisés subió con Aarón, Nadab y Abihú y setenta ancianos de Israel, y vieron al Dios de Israel. Bajo sus pies había como un pavimento

de zafiro, transparente como el mismo cielo. Él no extendió su mano contra los notables de Israel, que vieron a Dios, y después comieron y bebieron."

"Yahvé hablaba con Moisés cara a cara, como habla un hombre con su amigo. Luego Moisés volvía al campamento, pero su ayudante, el joven Josué, hijo de Nun, no se apartaba del interior de la Tienda." (33, 9-11).

"Entonces Moisés dijo a Yahvé: "Déjame ver tu gloria." Él le contestó: "Yo haré pasar ante tu vista toda mi bondad y pronunciaré delante de ti el nombre de Yahvé; pues concedo mi favor a quien quiero y tengo misericordia con quien quiero." Y añadió: "Pero mi rostro no podrás verlo, porque nadie puede verme y seguir con vida." Yahvé añadió: "Aquí hay un sitio junto a mí; ponte sobre la roca. Al pasar mi gloria, te meteré en la hendidura de la roca y te cubriré con mi mano hasta que yo haya pasado. Luego apartaré mi mano, para que veas mis espaldas; pero mi rostro no lo verás." (33, 18-23).

"Después de hablar con Moisés en el monte Sinaí, le dio las dos tablas del Testimonio, tablas de piedra, escritas por el dedo de Dios."(31, 18).

Era muy poco misericordioso con los enfermos: *"Manda a los israelitas que echen del campamento a todo leproso, al que padece flujo y a todo impuro por contacto de cadáver. Los has de echar, sean hombre o mujer; fuera del campamento los echarás, para que no contaminen su campamento, donde yo habito en medio de ellos."* (Números 5:2-3).

Era un adicto a los sacrificios de carne por sus efectos calmantes o relajantes. El porqué de la quema de ciertas partes del animal se explica así: *"y quemarás todo el carnero en el altar. Es holocausto para Yahvé, calmante aroma de manjares abrasados en honor de Yahvé. "Después lo tomarás de sus manos y lo quemarás en el altar junto al holocausto como calmante aroma ante Yahvé. Es un manjar abrasado en honor de Yahvé."* (Exo 29, 18 y 25).

"Presentará de ella, como ofrenda suya, manjar abrasado para Yahvé: la grasa que cubre las entrañas y toda la que hay sobre las mismas; los

dos riñones y la grasa adherida a ellos y a los lomos; y el lóbulo del hígado; apartará todo esto junto con los riñones. El sacerdote lo quemará sobre el altar como alimento, manjar abrasado de calmante aroma para Yahvé. Toda la grasa pertenece a Yahvé. "Ésta es una ley perpetua, de generación en generación, dondequiera que habitéis: no comeréis nada de grasa ni de sangre." (Levítico 3:14-17).

"Apartará toda la grasa de la víctima, como se aparta la grasa de un sacrificio de comunión, y el sacerdote la quemará sobre el altar como calmante aroma para Yahvé. El sacerdote hará así expiación por él y se le perdonará." (Levítico 4:31).

Era raro que le gustara las ofrendas vegetales, de hecho le agradaban más la de Abel, ganadero, que las de Caín, labrador. No es de extrañar que ante esa actitud discriminatoria, Caín, con la finalidad de agradar a Yahvé, le ofreciera en sacrificio a Abel, cuya sangre clama desde la tierra, es decir, el humo del sacrificio subió hasta Dios. También, este hecho nos sirve para entender el cuidado de Yahvé de preservar a Caín de cualquier ataque de otro de los "formados" o de los que los "elohim" tomaron la materia prima para formar al hombre; además, de que era hijo de Eva y un "elohim", el Serpiente. En Génesis se dice: *"Pasó algún tiempo, y Caín hizo a Yahvé una oblación de los frutos del suelo. También Abel hizo una oblación de los primogénitos de su rebaño y de la grasa de los mismos. Yahvé miró propicio a Abel y su oblación, mas no miró propicio a Caín y su oblación, por lo cual se irritó Caín en gran manera y se abatió su rostro."* (4:3-5).

La sangre está presente en todas las ofrendas que exigía Yahvé, así como en los ritos de preparación de vestuario y mobiliario. El olor de la sangre y el aroma que desprendía la carne y vísceras al fuego era una droga para su sistema nervioso, neurológico. Esa adición al olor de las víctimas quemadas se hace patente, también, cuando Noé sale del Arca y le ofrece un sacrifico. El humo y el olor le atraen fatalmente, como si se tratase de un mecanismo para pasar de una dimensión a otra, pero no de un ente bondadoso, sino cruel, y de baja alcurnia.

En este sentido es significativo el relato del diluvio asirio cuando el Noé sumerio, Hasisadra ofrece un sacrificio a los dioses en la cima de la montaña, y ante el olor *"los dioses vinieron en tropel, como moscas, sobre el sacrificador"* (puede ser que los masoretas, al traducir el nombre de Ba'al-zebul, "Señor de la casa, morada, habitación", los sustituyeran por el de Ba'al zebûb, "Señor de las moscas", para desacreditar a Baal y humillar a sus adoradores).

El sacrificio de los primogénitos era esencial para Yahvé, que lo impuso como un precepto de obligado cumplimiento: *"Porque no habían puesto en práctica mis normas, habían despreciado mis preceptos y profanado mis sábados, y sus ojos se habían ido tras las basuras de sus padres. E incluso llegué a darles preceptos que no eran buenos y normas con las que no podrían vivir, y los contaminé con sus propias ofrendas, haciendo que pasaran por el fuego a todo primogénito, a fin de infundirles horror, para que supiesen que yo soy Yahvé."* (Eze 20. 24-26).

Por regla general, su comportamiento es cruel y reprochable de quien es considerado como dios. En Números se nos cuenta la conducta de Moisés, siguiendo los mandatos de Yahvé para su agrado: *"Y Moisés se enojó con los capitanes del ejército, y con los tribunos y centuriones que volvían de la guerra. Moisés les dijo: "¿Por qué habéis dejado con vida a las mujeres?. "Fueron ellas, por consejo de Balaam, las que llevaron a los israelitas a prevaricar contra el Eterno en Peor. Por eso hubo mortandad en la congregación del Eterno"Matad, pues, ahora a todo varón entre los niños, y matad también a toda mujer que haya conocido varón carnalmente". Y todas las niñas que no hayan conocido varón, dejaréis vivas."*(31:14-18).

Su ira era patente, como nos narra Levítico: *"Y si seguís en vuestra rebeldía contra mí, y no queréis oírme, añadiré sobre vosotros siete veces más plagas según vuestros pecados. "Enviaré también sobre vosotros fieras salvajes que arrebaten a vuestros hijos, destruyan vuestro ganado, y os reduzcan en número; y vuestros caminos quedarán desiertos. "Y si con esto no os volvéis a mí, sino que andáis contra mí, "yo también procederé contra vosotros, y os heriré aún siete veces por vuestros pecados. "Traeré contra vosotros espada vengadora, que vengará vuestra violación del pacto. Os refugiaréis en vuestras ciudades, pero yo enviaré peste contra vosotros, y seréis entregados en manos del enemigo. "Cuando os corte el sustento del pan, diez mujeres cocerán vuestro pan en un horno, y os devolverán vuestro pan por peso. Y comeréis y no os saciaréis. "Y si aún con esto no me oís, sino que os oponéis a mí, "procederé contra vosotros con ira, y os castigaré aún siete veces por vuestros pecados". Y comeréis la carne de vuestros hijos e hijas, "(26:21-29).*

Se trataba de un ser rencoroso, un trastorno de la personalidad que nos muestra el pensamiento y conducta errática de este ser, autoproclamado y presentado antes los hebreos como "dios", no único, sino "exclusivo" de los hebreos. En este sentido, Yahvé no impone el monoteismo, pues era consciente que formaba parte de un colectivo de dioses, los elohim, cada cual con un territorio, sino una monolatría, es decir, su adoración por el pueblo elegido, al que prohibió la adoración de otros dioses. De hecho los antiguos hebreos eran politeistas y eran tolerantes con la adoración a otros dioses. Fue el caso de Salomón.

El capricho de este ser y la contraprestación a su adoración, se pone, una vez más, de manifiesto en el dato de que podía nombrar a un humano dios, un אֱלֹהִים:"Yahvé dijo a Moisés: *"Mira yo te hago un dios para el faraón y tu hermano Aarón será tu profeta;"*(Éxo 7, 1).

No detallo las órdenes que Yahvé da a los jefes del pueblo hebreo, desde la salida de Egipto hasta la conquista aparente de Canaán, referidas a las tomas de las ciudades que se han de atacar y el trato hacía sus habitantes: hombres, mujeres, ancianos y niños, tanto cuando Moisés y Aarón estaban al frente, como en la edad de los Jueces. Lo que revelan todas ellas es el sentimiento genocida de Yahvé, pues no se contenta con desalojar o despojar a otro elohim de su territorio y de sus adorantes o fieles, sino el de acabar con los puesblos que no le conocían o adoraban; lo que, en parte, el propio pueblo hebreo sufrió con los ataques de celos de Yahvé a la menor conducta que se desviara de su obediencia o sumisión.

Pero lo sorprendente del Antiguo Testamento es la visión que los Profetas, después de Moisés, tienen de Yahvé, que es totalmente contraria al Yahvé mosáico.

Isaías dice: "

"¿A mí qué, tanto sacrificio vuestro? —dice Yahvé—.
Harto estoy de holocaustos de carneros,
de sebo de cebones;
y sangre de novillos y machos cabríos no me agrada,
cuando venís a presentaros ante mí.
¿Quién ha solicitado de vosotros
esa pateadura de mis atrios?
No sigáis trayendo oblación vana:
el humo del incienso me resulta detestable.
Novilunio, sábado, convocatoria:
no tolero falsedad y solemnidad.
Vuestros novilunios y solemnidades aborrece mi alma:
me han resultado un gravamen
que me cuesta llevar.
Y al extender vosotros vuestras palmas,
me tapo los ojos por no veros.
Aunque menudeéis la plegaria,
yo no oigo.
Vuestras manos están de sangre llenas:

lavaos, limpiaos,
quitad vuestras fechorías de delante de mi vista,
desistid de hacer el mal,
aprended a hacer el bien,
buscad lo justo,
dad sus derechos al oprimido,
haced justicia al huérfano,
abogad por la viuda." (1: 11-17).

Jeremías expone:

¿A qué traerme incienso de Seba y canela fina de país remoto?Ni vuestros holocaustos me agradan, ni vuestros sacrificios me complacen." (6:20).

"Los hijos de Judá han hecho lo que me parece mal —oráculo de Yahvé—: han puesto sus monstruos abominables en el templo que lleva mi Nombre profanándolo,

y han construido los altos de Tófet —que está en el valle de Ben Hinón— para quemar a sus hijos e hijas en el fuego, cosa que nos les mandé ni me pasó por las mientes." (7: 30-31).

Ezequiel dice:

"Yo los conduje a la tierra que, mano en alto, había jurado darles. Allí vieron toda clase de colinas elevadas, toda suerte de árboles frondosos, y en ellos ofrecieron sus sacrificios y presentaron sus ofrendas provocadoras; allí depositaron el calmante aroma y derramaron sus libaciones.

Y yo les dije: ¿Qué es el altozano adonde vosotros vais?; y se le puso el nombre de Bamá, hasta el día de hoy.

Pues bien, di a la casa de Israel: Así dice el Señor Yahvé: Conque vosotros os contamináis conduciéndoos como vuestros padres, prostituyéndoos detrás de sus ídolos, presentando vuestras ofrendas, haciendo pasar a vuestros hijos por el fuego; os contamináis con todas vuestras basuras, hasta el día de hoy, ¿y yo voy a dejarme consultar por vosotros, casa de Israel? Por mi vida, oráculo del Señor Yahvé, que no me dejaré consultar por vosotros." (20: 28-31).

"En cuanto a vosotros, casa de Israel, así dice el Señor Yahvé: Que vaya cada uno a servir a sus basuras; después, yo juro que me escucharéis y no profanaréis más mi santo nombre con vuestras ofrendas y vuestras basuras." (20: 39).

A este "oráculo de Yahvé" le aborrecen los sacrificios humanos, las ofrendas de animales y el incieso. El concepto de Dios, después de la desaparición del dios histórico, que interviene en la historia del pueblo elegido, se abstrae del ser físico, surgiendo un Dios más espiritualizado.

Es la hora de interiorizar la divinidad, y las obras y acciones que agradan a Dios son las realizadas por los justos, ayudando a los oprimidos y a los socialmente desprotegidos.

24
Los "dioses"

¿Quiénes eran los "dioses"?

Esta pregunta transcendental se nos antoja como la más difícil de responder, pues implica una serie de interrogantes que provocan grandes dudas sobre su naturaleza, su origen, (terrestre o celestial), de su existencia actual y del lugar de residencia, si es que siguen existiendo.

Como he señalado en el capítulo anterior, Yahvé pertenecía al colectivo de los eholim, que en Sumeria se les conocía con la palabra annunaku.

Sobre su naturaleza física nada de extraordinario es de destacar, tal y como relatan los textos mitológicos de todas las culturas de la Tierra, pues sus características físicas son las mismas que la de los hombres: tienen dos piernas, dos brazos, dos ojos, etc. Y si tienen algo de extraordinario se trata de un añadido, que los presentan como "poderosos", como un "arma" o "instrumento" con cuyo uso amedrantaban a sus "humanos", a los "terrestres" (que no podían volar y dominar los "cielos", ni navegar por los "mares", ni recorren grandes distancias por tierra con vehículos). No cabe duda de que los "dioses" dominaban tierra, mar y aire; lo que nosotros los humanos hemos igualado e, incluso, intentamos superar.

Los "dioses" tenían esposas y las "diosas", esposos. Tenían hijos. Trabajaban para obtener alimento para su manutención, comían y bebían. Vivían más tiempo, pero también morían. Se mataban entre ellos por intrigas palaciegas y por las guerras que provocaban. Nosotros hemos heredados con la mezcla de sus genes sus pasiones, virtudes, defectos, debilidad moral y el interés por la investigación. Ellos fuern nuestros educadores, nuestros "domesticadores".

Y no se trataba de un puñado de "dioses", sino de una verdadera población, que se nos presenta como una civilización anterior a la que le sucedió y que podemos denominar como "su inteligencia artificial", en la que dejaron inscrita su historia genética y evolutiva: los hombres.

Al final, fueron desapareciendo de la Tierra. La entropía genética de los hijos de los hijos de los dioses, provocó que sus días de vida (como consecuencia del mestizaje con los hombres y mujeres) fueran más cortos, y sus últimos vástagos fueron los "dioses" que después del Diluvio (que residían en la Tierra), se alzaron como "dios" en cada una de las zonas en las que tuvieron que reemprender la labor educadora y civilizadora de los hombres, hasta que, también, fueron desapareciendo físicamente, pero mantenidos en la mente humana, ya no como seres físicos, sino como un "dios" abstracto o espiritualizado, en el que su presencia se manifestaba con "su no presencia". Sus largas vidas en la Tierra demuestran que poblaban la Tierra antes de la aparición del hombre. Este dato se pone de manifiesto de forma clara y terminante en la mitología hindú, no solamente por el grandísimo número de "dioses", sino por las medidas de tiempo que utilizaban.

Por otra parte, los "dioses" también fueron creados, como se dice en el Enuma Elish (traucción del historiador español y profesor de Historia Antigua en la Universidad Complutense de Madrid, especializado en las civilizaciones sumeria, acadia, mesopotámica y egipcia, Federico Lara Peinado): *"Cuando en lo alto1 el cielo aún no había sido nombrado, y, abajo, la tierra firme no había sido mencionada con un nombre, solos Apsu, su progenitor, y la madre Tiamat, la generatriz de todos, mezclaban juntos sus aguas: aún no se habían aglomerado los juncares, ni las cañas habían sido vistas. Cuando los dioses aún no habían aparecido, ni habían sido llamados con un nombre, ni fijado ningún destino, los dioses fueron procreados dentro de ellos."*

Es decir, el "principio cósmico", llamado Apsu, el abismo primordial, (lo masculino), y Tiamat, el segundo "principio cósmico", (lo femenino), "procrean" a los "dioses" en sus senos. "El principio" crea a los "dioses" y los "dioses", al hombre. En el Génesis, "el principio" se cambia por "en el principio", diciendo: *"En el principio creó Dios el cielo y la tierra. La tierra era caos y confusión y oscuridad por encima del abismo, y un viento de Dios aleteaba por encima de las agues"* (1:1-2).

En la tablilla denominada *"El Ganado y el Grano"*, se dice que *"An hubo hecho nacer a los anunnaki..."*

Se ha de advertir que, en la mayoría de los textos míticos, caben varias interpretaciones de un mismo término o nombre, depediendo de la descripción y contenido del texto, de forma que, a modo de capas de cebolla, en cada capa a interpreter se ofreces historias y contenidos diversos. Se trata de un relato polisémico que ofrece, a su vez, varias historias o transmite varias enseñanzas escondidas en un único texto. Esto sucede tanto en el Génesis como en el Enuma Elish, y la labor del intérprete de estos textos es la disección de cada historia, que aparecen revestidas con el mismo texto mítico. Una palabra que nos ayuda a comprender este sistema narrative es, por ejemplo, la palabra planta, que puede referirse a un vegetal, a una parte del pie, a los pesos de una construcción o edificio, o a un lugar físico en donde se trabaja o fabrica. Pues bien, dependiendo del sentido del texto en el que es utilizada, su significado queda mediatizado por el sentido de la interpretación del teto que la contiene.

Esto sucede en el caso de la palabra "dioses", que se puede referir, a los fines que nos interesa, a los seres divinos, a los planetas y estrellas, y también a seres físicos que poblaron, una vez, la Tierra.

En Sumeria, los dioses eran, a la vez, "estrellas", estrellas que dominaban las tres franjas ("caminos" según el texto Mul. Apin —"estrella-arado"), de forma que *Enlil* era el "Señor del aire" (del "viento"), *Enki*, el "Señor de la tierra" (luego, Ea, de la "casa-agua") y *An o Anu*, el dios del "cielo".

Sin embargo, el Mul.Apin, un compendio de los conocimientos astronómicos y astrológicos babilónicos, que parte de las fuentes sumerias y acadias, es mucho más explícito y detallista, al enumerar los nombres de 66 estrellas y constelaciones, aportando determinadas características, como las fechas de ascenso, puesta y culminación, que ayudan a trazar la estructura básica del mapa estelar babilónico. De hecho, el nombre Mul.Apin lo toma del nombre de la primera constelación del año, MUL.APIN, "el Arado", identificado con Triangulum más Alamak.

Con la ayuda de esta tablilla se comprende, de manera más global, la identificación de los dioses sumerios con las estrellas que entran en el campo de visión zodiacal en Mesopotamia, representando su mapa estelar, lo que enerva, en parte, la interpretación libre que Sitchin realiza, al personificar a dioses y dar el calificativo de planetas a objetos astronómicos que carecen de esas características.

En efecto, como se aprecia en el Mul.Apin, la distribución de las estrellas y constelaciones principales celeste se realiza en tres amplias divisiones de acuerdo con la latitud celestial, de forma que se asigna a cada estrella a tres "caminos", a saber:

1º. Camino norte, de Enlil, que contiene 33 estrellas o constelaciones.

2º. Camino central o ecuatorial, de Anu, que contiene 23 estrellas o constelaciones. Y

3º. Camino del sur, de Ea, que contiene 15 estrellas o constelaciones.

Es decir, los tres dioses principales del panteón sumerio con sus zonas de dominio, los "tres caminos": aire (viento, tormenta), el profundo central, y la tierra y agua.

En definitiva, los dioses eran los miembros supervivientes de otra humanidad extinguida por catástrofes cósmicas y terrestres. Se unieron a los "primitivos", tras modificaciones genéticas, surgiendo los semidioses y los héroes, hasta que murieron, siendo desplazados por el hombre, que conserva su herencia genética.

Los datos identificadores de esa anterior humanidad apuntan a los habitantes de la Atlántida, cuyos supervivientes fueron los que transmitieron a los nuevos terrestres los conocimientos científicos (astronomía, sistema de cómputo del tiempo, medicina, agricultura, organización social, normas de conducta social y nos enseñaron a escribir y a leer), que, a los ojos de nuestra tecnología, entendemos como muy avanzados a tenor del tiempo en el que dichos conocimientos y prácticas fueron utilizados, avances de los que contaban las grandes civilizaciones (sumerios, egipcios, chinos, indios, olmecas, mayas, griegos y otras tantas culturas mundiales).

En esta cuestión sigo la teoría del evemerismo (del filósofo griego del siglo IV a. C., Evémero de Mesene), que entiende que los dioses fueron hombres y sus hechos fueron desnaturalizados y embellecidos por la imaginación de sus admiradores, de forma que se produjo una incorporación a los elementos históricos de esos personajes de otros elementos del culto a los antepesados y a los elementos de la Naturaleza que consideraban como dioses.

25
¿Extraterrestres?

El origen de la vida en la Tierra, al igual que sucedió en Venus y Marte, es extraterrestre; vida que no hay que identificar con la "vida humana", muy posterior a la vida prístina en nuestro planeta.

Así lo afirma el profesor Akiva Bar-Nun (1.939-2017), del Departamento de Ciencias Planetarias de la Universidad de Tel Aviv, al asegurar que hace 4 Ma la composición química de los cometas que atravesaron la atmósfera terrestre trajeron a nuestro planeta los ingredientes que posibilitaron la vida en la Tierra.

En este sentido, la vida en la tierra es de origen extraterrestre, y la evolución de esa vida primordial, por último, se manifestó en, lo que al presente estudio interesa, los primates, prehomínidos y homínidos, que siguieron esa evolución natural, llegando a elaborar y utilzar herramientas de piedra hace 3,3 Ma, como la investigadora Sonia Harmand, del Instituto de la Cuenca del Turkana de la Universidad Stony Brook, en Nueva York, y la Universidad de Nanterre, en París, Francia y el geólogo del Observatorio de la Tierra Lamont-Doherty y de la Universidad de Rutgers, en Estados Unidos, Chris Lepre, pusieron de manifiesto en un artículo publicado en la revista científica Nature, encontradas en un yacimiento de Kenia.

Esto nos indica el grado cognitivo de nuestros antepasados, que siguió aumentando hasta alcanzar el nivel de inteligencia a la que llegó el homo sapiens.

¿Somos resultado de la evolución natural en la Tierra, o hemos sido creados? Ciencia y religión divergen en la respuesta.

El biólogo evolutivo Francisco José Ayala, (fallecido en este año 2.023), en su libro *La teoría de la Evolución* (1.994), afirma lo siguiente: *"La teoría de la evolución se ocupa de tres materias diferentes. La primera es el hecho de la evolución; esto es, que las especies vivientes cambian a través del tiempo y están emparentadas entre sí debido a que descienden de antepasados comunes. La segunda materia es la historia de la evolución; esto es, las relaciones particulares de parentesco entre unos organismos y otros (por ejemplo, entre el chimpancé, el hombre y el orangután) y cuándo se separaron unos de otros los linajes que llevan a las especies vivientes. La tercera materia se refiere a las causas de la evolución de los organismos"*. Ayala sigue la corriente científica iniciada por Darwin y Wallace (neodarwinismo) que parte de la afirmación de que la causa principal de la evolución es la "selección natural", que actua sobre una determinada población, incluso de la misma especie, presenta una variedad genética específica, como consecuencia de las modificaciones que se producen en el código genético de los individuos de esa especie; modificaciones aleatorias que tienen un carácter fortuito o azaroso. Sin embargo, con el creacionismo se eluden las cuestiones que plantea la evolución de las especies, al hacer depender su existencia de un acto de creación atribuida a un Creador, a Dios, como así enseñan todas las religiones. Por lo que no es una cuestión científica sino filosófica o metafísica.

El profesor indio-estadounidense de física teórica, Amit Goswami, cuyos estudios e investigaciones se han centrado en la conexión entre la física cuántica y la conciencia, en su libro *Evolución creativa*, reconcilia "evolucionismo" y "creacionismo", pues el darwinismo no da respuesta completa a las cuestiones esenciales, resultado de la evolución, al centrarse en las etapas de la evolución, por lo que tiene cabida el creacionismo, es decir, para la intervención de Dios, pues no sólo se trata de simples reacciones físicas, sino que somos algo más, como así expuso en una respuesta en una entrevista: *"La ciencia debería ser un instrumento, una herramienta o medio para enaltecer el espíritu, para la búsqueda de lo humano, de lo que nos concierne; uno de los principios en la física cuántica es que todos estamos conectados por una "unidad" de la que todos participamos y en la que nos relacionamos. Durante mucho tiempo la ciencia ha dicho que somos materia, un cuerpo físico, que lo comprobable es lo único existente, que todo lo que vemos se rige por las leyes de la física y por otro lado tenemos la religión que nos dice que debemos que creer, tener fe, y confiar en un dios que está muy alejado de nosotros, viviendo en el "cielo" y nos enseña que hay que esperar el paraíso para ser "realmente felices"."*

Pero la pregunta final se traslada al origen de ese "algo", que aparece como un plus a la esencia material del hombre. Pero ¿ese "algo" es resultado de la evolución natural o es adquirido fuera de la linea evolucitva por una vía de modificación genética? Es decir, ¿es una impronta divina, de los seres que llamamos "dioses"?

Anteriormente he tratado sobre los "dioses", de los que todas culturas y civilizaciones predican su origen. Y la pregunta puede concretarse más: ¿se tratan de seres no terrestres?

La respuesta se me antoja no muy complicada. En efecto, las características físicas de los dioses, que conocemos por la mitología de todos los pueblos del mundo y por la Biblia, son las mismas que las de los humanos (tienen brazos, manos, ojos, pies, etc.) y su comportamiento y sentimientos eran los mismos que los nuestrsos (comen, beben, se casan entre ellos, se pelean, odian, se vengan y se aparean con los humanos).

No son seres espirituales, sino materiales como nosotros, ni presentan rasgos físicos que los diferencien de nosotros. Serí mucha casualidad que seres evolucionados en otros planetas hubieran seguido los mismos hitos de evolución que en la Tierra y concurriendo las mismas condiciones climáticas y con el mismo ecosistema, según las etapas de desarrollo de nuestro planeta, científicamente determinadas.

Que se hable de seres que "bajaron del cielo" no puede entenderse con seres no terrestres, que han llegado de otro sistema solar, constelación, o galaxia. Todo depende del grado de avance tecnológico de una civilización.

Actualmente, nosostros los terrestres, dominamos los cielos y estamos dando pasos de gigante en la conquista del espacio, incluso, con la vista puesta en otros planetas y en nuestra Luna para establecer colonias humanas. Los hombres y mujeres que los colonicen, al igual que sus descendientes extraterrestres podrán hacer viajes a la Tierra, "bajarán del cielo"; unos, para recordar su lugar de nacimiento, otros, para conocer su planeta de origen. Y si a esto se le añade la posibilidad de que la Tierra sufra un cataclismo, como los acontecidos en el pasado, que deje a la humanidad al borde de la extinción, el aterrizaje de esos humanos sería entendido por los pocos humanos sobrevivientes, (trastornados mentalmente por el trauma de los acontecimientos y la desaparición del nivel tecnológico perdido y el estado de involución repentina), como la llegada de seres poderosos.

En la Tierra han existido otras humanidades cuyo nivel tecnológico se recuerdan en los relatos mitológicos, y a los individuos de esa civilización, supervivientes de los sucesivos cataclismos que tuvieron que sortear, los primitivos humanos les llamaron "dioses", porque así ellos se presentaron. A partir de ahí, tuvieron que domesticar al hombre primitivo, enseñándoles y preparándoles para realizar labores y trabajos, principalmente, destinadas a la obtención de alimentos para su subsistencia, con el fin de preservar la vida humana en la Tierra.

Si esos supervivientes encontraron refugio en las altas montañas, incluso, porque se encontraban en alguna misión espacial, bajaron de las alturas para ayudar a los supervivientes de su humanidad y a los homínidos primitivos, a quienes para elevarlos en inteligencia, modificaron genéticamente para injertarles ese "algo", que los hizo reflexivos: el alma, que los elevó sobre los demás animales, acelerando la evolución natural del género homo.

Ese "algo", en parte, se manifiesta en el sentimiento espiritual y deseo de trascendencia el hombre busca con la finalidad de pervivir, si no materialmente, sí como parte de la unidad de la creación. Es lo que la física cuántica nos enseña: todo es un uno. Pues bien, alcanzar ese instante de unidad nos lo permite ese "algo".

La biología y la física nos darán la respuesta a ese enigma. En este sentido, un estudio publicado en la revista Nature, de fecha 4 de octubre de 2023, (entre los autores de este trabajo, está la la astrobióloga y física teórica Sara Walter), propone una teoría que intenta unificar la física y la biología para explicar la complejidad y evolución de la vida en la naturaleza: la "Teoría del Ensamblaje" (TA). Según los científicos que suscriben el estudio, esta teoría pretende proporcionar una nueva perspectiva sinóptica de la física, química y biología, de forma que sean contempladas como diferentes facetas de una misma realidad, y, por ende, reconciliar la física reduccionista y la evolución darviniana, para averiguar la construcción desde la más pequeña molécula hasta el organismo más completo, siguiendo la serie de pasos o "ensamblajes" que configuran su construcción.

Nuestra existencia está incardinada en esa línea de evolución de todo el Universo, de nuestra galaxia, nuestri sistema solar y de la Tierra. Somos tan complejos como nuestros antepasados primates lo eran. Circuntancias externas, medio ambientales, mestizajes, climáticas y cósmicas, nos han ido configurando como somos en la actualidad, y seguiremos evolucionando pues la Tierra se nos quedará pequeña, y surgirá el "hombre celestial", que será muy diferente a nosotros, pero nosotros seremos sus antepasados terrestres.

Quinta parte

¿De dónde procedían?

26

El baile de los continentes: continentes sumergidos y continentes emergidos.

La configuración geológica y geográfica de la Tierra, la distribución de los conteninentes, no ha sido a lo largo de millones de años como la existente en la actualidad. Las catástrofes naturales y los movimientos de la Tierra, incluido el de "balanceo", fueron provocando cambios sucesivos en la distribución de los continentes, a lo que, también, contribuyeron los bombardeos sucesivos, algunos fatales, de meteoritos y cometas que impactaron con tanta potencia sobre los suelos oceánicos, que produjeron hundimiento de alguna de las placas de la Tierra, con las graves consecuencias para los habitantes, animales y plantas de las zonas afectadas y el desplazamiento masivo de la población superviviente a zonas más seguras. Así, partes de algunos continentes quedaron hundidos, apareciendo, a su vez, nuevas tierras, que dieron como resultado la actual configuración terrestre de nuestro planeta.

Esos cambios siguen produciéndose hoy en día, con la desaparición de islas e invasiones de territorios por el agua del mar como consecuencia del deshielo de los polos. También, las fuerzas tectónicas contribuyen a ello, como está sucediendo con los terremotos y volcanes, sirviendo de ejemplo lo sucedido con el volcán Hunga Tonga, que con la expulsión a la atmósfera de más de 146.000 millones de litros de vapor está produciendo un cambio climático, además de las casi 400.000 toneladas de dióxido de azufre, y provocando una avalancha de escombros que se desplazaron más de 100 kilómetros por el fondo marino, con velocidades de hasta 122 k/h. Otro ejemplo, la brecha o grieta de más de cinco mil kilómetros que atraviesa el sureste de África, que va a dividir el continente en dos partes, dando lugar al sexto océano de la Tierra y a una enorme isla, que por el sur limitará, muy cerca, con Magadascar.

Estos acontecimientos, tan cercanos, nos dan una idea de lo que pudo pasar a lo largo de millones y miles de años en nuestro planeta, y las graves consecuencias para la flora, fauna y habitantes terrestres.

Pero las catástrofes naturales no eran las únicas amenazas para las humanidades de cada momento, los conflictos entre los habitantes terrestres no tardarían, precisamente, por la necesidad de la búsqueda de nuevos territorios en donde habitar y el enfrentamientos con sus habitantes.

Se estima que hace unos 300.000 a 250.000 millones de años existía el supercontinente Pangea, llamado así porque agrupaba a la mayor parte de las masas terrestres emegidas por capricho del movimiento de las placas tectónicas; agrupación que, según un equipo de investigadores de la Universidad de Lisboa, se va a producir dando lugar a cuatro supercontinentes, que les dan los nombres de Novopangea, Pangea Última, Amasia y Aurica. Y hace más de 200 millones de años existía un super continente, que ocupaba las masas terrstres de las actuales África, América del Sur, Antártida, India y Australia, que se fomraron al dividirse este gran continente, llamado Gondwana.

Pues bien, con estos antecedentes, la proximiadad en el tiempo de la existencia de la Atlántida y de Lemuria o Mu, no es descabellada teniendo en cuenta los datos aportados por las informaciones literarias y descubrimientos geológicos y arqueológicos.

El investigador independiente ruso Inmanuil Velikovski en sus obras *Worlds in colision* (1950) y *Earth in Upheaval* (1955) expone, reinterpretando los registros míticos y literarios de las convulsiones climáticas y geológicas de nuestro planeta, la influencia de las aproximaciones de Venus y de Marte, así como la evidencia de las catástrofes naturaleas globales, entre ellas, el despalzamiento de los polos, que porvocó la inclinación del eje de la Tierra, como se muestra en el siguiente gráfico:

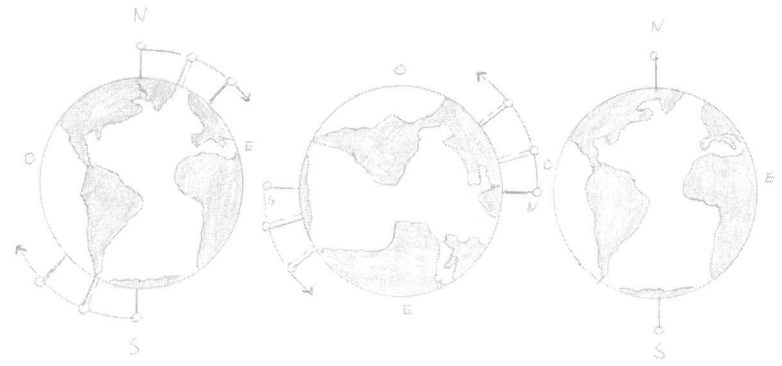

Todos esos hechos provocaron la desaparición de unos continentes, la configuración geológica de otros y la aparición de masas terrestres, antes hundidas.

En lo que conciden todos los textos literarios mitológicos y tradiciones orales de todos los pueblos, de cualquier parte del mundo, es en la existencia de una serie de acontecimientos que provocaron grandes inundaciones, surgimiento de montañas y la aparición de nuevas tierras a nivel planetario.

LA ATLÁNTIDA.

La existencia de la Atlántida se sustenta, principalmente, en la información proporcionada a uno de los sietes sabios y legislador de Atenas, Solón (640-559 a. J.C.) por parte de un sacerdote de la ciudad egipcia Sais, y que el filósofo y pensador griego, Platón (429-348 a. J.C.) recoge en dos pasajes distintos de su obra: en el diálogo de Timeo y en el Critias. En palabras de Platón, *"no es de ningún modo una elucubración literaria, sino una fideligna historia bajo todos los aspectos"* (Timeo, 26).

El filósofo y escritor judío helenístico, Filón de Alejandria (20 a. J.C.-45 d. J.C.), en su obra *De la incorregibilidad del mundo* recoge la información de Platón, diciendo:

"Considerad cuántas regiones, no sólo próximas a la costa sino también interiores han sido tragadas por las aguas, y considerad cuántas vastas extensiones de tierra se han convertido en mares sucardos ahora por innumerables naves. ¿Quién ignora el famoso itsmo que en los tiempos antiguos unía Sicilia con Italia? Cuando los mares de ambas partes, agitados por violentas tempestades, se encontraron, la tierra situada entre ellos quedó sumergida y arrastrada (…) y a consecuencia de ella Sicilia, que antes formaba parte de la restante tierra firme, quedo reducida a isla.

…Y la isla de Atlántida, que era más grande que África y que Asia, como dice latón en el Timeo, fue sumergida en un día y en una noche por el mar, a consecuencia de furiosos terremotos e inundaciones…"

Hasta que el arqueólogo alemán, Heinrich Schiliemann descubrió en el año 1.872 la mítica Troya, historiadores y arqueólogos negaban su existencia real, afirmando que se trataba de una ciudad creada en un relato mitológico. Lo mismo está sucediendo con la existencia de la Atlántida, aunque, últimamente, esa tendencia se va resquebrajando por la actividad arqueológica llevada a cabo por aficionados, primero, y por especialistas y arqueólogos, después, cuyas investigaciones en tierra y en las profundiades del mar, van perfilando los contornos geológicos y emplazamiento de la Atlántida, analizando vestigios hundidos de esa gran isla-continente, y cuyas cumbres más altas son identificadas con muchas de las actuales islas atlánticas.

Su amplia zona terrestre exije distinguir entre lo que era, propiamente, la Atlántida, y las zonas, sean islas sean partes de otros continentes adyacentes, de influencia de la cultura atlánte, sometidas o aliadas, y que, con el hundimiento de la gran isla, se convirtieron en testigos vivientes de esa cultura, al igual que los atlantes que pudieron escapar a la gran catástofe que puso fin a esa civilización. Y esas zonas de influencia, a tenor de los descubrimientos arqueológicos, abarca desde las "columnas de Hércules" hasta América Central, como queda acrediato con los descubrimientos arqueológicos submarinos en la bahía de Cádiz, en Bimini, y en América Central, por ejemplo.

Los mayas, o mejor, sus antecesores olmecas, entre sus creencias sobre el lugar de su origen, aseguraban provenir de una isla desaparecida, llamada "A tlan ti cú"; isla que, en parte, se identifica con la isla hundida descubierta en el año 2.000 por un equipo canadiense que buscaba petróleo en el Golfo de México, al constatar la presencia de grandes construcciones alineadas de manera simétrica y organizadas urbanísticamente; isla que se encuentra entre Cuba y Yucatán, y que se calcula se hundio hace unos 12.000 años.

Los sacerdotes aztecas también conservaban el recuerdo de Aztlán, refiriéndose a un país situado al Este, de donde habría llegado Quetzalcóatl; al igual que sostenían los incas refiriéndose a Viracocha, que llegó desde el país de la aurora.

El último rey azteca, Moctezuma, reveló a Hernán Cortés que *"sus antepasados no habían nacido aquí, sino que provenían de un lejano país llamado Aztlán con altas montañas y un jardín habitado por los dioses."*

El estudioso Velikovski sostiene que la Tierra sufrió un desplazamiento de su eje, por lo que se produjo una inclinación de grados, a sumar a la inclinación actual de 23.5°. Entre otras consecuencias que dicho evento habría producido, geográficamente, la orientación de los continentes se adecuaría a esa inclinación, lo que la Antártida ya no estaría situada en el sur (polo sur) sino que ocuparía el Este o el Oeste, según se contemple. También James Churchward en un dibujo del mapamundi, realizado en el año 1.932, representa el desplazamiento de los polos, qu coincide con el de Velikovski.

Si la Atlántida fue confundida por los relatores que hablan de su existencia y características con la Antártida, no es de extrañar que, al recuperar la Tierra la posición de su eje original, la Antártida desapareciera del oeste, al volver, de nuevo, al sur geográfico; lo que habría sucedido en un corto espacio de tiempo, por no decir, casi instantáneo. Esto supondría que la Atlántida está oculta por una masa de hielo de unos 3.000 metros y conservada tal como era.

El titán Atlas, según la mitología griega, fue castigado por Zeus, quien le impuso la carga de sostener el mundo y los cielos sobre sus hombros. Al igual que sucede con la atípica vértebra atlas, cuya principal función es la de aguantar y mantener el peso de nuestras cabezas. Es como si Atlas sostuviera el mundo, el globo terráqueo, apoyado en dicha vértebra, que lo haría por la zona de la actual Antártida.

Por otra parte, si por los humanos de la anterior humanidad, teniendo en cuenta sus progresos tecnológicos, levantaron un mapamundi de la Tierra y cartografiaron la Antártida, puede ser que lo documentos que consultaban los sacerdotes de Sais se trataran de un mapa de la Antártida, y al no tener los conocimientos interpretativos en cartografía, pudieron interpretar las líneas de los paralelos que pasan por la Antártida como si fueran fronteras o demarcaciones de la Atlántida. Si contemplamos un mapa actual de la Antártida se pueden apreciar los paralelos, los circulos que la atraviesan.

Por ello, puede haber sucedido que se hubieran mezclado todos los acontecimientos (desplazamiento del eje de la Tierra, nueva distribución geográfica de continentes, una gran isla en el Este, regreso de la Tierra a su grado de inclinación anterior, desaparición de la Antártida en un día y errónea interpretación de un antiguo mapa) y confundido la Atlántida con la Antártida. No debe olvidarse el dato de que, según el relato mitológico de algunos pueblos, las estrellas del cielo cambiaron de repente.

La realidad es que, según los textos citados, la civilización altlante estaba muy avanzada tecnológicamente y su ámbito de influencia se extendía más allá de la extensa isla, y, precisamente, al disponer de aparatos voladores, a modo de las vimanas en las que volaban los hindúes, pudieron los jefes atlantes, con científicos y militares, huir de la isla y establecerse en lugares más altos en los que refugiarse de los efectos del cataclismo que acontenció; no corriendo la misma suerte la mayoría de los habitantes de la isla, que sucumbieron engullidos por las aguas.

Por ello, no es de extrañar lo relatado por Platón, así como la leyenda de los esquimales, según la cual, sus antepasados fueron transportados al Norte glacial por gigantesco pájaros metálicos; narración que coincide con la de los aborígenes del septemtrional australiano, en la que el jefe de la tribu Karán dio alas a Waak y a Weisk cuando se inició el Diluvio, levantando, el propio Karán, el vuelo, instalándose a lo largo de la Luna, observado por los hombres pájaro.

LEMURIA y MU.

Paralelamente a la desaparición por hundimiento de la Atlántida en el Atlántico, se afirma la existencia de otro gran continente en el Pácifo, que corrió la misma suerte que la Atántida, y, casi seguro, por los mismos acontecimientos catastróficos que tuvieron consecuencias globales, afectanto, también, a la configuración de las masas continentales, que finalizaron con la actual distribución de los continentes, de forma que, unos quedaron hundidos bajo las aguas, otros surgieron y otros quedaron recortados geológicamente.

Ese continente era Mu, cuyo principal y primer defensor fue el Coronel inglés James Churchward, en su obra *El Continente perdido de Mu* (*La Tierra natal del hombre*), que desapareció hundido por las aguas del Pacífico, hace unos 14.500 años.

Otros investigadores (los primeros trabajos los realizó el geólogo inglés, William Blanfor, en el 1850, a los que siguieron los del principal defensor de la existencia del nuevo continente, Philip Sclater en su obra *Los mamíferos de Magadascar*, teoría que apoyó el científico Ernst Haeckel) sostienen la existencia de otro continente en el Índico, desde la India a Madagascar. Se trata de Lemuria, tomado del nombre de los lemures, que fue sumergida en las aguas hace unos 10.000 años.

Actualmente, los geólogos, además de Pangea, hablan de Zealandia y Gondwana, anteriores a los tres continentes hundidos, que se consideran ficticios.

A continuación, muestro los mapas con la distribución de los continentes sumergidos, el de la Atlántida y el de la Antártida, sin hielo y cubierta de hielo.

1. Mapamundi con los continentes sumergidos.

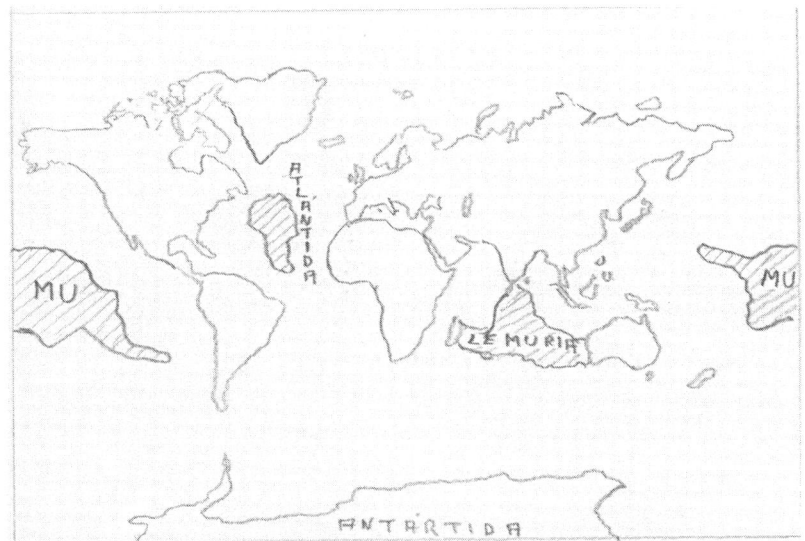

2. Antártida sin la capa de hielo   3. Mapa de la Atlántida

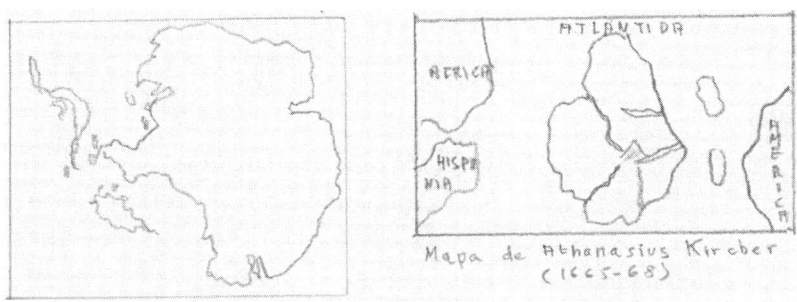

4. Mapa de la Antártida con capa de hielo.

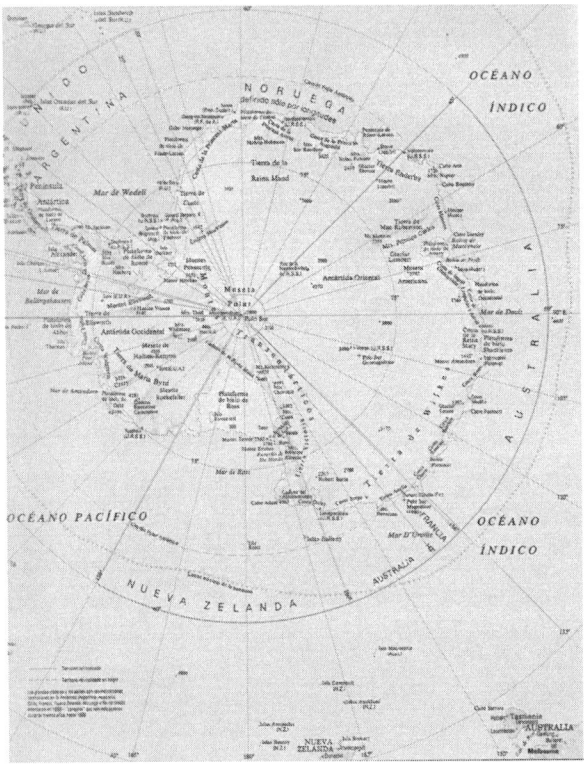

El parecido de la Atlántida con la Antártida es notorio.
Según los investigadores, la Antártida estaba cubierta de bosques tropicales y subtropicales hace unos 52 millones de años.
Una investigación publicada en la revista Nature Communi-
cation informa sobre la pérdida de masa de hielo ocurrida en
el pasado en la Antártida, que se produjo después del calentamiento natural que siguió a la última Edad de Hielo, hace
unos 20.000 años, ocasionando períodos repetidos en los que
masas de icebergs se desprendieron de la Antártida hacia el
Océano Austral; pérdida de masa de hielo que duró muchos

siglos. La Nasa ha revelado la existencia en la Antártida sin hielo, de valles y rios.

Ese calentamiento, según de la teoría de impacto de Younger Dryas, que postula que un cometa fragmentado se estrelló contra la Tierra hace cerca de 12.800 años, y que, luego, expondré, se produjo un gran contraste de efectos en el planeta, pues, en contraste con lo sucedido en el Hemisferio Norte, donde las condiciones se volvieron más frías y más húmedas al inicio del Younger Dryas, sin embargo, en el Hemisferio Sur ocurrió lo contrario, un calentamiento, pasando a unas condiciones cálidas y secas, habiéndose producido una destrucción masiva de bosques por el fuego.

Por ello, no es descabellado pensar que la desaparición de la Atlántida por un desplazamiento del eje de la Tierra, apareciera ante los testigos de tal evento como una desaparición súbita; primero, al ser cubierta o engullida por un gigantesco tsunami,(cuyas aguas se retiraron después), y, segundo, al cambiar de posición geográfica (de oeste a sur).

27
Una catástrofe global

De los relatos e investigaciones arqueológicas y geológicas en los que se apoyan la existencia de estos tres contenientes, se aprecia un denominador común: que alrededor de los 10.000/14.000 años a. J.C. se produjo en la Tierra una serie de catástrofes debido al impacto de un objeto celeste, que en algunas partes del mundo (lugar del impacto) produjo una gran explosión, siendo el fuego la causa de exterminio de ciudades y sus habitantes, cubriendo el cielo con una gran nube negra, mientras en otros lugares, los grandes tsunamis engulleron masas terrestres, debido también a los grandes terremotos provocados por el mortífero impacto.

Así lo confirman los testimonios y tradiciones orales de los supervivientes y de quienes los acogieron en las tierras en las que fue posible la supervivencia, que describen las formas de manifestación de la catástrofe y los efectos que produjo, dependiendo de la zona afectada.

Veamos algunos ejemplos. El pueblo indígena del archipiélago fueguino en el extremo sur de Sudamérica, en territorio de Chile y Argentina, yagán, yagan o yámana, nos transmiten en sus leyendas dos aspectos de la catástrofe, pues relatan el frio intolerable y de nevadas incesantes, así como de la grandes extensiones marinas heladas, a la vez que hablan de fuertes y violentas inundaciones.

El grupo amerindio de los katos californianos hace la siguiente descripción: "Llueve. Llueve cada día, cada tarde, cada noche. Llueve. *"Llueve demasiado"*, *decían los hombres. No tenían fuego. Los torrentes se desbordaron, el agua llenó los valles, el agua rodea a los hombres. Los hombres se fueron a dormir y cayó el cielo. Ya no hubo más tierra. Las aguas cubrieron la Tierra entera. Los osos grises murieron, los ciervos se ahogaron, todos los animales se ahogaron."*

La tribu de los cafres (llamados así por los portugueses), que vivían en el Sur de África, conservaban antiquísimas tradiciones orales sobre una terrible inundación. Al igual que los esquimales, en cuyas leyendas narran cómo la Tierra fue "violentamente sacudida" por un "diluvio inmenso en el curso del cual muchísimas personas se anegaron."

Los indígenas guatemaltecos recuerdan *"una lluvia negra que cayó del cielo en el mismo momento que un terremoto destruía casas y cavernas"*, al igual que los indígenas de Amazonia, que narran que, tras una tremenda explosión, *"el mundo quedó sumido en tinieblas"*, a lo que la tribu venezolana de los indios blancos añaden, *"el agua alcanzó la altura de las montañas"*.

En el denominado "Papiro de Leningrado" 1115, que está expuesto en el Museo de Pushkin en Moscú, se narran las peripecias de un hombre, único superviviente de un naufragio, que es arrastrado a la *"isla de la Serpiente"*, que regía una gran serpiente de más de quince metros de longitud, que narró al náufrago cómo todos los miembros de su familia perecieron por la catástrofe producida por "una estrella caída del cielo", muriendo casi todos los habitantes de la isla por el fuego producido por la estrella.

Todo nos lleva a un cataclismo global, que afectó a la rotación del globo terráqueo, que quedó alterada, incluso, con el posible desplazamiento de los polos.

El científico ruso, Vladimir Petróvich Vetchinkin afirmó: *"La caída de un gigantesco meteorito causó la destrucción de la Atlántida. Rastros de meteoritos enormes son claramente visibles en la superficie de la Luna. Los bólidos han producido sobre nuestro satélite cráteres con diámetros de 200 kilómetros. Al precipitarse en el mar, estos espantosos proyectiles deben haber provocado la inmersión de vastas llanuras, colinas y montañas."*

La Atlántida sería el obstáculo que impedía que la corriente del Golfo, que se origina en el golfo de Méjico, extendiéndose hasta las proximidades del extremo sur de la península de la Florida siguiendo las costas orientales de Estados Unidos y Terranova antes de cruzar el océano Atlántico, (recibiendo el nombre de la corriente del Atlántico Norte), siguiera el curso actual, pues tras el hundimiento de la gran isla, sirvió para que Europa gozara de un clima cálido, finalizando el último período glacial, lo que ocurrió, precisamente, hace unos 10.000 o 11.000 años. Y esta corriente es motivo de preocupación, hoy en día, por los científicos, como así se pone de manifiesto en el estudio "Physics-based early warning signal shows that AMOC is on tipping course", publicado en la revista científica Science Advances en el año 2.024, a cargo de los investigadores René M. van Westen, Henk A. Dijkstra y Michael Kliphuis, de la Universidad de Utrecht (Países Bajos), especializados en climatología y oceanografía, que sostienen que el derretimiento de la capa de hielo de Groenlandia está poniendo en peligro la corriente AMOC, y una nueva investigación alerta de que su colapso podría producirse aún mucho antes de lo que se esperaba, por lo que se podría volver a la situación anterior de congelamiento del gran parte del hemisferio norte de la Tierra, que afectaría a los países de su zona de influencia, afectando a los del hemisferio sur con un alza de temperaturas.

Por último, en el Códice Madrid, *"códice Troano"*, según la traducción del filólogo brasileño O. M. Bolio (1.930), los mayas nos recuerdan: *"El undécimo día Ahau Katun ocurrió la calamidad (...) cayó una lluvia violentísima y cayern cenizas del cielo y en una sola gran oleada las aguas del mar se volcaron sobre la Tierra (...) y el cielo se vino abajo y la tierra firme se hundió (...) y la Gran Madre Seyda quedó entre los recuerdos de la destrucción del mundo."* De hecho, en Méjico se solía celebrar un acontecimiento ocurrido en el pasado, con el que "las constelaciones cobraban un aspecto nuevo".

Pues bien, con todos estos relatos, lo que quiero poner de manifiesto, primero, es que, efectivamente, alrededor de unos 10.000/14.000 años, la Tierra sufrió una gran convulsión a nivel planetario, afectando geológicamente al planeta y a nuestros antepadados. Y segundo, que existían civiliaciones humanas con unas culturas muy desarrolladas técnicamente, y cuyo origen se puede situar alrededor de los 400.000 a 300.000 años, en pleno auge de la consolidación del primitivo homo sapiens.

De hecho, por los fósiles encontrados en el yacimiento marroquí, conocido como Jebel Irhoud, los investigadores sostienen que los individuos del grupo encontrado en el yacimiento, si bien no eran exactamente como los *Homo sapiens* actuales, pues sus cráneos eran menos redondeados y más alargados que los nuestros, lo que diferenciaría entre nuestros cerebros y los suyos, sin embargo, sus dientes se parecen en gran medida a los de humanos modernos, por lo que sus rostros se parecían mucho a los nuestros. Jean-Jacques Hublin, paleoantropólogo del Instituto Max Planck de Antropología Evolutiva que dirigió estas investigaciones, afirmó que "la cara es la de alguien con quien te podrías cruzar en el metro", lo que "es bastante impresionante"

A partir de esa fecha, 400.000 a 300.000 años, comienza su andadura el homo sapiens, el hombre primitivo manipulado genéticamente por las anteriores humanidades, asentadas en los continentes sumergidos, y que tuvo que soportar la última glaciación y sus períodos interglaciares, que se inició hace 2,6 millones de años, además de los contínuos cambios de polaridad magnética de la Tierra.

Esas catástrofes globales y lo que las causó es identificada por los científicos con el nombre del Younger Dryas, (*Dryas octopetala* es el nombre de una flor que se extendió por las zonas del Hemisferio Norte durante esos fríos años, de forma anómala), que se fundamenta en el brusco enfriamiento que tuvo lugar en el Ártico hace 13.000 años; evento climático que terminó con más de 1.000 años de calentamiento global, y que acabó también súbitamente hacia el 11.600 antes del presente, cuando se produjo la subida térmica definitiva, con la que se inició en el hemisferio norte el período Preboreal y, con él, al interglaciar actual: el Holoceno.

Ese enfriamiento, según parte de los científicos, se ubica en el Atlántico, debido al enfriamiento agudo del agua que se produjo entre hace 13.000 y 11.5000 años, provocada por una gran afluencia de agua dulce que llegó a partir de capas de hielo y glaciares derretidos en el Atlántico Norte, interrumpiendo el sistema de circulación de aguas profundas (la Circulación de Retorno del Atlántico Meridional o AMOC).

La causa que motivó dicho evento climático sigue siendo objeto de discusión y averiguación. Lo cierto es que, un cometa fragmentado chocó con la atmósfera terrestre hace 12.800 años, provocando una serie de cambios ambientales, que provocó, entre otros efectos, que la Tierra ardiera en ambos hemisferios, uno de ellos impactó muy al sur del ecuador, y supueso la destrucción masiva de bosques por el fuego, cambio climático y extinción de megafauna.

En este sentido, los registros de Abu Hureyra, antiguo poblado de Siria, con una antigüedad de 12.800 años, muestran evidencias de incendios masivos, habiéndose encontrado, entre otros datos y vestigios, una capa rica en carbono, denominada "*alfombra negra*", con concentraciones elevadas de platino y nanodiamantes y pequeñas esférulas metálicas, indicativos de temperaturas extremas que eran imposibles a tenor de las capacidades tecnológicas humanas de la época.

De hecho, hallazgos coincidentes con esta teoría, como la capa negra, nanodiamantes y minerales vitrificados, han sido identificados en más de 50 sitios en Norteamérica, Sudamérica y Europa.

Ese evento provocó, según el profesor (emérito) James Kennett de la Universidad de California en Santa Bárbara, un cambio en las fuentes de alimentación de los habitantes de las zonas afectadas por el impacto, que al haber pasado de gozar de unas condiciones más húmedas y boscosas, ofreciendo diversas fuentes de alimentos, sin embargo, post impacto, las condiciones se tornaron más secas y frías, dificultando la vida de cazadores-recolectores, por lo que, según las evidencias arqueológicas, sus habitantes comenzaron a cultivar alimentos básicos como cebada, trigo y legumbres ante el cambio ambiental.

Pues bien, los expertos consideran que esos procesos y eventos climáticos son la evidencia de la existencia de un devastador evento simultáneo y global, probablemente causado por un cometa fragmentado colisionando con la atmósfera terrestre. Por otra parte, los relatos de los pueblos indígenas, expuestos anteriormente, concuerdan con los efectos o consecuencias en la Tierra del impacto: nube negra, lluvias, inundaciones, incendios exterminadores, etc.

En definitiva, se produjeron desfases climáticos en ambos hemisferios, norte y sur, como así corroboran los análisis realizados por los sondeos en los hielos de Groenlandia y los de la Antártida, que estuvieron quizás motivados por efectos contradictorios de los deshielos de uno u otro polo en la circulación termohalina oceánica; enfriamiento del agua oceánica que, no sólo afecto al Atlántico Norte, sino que también afectó a otras muchas regiones y latitudes: desde la Patagonia (Argentina), hasta el Mar del Sur (Filipinas).

Relatos literarios y tradiciones de todas las regiones del mundo recuerdan y nos hablan de esa catástrofe global, y de sus consecuencias según la forma que les afectáron los diveros impactos de los fragmentos del cometa, que, además de cambios en el comportamiento social de los grupos humanos, también provocaron desplazamientos a otros territorios, modificando su sistema de vida y organización social.

La pregunta que nos apremia tras esa hecatombe global es: ¿el impacto de lo fragmentos del cometa provocó el hundimiento de masas continentales que identificamos como Atlántida, Lemuria y Mu, y de gran número de islas?

El impacto de un cometa o de un asteroide no únicamente se identifica por las señales del choque violento sobre el terreno, como puede ser la formación de un gran cráter, (muy numerosos en la Tierra), también puede que el fragmento explote antes de impactar en tierra, de forma que la detonación o explosión produzca ondas de choque que se originan en la atmósfera y descienden hacia la Tierra, pudiendo destruir la vida de la zona afectada, (como se sostiene que ocurrió en el acontecimiento de la gran explosión producida cerca del río Podkamennaya Tunguska en la gobernación de Yeniseysk, Rusia, en el año 1908, el 30 de junio).

Pues bien, dependiendo del tamaño del objeto cósmico, las consecuencias sobre el terreno, habitantes, flora y fauna, e, incluso, su clima pueden ser fatales. El fenómeno puede ir acompañado de movimientos de tierra (terremotos y desprendimientos) y de masas de agua (tsunamis o maremotos) con una gran carga energética y capacidad destructiva.

Nuestros antepasados, como hemos expuesto, recogen testimonios de un acontecimiento cósmico con efectos mundiales, afectando en mayor o menor medida según las zonas en las que se produjeron los impactos, fueran en tierra, fueran en el mar.

Esos efectos se corresponden con los que los científicos describen, como he dicho, como consecuencia del *Younger Dryas*, con coincidencia de fechas de las catástrofes (inundaciones, incendios, terremotos, lluvia negra, etc.) a las que se refieren nuestros antepasados, alrededor de 12.800 años, con las fechas finales de dicho fenómeno *Joven Dryas*, hace entre 12.900 y 11.700 años.

Pero se ha de añadir otro dato importante. Según una investigación liderada por Edouard Bard, profesor de Evolución del Clima y del Océano en el Collège de France y CEREGE, (*"A radiocarbon spike at 14,300 cal yr BP in subfossil trees provides the impulse response function of the global carbon cycle during the Late Glacial"* by Bard E, Miramont C, Capano M, Guibal F, Marschal C, Rostek F, Tuna T, Fagault Y and Heaton TJ, 9 October 2023, Philosophical Transactions of the Royal Society A. DOI: 10.1098/rsta.2022.0206),se llega a la conclusión de que la Tierra fue golpeada hace 14.300 años por un fenómeno natural de una capacidad destructiva sin precedentes en el registro geológico: una tormenta solar con el doble de potencia que el famoso evento Miyake (tormenta solar que los científicos esperan que se producirá más pronto que tarde y nos podría hacer retroceder tecnológicamente (yo añadiría que, tambien, mentalmente), como poco, a la Edad Media

El estudio se basa en el análisis de los anillos de 140 pinos encontrados enterrados en la ribera del río Duranza, en la Provenza francesa, que registran las condiciones ambientales año tras año durante la vida del árbol y que acreditan que, hace 14.300 años, estos árboles registraron un aumento significativo en un isótopo específico: el radiocarbono; niveles que coinciden con los análisis de berilio de los núcleos de hielo de Groenlandiacon, que se produce de manera similar al carbono-14, datados en el mismo periodo por el Dr. Raimund Muscheler, el profesor de Ciencias del Cuaternario y especialista en paleoclima de la Universidad de Lund, que fue el descubridor de los núcleos de hielo.

El papiro (*"profecía de Neferty"*) de la XII dinastía (1.980-1.790 a. C.), conservado en el Hermitage de Leningrado, describe la caída de un gran meteorito, así: *"Una estrella cayó de los cielos y las llamas lo consumen todo. Todos fueron abrasados, y sólo salvé la vida. Pero cuando vi la montaña de cuerpos hacinados estuve a punto de morir, a mi vez, de pena"*.

El lugar de la caída fue al oeste de la Atlántida, rozando la extensa isla, y sus efectos fueron diferentes según el lugar en el que vivían o residían los relatores de la catástrofe, al chocar contra la Tierra, que, según la mayoría de los relatos, produjo un desplazamiento de la corteza terrestre o un desplazamiento del eje del planeta.

Así lo pone de manifiesto el misionero jesuita italiano, que realizaba sus obras caritativas en China, Martinus Martini, (1.614-1.661), que además era sinólogo, gramático, cartógrafo e historiador, en su *Historia de China,* al recoger la anécdota sobre un cataclismo que produjo que el cielo comenzára súbitamente a declinar hacia el Norte; el Sol, la Luna y los planetas cambiaron su curso después de una conmoción ocurrida en la Tierra. También lo confirma el papiro Harris (dinastía XX -1.190 a 1.070 a. C.), un texto histórico egipcio que narra lo sucedido cuando la Tierra se invirtió durante un cataclismo cósmico; lo que otros papiros recogen.

El impacto produjo catástrofes que, según los relatos de los distintos pueblos y civilizaciones afectados, se manifestaron en desastres devastadores de consecuencias diferentes, partiendo del punto geográfico de la colisión del meteorito. Todo parece indicar que las plataformas marinas del Atlántico y del Pacífico sufrieron un hundimiento, de forma que las aguas engulleron la Atlántida, Lemuria y Mu, quedando como indicio de esas masas continentales una multitud de islas en estos océanos, afectando al océano Índico, y desde Australia hasta las costas americanas, así como al océano Atlántico norte.

Los quichés (mayas) de Guatemala recogieron el evento en su libro *Popol Vuh*, hablando de un gran estruendo en las alturas celestes, producidas por el ruido de las llamas, acompañado de un gran temblor en la tierra, que produjo la caída de objetos, seguidos de lluvia de agua y brea que descendió sobre la tierra, convirtiéndose el día en noche por una gran oscuridad.

En el libro de los mayas de Yucatán, *Chilam Balam*, se cuenta que la tierra materna de los mayas fue engullida por el mar, precedido de temblores de tierra y violentas erupciones.

Con el impacto en el océano Atlántico se formó una extensa y elevada columna de humo, cenizas y vapor de agua, que alzanzó la estratosfera, siendo el viento el encargado de transportarlos hacia los territorios de América Central, en la que incidió de forma especial por su cercania al lugar del impacto. Así lo corroboran los indios del Amazonas y del Perú, quienes sufrieron inundaciones, alcanzando el agua la altura de las montañas, precedidas de una violenta explosión, seguida de una espesa tiniebla.

Los indios, llamado parias, de la zona oriental de Venezuela, del golfo de Paria, de piel blanca, residentes del pueblo Autlán (que significa "junto a la zanja o canal", lo que recuerda a Atlán o a la Atlántida), recogen la tradición de que su lugar de origen fue destruido por una catástrofe.

Si el fuego, las cenizas, el humo, el vapor de agua e inundaciones y una oscura niebla que envolvió las zonas afectadas, precedidas de una gran explosión y terremotos fueron los efectos desencadenados por el impacto en la parte occidenta del lugar de la colisión, por el contrario, en la zona oriental se tradujo en un diluvio, como nos narran los sumerios, los hebreos, los egipcios, los chinos, en definitiva, todos los pueblos del continentes europeo, africano y asiático; todo precedido de una violenta sacudida de la Tierra.

En el Poema de Gilgamés se describe así: *"… una nube negra se elevó desde los confines del cielo. Todo lo que era claro se volvió oscuro. El hermano no ve a su hermano. Los habitantes del cielo no se reconocen. Los dioses temían al Diluvio. Huyeron y ascendieron al cielo de Anu."*

Los bosquimanos hacen mención a una gran isla, al oeste de África, que fue sumergia por las aguas. Los chinos hablan de un retroceso del mar en dirección sudeste. Esto significa que en donde se produjo un desplazamiento de agua, en sus antípodas se manifestó como un reflujo del agua de los océanos.

La tribu Tahltan, que habitó en las regiones de la zona norte de Canadá, en concreto, en el norte de la Columbia Británica, alrededor de Telegraph Creek, Dease Lake e Iskut, conservan tradiciones que recuerdan los avanzados conocimientos de sus antepasados desde tiempos anteriores a una gran inundación.

En definitiva, el impacto del meteorito produjo un hundimiento de la plataforma del océano Pacífico, que afecto, también, al Atlántico, de forma que las extensas tierras continentales que albergaban fueron súbitamente sumergidas, quedando como rastro de ellas una multitud de islas, que eran las cumbres de sus montañas. Se activaron volcanes por el movimiento de tierras y ciudades y pueblos quedaron bajo las aguas. La corriente del Atlántico Norte se vio afectada al desaparecer el valladar que suponía la Atlántida, y el mapamundi quedó configurado como ahora lo conocemos.

La paleoecología, paleoarqueología, paleozología, paleobiología, paleobotánica, acompañadas de la arqueología submarina y geología, ayudarán a resolver sobre la certeza de los acontecimientos sucedidos según nos transmiten las antiguas narraciones, incluido el Libro del Génesis.

Las construcciones hundidas (templos en la India; carreteras y murallas en Bimini –Bahamas-, los yonaguni en Japón, la Alejandria hundida –Egipto-, y todas las construcciones megalíticas que se extienden desde las islas Maldivas, pasando por Australia, las islas Tonga, Marshall, toda la Micronesia, las Marianas, Papua, entre otras muchas) son abundantes y están repartidas por todo el globo; construcciones que se atribuyen a una raza de gigantes.

Últimamente, la prensa se está haciendo eco de una sorprende noticia: el descubrimiento, por parte de un equipo dirigido por el geólogo Danny Hilman Natawidjaja, de una gran pirámide, cuya antigüedad se calcula alrededor de 25.000 años, sgún un estudio publicado en la revista científica Archaeological Prospection. Se trata de la pirámide de Gunung Padang (*"montaña de la iluminación"*), situada al oeste de Java,

Indonesia, que se construyó en sucesivas etapas, entre el período comprendido desde los 25.000 y 14.000 años a.C., es decir, durante el último período glacial. Según el responsable del equipo: *"los constructores de la Unidad 3 y la Unidad 2 en Gunung Padang debían poseer notables capacidades de albañilería, que no se alinean con las culturas tradicionales de cazadores-recolectores que se suponía eran los homínidos típicos de la época"*.

Lo sorprende del descubrimiento es la datación de la construcción y de los túneles, hasta ahora, encontrados y, por otra parte, la capacidad de los humanos que la fueron elaborando. Todo ello, a espera de revisión de los datos recogidos, que puedan confirmar o refutar las fechas estimadas.

Teniendo en cuenta todo lo expuesto, apoyado por los descubrimientos arqueológicos expuestos, no cabe duda de que existió una civilización que se desarrollo al margen de la evolución natural de los homínidos. Se trataba de una civilación "constructora de pirámides" y construcciones megalíticas, que se extendió por todo el planeta. Esos expertos "constructores", de montañas artificiales, debieron estar motivados por algún hecho que quedó grabado en sus mentes y recuerdos, que transmitieron a través de las generaciones.

En el Génesis, la primera civilización constructora es la derivada de Caín. Tras haber matado a su hermano Abel, Caín salió de la "presencia de Yahvé" y *"se estableció en el país de Nod, al oriente de Edén"*. Nod deriva de la palabra hebrea *nodedim*, que significa "fugitivos", es decir, "desterrados".

En el oriente del Edén, Dios puso "querubines" con la finalidad de que Adán, que había sido expulsado del Edén por desobedecerle, no pudiera retornar. Los querubines son seres celestiales que estaban al servicio de Yahvé, y son los más mencionados en la Bíblia hebrea (91 veces). De la dscripción que se hace en el libro de Ezequiel (Eze. 10:1-17), parece que se trata de aparatos voladores, controlados manual o remotamente. Dice Ezequiel: *"Y cada uno tenía cuatro caras: la primera era la cara del querubín, la segunda una cara de hombre, la tercera una cara de león y la cuarta una cara de águila".* Este texto parece describir a un hombre ("cara de hombre") con un casco ("cara de león", con la boca abierta), montado en un aparato volador propulsado ("cara de querubín) y con un frontal puntiagudo ("cara de águila").

De ser cierto, en la tierra de Nod residiría un grupo de humanos, muy avanzados tecnológicamente. Caín aprendió la construcción y fundó la ciudad de Henoc, en honor a su hijo Henoc. Sus descendientes fueron especialistas en la forja (hierro y cobre) y en la utilización de frecuencias creadoras de ondas sonoras (cítara y flauta). Caín y sus descndientes evolucionaron al margen de los descendientes de Adán, protegidos por Yahvé y al auspicio de su padre biológico, el Serpiente.

¿Descendían los atlantes del linaje de Caín? Como adelante al hablar de Caín y de su expulsión del Edén, con él se inicia una nueva raza de hombres: los gigantes. El aspecto físico de los cainitas ponía de manifiesto su diferencia corporal (corpulencia y altura) con los otros habitantes, para quienes su identificación no ofrecía duda alguna y por su piel y pelo rojo.

Y esa nueva raza era la de los atlantes, los hombres de piel roja y maestros en la construcción y en la metalúrgia. Su sociedad fue tecnológicamente más avanzada que la del resto de los humanos, como así narra Platón.

Precisamente, relacionado con la existencia de una raza roja, en un artículo publicado en la revista Science de 1987, se comentaba el "hecho curioso" de que en Magadascar existía una raza roja hasta mediados del siglo XVIII. Y los relatos sobre la existencia de gigantes constructores, especialistas en la utilización de la piedra, se recogen en todas las culturas del globo.

Por último, y para ilustrar las causas que motivaron las catástrofes destructivas de civilizaciones y pueblos del mundo, obligando a grandes desplazamientos de sus habitantes hacia lugares y territorios más seguros, en la Cronología expongo algunos de los meteoritos que cayeron e impactaron en la Tierra, desde hace un poco más de un millón de años, y que son parte de los muchísimo meteoritos caídos sobre la Tierra, sin citar los anteriores que produjeron grandes cambios geológicos, climáticos, así como extinciones masivas de plantas y animales, y sin incluir los posibles fenómenos producidos por tormentas solares, de efectos devastadores sobre la Tierra, y que, poco a poco, se van descubriendo.

28
El diluvio

El diluvio es el acontecimiento terrestre que más impacto ha tenido en la mente histórica de la Humanidad. No hay cultura que en sus mitos, anales y efemérides sociales no recoja este evento, lo que hace presumir su carácter de catástrofe universal y, porque no, en determinadas regiones, de carácter local, así como la repetición de este fenómeno por subidas del nivel del mar (sea por deshielos, sea por colisión de asteroides en una zona de la Tierra). Nuestros calendarios deberían iniciarse con el año 1 después del Diluvio, distinguiendo a. D. y d. D.

Teniendo fijado en el capítulo 8 el período de tiempo que finalizó con el Diluvio (241.200 años sumerios), la siguiente tarea es encajar ese tiempo en la cronología de la Tierra.

Este fenómeno de inundación global es debido, bien a una subida de nivel de los océanos por un deshielo natural de los polos o de la parte terrestre afectada por el hielo, bien por un fenómeno externo que provocó el deshielo y la consiguiente inundación; causas que hemos visto anteriormente.

En el Génesis, la inundación es provocada y mandada por Dios: *"Dijo, pues, Dios a Noé: «He decidido acabar con todo viviente, porque la tierra está llena de violencias por culpa de ellos. Por eso, he decidido exterminarlos de la tierra"* (6:13).

En el Poema de Atrahasis se cuenta: *"[Cuando Enlil escuchó] su rumor,[Se dirigió a] los grandes dioses:"El rumor de los humanos [ha llegado a ser demasiado fuerte]:¡No consigo dormir [a causa de dicho al-boroto]!360- ¡[Ordenad, por tanto,] que sufran la epidemia! 361-363: perdidos, anunciaban el inicio de la plaga y sus primeros Desastres".* Tras unas epidemias y hambrunas ordena el Diluvio, o, más bien, acepta que el Diluvio que se va a producir en la Tierra acabe con los hombres, impidiendo avisarles de la catástrofe que se avecina.

Para ajustar la fecha del Diluvio parto de las glaciaciones y períodos interglaciares que se han producido, conforme a los estudios y cálculos de geólogos, en los últimos 500.000 años, en especial durante el Cuaternario (aparición del Homo sapiens), dentro del Pleistoceno (2,59 Ma hasta 11.700 años).

Pues bien, a lo largo del Pleistoceno hubo cuatro glaciaciones principales, y la última se inició hace unos 60.000 años (teniendo una duración de 50.000 años) y finalizó hace 11.700 años. Es decir, que casi coincide con el final del periodo Paleolítico (4 Ma hasta 10.000 años -Paleolítico superior-).

A las glaciaciones, fases frías (glaciares) le seguían fases más cálidas (interglaciares), que afectaban, con mayor o menor intesidad, a todos los contenientes de la Tierra y a sus océanos. Mientras que en las fases glaciares gran parte de los continentes se cubrían de hielo, con la consecuencia de la bajada de los nivles del mar, por el contrario, en las fases interglaciares, la subida de las temperaturas producía más lluvias y elevaciones del nivel del mar, producidos por el deshielo, con la expansión, nuevamente, de la flora y fauna.

La última glaciación, denominada "glaciación de Würm", también calificada como "Edad de Hielo", comenzó hace unos 110.000 años, finalizando, en nuestro continente, alrededor de los 10.000 años. La anterior es la llamada "glaciación de Riss", iniciada hace 200.000 años y finalizada hace 140.000 años. Y la anterior, denominada "glaciación de Mindel", cuyo inicio se estima hace 580.000 años y finalización hace 390.000 años.

En uno de los períodos de finalización de una de estas tres glaciaciones debió producirse el Diluvio, de profundo impacto en la humanidad que la sufrió y que transmitió a sus descendencientes, llegando hasta a nosotros.

La finalización de la "glaciación de Riss" coincide con la aparición del *Homo sapiens sapiens,* que se estima entre los 120.000 años y 100.000 años. Este período aparece, en principio, cono el más ajustado y adecuado para fijar la fecha del Diluvio que ofrecen sumerios y hebreos.

La "creación de Adán" se produce antes del Diluvio, que acontece cuando Noé tenía 600 años. Entre el año de nacimiento de Adán (año 0 en la lista de los patriarcas anteriores al Diluvio) y el año en el que se produce el Diluvio (cuando Noé tenía 600 años), transcurren 1.656 años, que equivale, como hemos visto, al período de 241.200 años (último rey de la Lista de reyes sumerios antediluvianos y comienzo del Diluvio).

La cuestión siguiente a resolver es la fijar el período de 241.200 años en el período interglacial que se inicia tras finalizar la "glaciación de Riss" (140.000 años), es decir, desde cuando sumerios y hebreos computan esa cifra de 241.200 años.

Se estima que la "glaciación de Riss" finalizó hace 140.000 años. A partir de entonces, se dan las condiciones para el deshielo y una posible inundación. Por ello, en principio, los 241.200 años se han de emparejar con los 140.000 años, como tiempo en el que se produjo el Diluvio. En efecto, si a 140.000 le añadimos el período total de duración de los reinos antediluvianos, obtenemos la cifra de 381.200, que se corresponde con el inicio del primer reinado, de forma que, si a ese período (381.200) le restamos la duración total de esos reinos, cuyo final coincide con el inicio del Diluvio (241.200), resultan los 140.000 años, que coincide con el final de la "glaciación de Riss".

En este supuesto, los reyes sumerios iniciaron sus reinados hace 381.200 años, que coincide con la finalización de la "glaciación de Mindel", (cuyo inicio se estima hace 580.000 años y finalización hace 390.000 años); final de la "glaciación de Mindel" que coincide con la aparición del *Homo neanderthalensis* (400.000 años) y con los, casi, 300.000 años que le restaban de existencia al Homo erectus.

Sin embargo, teniendo en cuenta los datos de los patriarcas posdiluvianos, es difícil encuadrar en los restantes 140.000 años, las fechas históricas de la proto-historia sumeria y hebrea. Por ello, el Diluvio sumerio y bíblico no se pudo producir con la finalización de la "glaciación de Riss".

Descartada la primera de las glaciaciones ("glaciación de Mindel") por las mismas razones, el período interglacial más adecuado y ajustado es el derivado de la última glaciación, "glaciación de Würm", también calificada como *"Edad de Hielo"*, que comenzó hace unos 110.000 años, finalizando, en nuestro continente, alrededor de los 10.000 años.

Los cálculos a realizar son los mismos que he expuesto anteriormente. El primer reino sumerio antediluviano se inicia hace 251.000 años y finaliza hacia los 10.000 años (es decir, con una duración de 241.000 años), que coincide con el Diluvio sumerio. Si, por otra parte, aplicamos el período de Beroso de duración de los reinos sumerios antediluvianos, 432.000 años, esos reinos comenzaron hace 442.000 (fecha en la que se crea a Adán), ocurriendo el Diluvio, también, hace 10.000 años.

Existen otros calendarios que vienen a confirmar esa datación. Como sabemos, los sacerdotes egipciós de Sais, le comentaron a Solón que la desaparición de la Atlántida, engullida por el mar, se produjo, computado conforme al calendario gregoriano, en el año 9.560 a. C. En Egipto, el tiempo se calculaba en ciclos solares de 1.400 años, y el final de la última de las etapas de dicho ciclos se fijó en el año 139 a. C. Por ello, computando dichos períodos, nos remontamos al año 11.584 a C. como inicio de esos ciclos (9.560 + 2.024). Los ciclos que comprende el año 9.560 a. C. serían siete, (9.800 menos 379 años), por lo que el Diluvio se habría producido en el 9.939, aproximadamente, que sumados a 2.024, da el año 11.963.

Los sumerios y asirios utilizaban el calendario lunar, dividiendo el tiempo en períodos de 1.805 años, habiendo finalizado el último período en el año 712 a.c., por lo que contando estas fechas, nos remontamos al año 11.542 a. C. como fecha del inicio de dicho cómputo del tiempo; que como vemos es idéntico al de los egipcios.

Los brahamanes calculan el tiempo en ciclos de 2.850 años (parecido al calendario solar zoroástrico, en períodos de 2.820/2.850 años), a partir del año 3.102 a C. Si tres ciclos comprenden 8.550 años, sumados al 3.102, se obtiene cono fecha del inicio del cómputo del tiempo la del año 11.652 a. C., parecida a la de los egipcios y sumerios.

Por último, los mayas contaban el tiempo en períodos 2.850 años, finalizando la última etapa en el año 3.373. Tres perídodos consta de 8.280 años, que sumados al año 3.773, arroja la fecha de 11.393 años. Hay que precisar que, el misionero español Diego de Landa (1.524-1.579), según contó en el año 1.566, nos transmitió que los mayas contaron el tiempo desde el año 3.113 a. C., al que precedieron 5.125 años, es decir, que el inicio del primer ciclo se produjo en el año 8.238 a. C.

De todo estos datos se puede apreciar que alrededor del período 12.000/10.000 años acontenció un evento global, a partir del cual los distintos pueblos inician el cómputo del nuevo tiempo y orden social.

Hace 430.000 años cayó un asteroide que chocó en la Antártida, en pleno Pleistoceno (que comienzó hace 2,59 Ma y finaliza hace 11.700 años). Es decir, con los 442.000 años coincide, casi, el final de la "glaciación de Mindel", cuyo inicio se estima hace 580.000 años y su finalización hace 390.000 años. Vivían los neandertales, los erectus, los sapiens, entre otros.

Por ello, y aceptando el período de 241.000 años y la de 12.000/10.000 años, aproximadamente, como la fecha del Diluvio, se puede concluir:

1°. Durante los reinos sumerios ante-diluvianos, existían el *Homo erectus* y el *Homo neanderthalensis*, (que desapareció hace unos 40.000 años), y el Homo sapiens. En el Poema de Gilgamesh se describe físicamente al hombre primitivo bajo la figura de Enkidu, que, junto con Gilgamesh, convivían con los dioses.

2°. El Adán (primera manipulación genética) fue formado hace 251.000 años, coincidiendo con la aparición del *Homo neanderthaliensis* (en Euroasia), y en el tiempo de plenitud o culmen del *Homo erectus* (en África y Euroasia), al que no se le puede negar la calificación de sapiens.

3°. La sub-especie *Homo sapiens sapiens* (segunda manipulación genética) aparecería unos ciento treinta y cinco años años después del Adán, hace 120.000 años, casi paralelamente con la aparición de la "Eva mitocondrial" (entre 200.000 y 100.000 años, en África). Con esta sub-especie desaparecen los demás individuos del género Homo (neandertal, erectus, antecesor y cromañon), quizás por las consecuencias derivadas de la *Edad de Hielo* ("glaciación de Würm"), además de la lenta desaparición por mestizaje con los Homo sapiens

sapiens, que estaban más preparados, funcional, inteligente y técnicamente, para sobrevivir.

4º. El Diluvio sumerio y bíblico se produce por el calentamiento surgido al finalizar la "glaciación de Würn".

Es decir, que desde la formación de Adán (251.000 años), su linaje necesitó de 140.000 años para alcanzar el último hito de su evolución creativa, el homo sapiens sapiens, que se personifica, primero, en la figura de Noé (primer agricultor), protegido de Dios, quizás por lo que se narra en el libro de Enoc: *"Tras un tiempo, mi hijo Matusalén tomó una esposa para su hijo Lamech. Ella quedó embarazada de él y dio a luz a un hijo que tenía la carne blanca como la nieve y roja como una rosa; el pelo de su cabeza era blanco como la lana y largo y sus ojos eran hermosos."*

De este texto se desprende claramente que aquel niño, Noé, era albino. Y las dudas de su padre sobre su origen parecían legítimas si tenemos en cuenta los motivos de Dios para acabar con los hombres y los hijos de los "vigilantes" con las hijas del hombre (nephilim), y que en el texto se exponen: *"Entonces su propio padre Lamech le tuvo miedo. Y marchó de allí para ver a su propio padre Matusalén y le dijo: He tenido un hijo que es diferente a los otros niños. No es humano sino que se parece a la descendencia de los ángeles, es de una naturaleza diferente a la nuestra, siendo en conjunto distinto a nosotros."* Sin embargo, Matusalén habla con su padre quien le profetiza el diluvio y le dice que diga a su nieto Lamec que *"el niño es realmente su hijo, y que debe llamarle Noé, porque será un superviviente".* Se produjo, de nuevo, un cruce de genes.

Fijado el año del Diluvio alrededor del 12.000/10.000 años a.C., cuando Noé tenía 600 años, su nacimiento se produjo, aproximadamente, en el año 12.600/10.600, y murió a los 950 años (años 11.350/9.650), potenciándose la agricultura con la introducción de la dieta vegetariana y el vino como remedio, mezclado con hierbas, de sanación. Y, segundo, en la figura de Abraham (padre de la humanidad, "padre del pueblo").

Con Noé se inicia la agricultura organizada. En efecto, en el IX milenio a.c. se aprecia la aparición de la agricultura en Próximo Oriente. Posteriormente, en el siguiente mileno VIII a.c. la agricultura se extiende por todo el mundo (en China se comienza el cultivo de arroz; en Sudamérica, las papas y frijoles, y en la Creciente fértil, la cebada, el farro y el trigo).

También, en el IX milenio a.c., aparecen los asentamiento en grandes ciudades, como la de Jericó (9.000 a.C.), en Palestina, y Catalhöyük (9.400 a.C.), en Turquía. Mucho antes, hace unos 11.500 años, se construyó el misterioso y bello Göbekli Tepe (Turquía), antes que Stonehenge y que las propias pirámides de Guiza, en Egipto (supuestamente), coincidiendo casi con el Diluvio (quizás su enigmático abandono y cubrimiento con piedras se debió a un aviso a sus habitantes de la inundación que se iba a producir).

Con Abraham se impone el calendario de Nippur, adoptado por Babilonia como calendario civil, nacido en el período de Ur III, y que el patriarca implantó en el mundo hebreo.

Abrahán, aplicando este calendario con los períodos del "año platónico" (2.148 años) y partiendo de los datos del Génesis (expuestas en el Cuadro de los Patriarcas bíblicos, en el que Abraham, nació en el año 1.946 desde Adán y murió en el año 2.121), nació, aproximadamente, en el año 3.556, que resulta de multiplar 2.148 por 3 (tres períodos de 3 patriarcas desde Noé hasta Abraham) y restarlo a 10.000 (Diluvio). El calendario de Nippur parte de una fecha concreta: 3.760 a. C.

Se puede afirmar que con Abrahán, "el padre del pueblo", de la nueva y en expansión de la humanidad, se inicia un perído, que llega hasta nuestros días, de explosición demográfica y explotación de los recurso de la Tierra, que se inicia con la agicultura masiva y la ganadería; período que, hoy en día, se ha etiquetado como la era geológica del *Antropoceno*.

En definitiva, conforme se iban retirando los hielos, desde la zona ecuatorial hacia los polos (razón por la cual se produjo más lentamente en el norte de Europa y Asia), y floreciendo grandes zonas tropicales y fértiles, los humanos (ancestros y primitivos) también se extendieron a lo largo del mundo con importantes y sucesivos movimientos migratorios, mezclándose entre todos ellos.

Por último, un dato curioso que resulta del relato del diluvio en el Génesis (capítulos 6.5 a 9.1) es el motivo por el que Yahvé lo provoca.

Veámos:

".. vieron los hijos de Dios que las hijas de los hombres les venían bien, y tomaron por mujeres a las que preferían de entre todas ellas." (Gén. 6.2) … Los nefilim existían en la tierra por aquel entonces (y también después), cuando los hijos de Dios se unían a las hijas de los hombres y ellas les daban hijos: éstos fueron los héroes de la antigüedad, hombres famosos." (Gén. 6.4).

אלהים את בתונת האדם כי טבת נה ויקחו להם נשים מכל אשר בחרו: ויראו בני

(Vayir'u beney ha'Elohim et-benot ha'adam ki tovot henah vayikju lajem nashim mikol asher bajaru). … גברים אשר מעואל משנישה ישם: ההם וגם אחרי־כן אשר ויאבו בני אלהים אל בתונת האדם וילדו להם המה הנפלים היו בארץ ימים *(Hanefilim hayu va'arets bayamim hajem vegam ajarey-jen asher yavo'u beney ha'Elohim el-benot ha'adam veyaledu lajem hemah hagiborim asher me'olam anshey hashem).*

Las palabras claves son: las "hijas" de los hombres y los "nepfilim", cuyos valores son:

הָאָדָם בְּנוֹת= (600+4+1+5) 815, (400+6+50+2) 458; en total 1.273.

נְפִילִים= (600+10+30+80+50) 770.

Los nephilim, como hijos de los elohim, tienen la carga genética de "el Serpiente", (358). Las "hijas" de los hombres tienen un valor de 458. Si a 358 restamos 46 (23 pares de cromosomas humanos), nos da 312. Sumando 458+312=770, que es el valor de la palabran nephilim; lo que significa que los nephilim eran los hijos surgidos por la relación de los hijos de los elohim con las mujeres humanas, las hijas de los hombres.

Otros datos. Noé soltó un cuervo y una paloma. Cuervo en hebreo es עֹרֵב, *oreb*, y su valor es 272 (2+200+70). Y paloma es יוֹנָה, *yonah*, con un valor de 72 (5+50+7+10); la similitud es patente.

Por otra parte, como símbolo de la nueva alianza, Yahvé coloca su "arco" en las nubes (Gén. 9:13). Arco en hebreo es קַשְׁתִּי *keh sheth*, y tiene un valor de 810 (10+400+300+100). Es decir, coincide con el nombre de Caín (810). De hecho, como ya expuse, Noé, tras el diluvio, se hace "labrador", al igual que lo era Caín, iniciándose en la humanidad el auge de la agricultura.

En cierto sentido, se puede afirmar que el "arca" es la nueva representación del "Edén" (774) y su "huerto" (703), con la familia de Noé y los animales. Noé es el nuevo Adán. Y los datos confirman esta idea. En efecto, si sumamos los valores de "arca", 407, con los valores de los elementos que se detallan de forma enfática, como el de "cuervo", 272, y "paloma", 72, que se ha de sustituir por 216 (en este caso, las salidas de la paloma son 3, por lo que se ha de multiplicar 72x3), el de "ramo de olivo", 522 (עֲלֵה־זַיִת, -400+10+7 y 5+30+70-) y el de Noé, 58, la cifra resultante es la de 1.475 (407+272+216+522+58). Esta cifra es casi identica a la suma de los valores de "Edén", 774, más el de "huerto", 703, que suman 1.477, (2 más que 1.475); dos que se corresponde al valor de la letra "beth", con la que empieza la palabra "bendición", (בְּרָכָה braja) que es lo que hizo Yahvé cuando Noé salió con su familia del arca, una vez finalizado el diluvio y retiradas las aguas: *"bendijo a Noé y a sus hijos"* (Gén. 9:1). Por otra parte, si al arca (407), se le suman el cuervo (272), la paloma (72) y al ser viviente (23), nos da la cifra de 774, que es el valor de Edén (774). Era el nuevo y transitorio Edén hasta regresar, de nuevo, a tierra.

A diferencia de lo sucedido en el paraiso, Yahvé no impone una prohibición de comer de fruto alguno, sino que permite a Noé plantar una "viña", כֶּרֶם, kerem, con valor de 820 (600+200+20); desplazando al "árbol de la ciencia del bien y del mal" (1.709). A partir de los 3 hijos de Noé, Sem, Cam y Jafet, *"se pobló toda la tierra"* (Gén. 9:19). Es decir, se inica la humanidad con tres "seres vivientes" (23), 3x23=69. El doble valor de viña, (2x820) es 1.640. Pues bien, 69+1640 da un resultado de 1.709 (valor del antiguo árbol de la ciencia del bien y del mal).

La figura de Noé no se recoge únicamente en el Génesis. En el poema sumerio del Gilgamés, el primer antepasado de la humanidad es Utnapichtim, que fue el único superviviente con su familia del Diluvio, al refugiarse en un arca, en la que conservó semillas y animales.

En el texto iranio Zend-Avesta, es el patriarca persa Yima, avisado por el dios Ahura Mazda, el superviviente del Diluvio, al refugiarse en una cueva con animales y plantas para poder ayudar a los supervivientes.

En el poema hindú Mahabbharata, el protagonista es Manú, el padre de la raza humana, que aconsejado por el dios Brahma, bajo la forma de pez, le previno del Diluvio, construyendo una nave en la que sobrevivió junto con los "siete sabios (Rishi)", quienes le indicaron las semillas que debía conservar.

Esa inundación global la recogen todos los pueblos del mundo. En la literatura tamil del sur de la India se transmite la leyenda sobre una inundación catastrófica, que destruyó tres ciudades: Temmaturai, Kapata y Maturani (que sobrevivió en parte), entre 5.000 y 6.000 años.

El Diluvio y los pocos supervivientes, con los que se reinicia la nueva humanidad, es una constante en las leyendas y tradiciones de todos los pueblos del mundo. Si en el "arca" se conservaron animales y semillas con el fin de que, tras el desastre, la nueva humanidad pudiera procurarse el alimento y el sustento, también se procuró conservar los conocimientos técnicos y científicos de la civilización antediluviana, previendo las consecuencias catastróficas y destructivas del Diluvio, a modo de "cápsulas del tiempo" o de "almacenes" conservadores de documentos e instrumentos, reveladores del estado de la tecnología alcanzada, para evitar un comienzo, desde cero, del progeso científico.

Por eso, los descubrimientos arqueológicos y documentales sobre lo que entendemos por las primeras civilizaciones, acreditan el grado de conocimiento científico que alcanzaron en el poco tiempo que va desde sus primeras manifestaciones, que hemos comprobado y constatado al compararlas con nuestros avances tecnológicos, hasta hace unos pocos de siglos, en los que estamos dando un gran salto científico en el conocimiento del Universo y en el perfeccionamiento de los intrumentos y aparatos que utilizamos en el ámbito de la Ciencia.

Hemos hablado de la "civilización de los constructores" y de sus obras megalíticas. Y entre todas destacan las "pirámides". Están repartidas por todo el mundo, pero las que retenemos en nuestra memoria y retina son, sin lugar a dudas, las pirámides de la meseta de Guiza, en Egipto. Me voy a referir a ellas con un único relato, de los muchos que existen, del historiador egipcio, del siglo IX d. C., conocido como Ibn Abd al-Hakam (Abu'l-Qasim 'Abd al-Rahman ibn 'Abd Allah ibn 'Abd al-Hakam -803 u 805 al 871-), sobre la construcción y finalidad de las pirámides, recogiendo y recopilando relatos anteriores a su tiempo, en el que nos informa:

"La mayor parte de los cronistas coinciden en atribuir la construcción de las pirámides a Saurid Ib Salhuk, rey de Egipto, que vivió tres siglos antes del Diluvio. Sintióse impulsado a ello al ver en un sueño que toda la Tierra, con sus habitantes, se había trastornado, los hombres tumbados de bruces, las estrellas cayendo unas sobre otras con horrible estruendo.

En su gran turbación no dijo nada de ello a los suyos. Habiéndose despertado con gran miedo, reunió a los prinmcipales sacerdotes de todas las provincias de Egipto, 130 en total, cuyo jefe era Aclimón. Cuando les expuso el asunto, midieron la altura de las estrellas y, haciendo su vatinación, predijeron el Diluvio. El rey preguntó: "Alcanzará a nuestro país" Respondieron: "Sí, y lo destruirá." Pero, como aún faltaban cierto número de años para que acaeciese, ordenó construir, entretanto, pirámides con cámaras abovedadas. Las llenó de talismanes, de objetos extraños, de riquezas, de tesoros, etc. Construyó luego en la pirámide occidental treinta tesorerías repletas de riquezas y utensilios, de adornos hechos de piedaras preciosas, de instrumentos de hierro, de modelos de barcos de arcilla, de armas que no se oxidaban y de cristalería que se podía doblar sin romperla."

Datos que también transmitió el escritor árabe del siglo XIV (1.364-1.442), Makrizi, refiriéndose a leyendas mucho más antiguas, quien invoca al rey Surid Ben Sahluq y su sueño; y el escritor, el Cadi el-Galil Abu Abd Allah Mohammed Ben Salamat el-Qodai, que manifiesta que fueron construídas antes del Diluvio, por el evento que se iba a producir en el momento en que el Corazón del León se hallara en el primer minuto de la cabeza del Cangrejo, o sea, más de 5300 años a.C.

Quizás esto explicaría que el Zodíaco de Dendera comience con el signo Leo, (su opuesto es Acuario, indicando la era de finalización de dicho período), registrando la entrada de la Tierra en un nuevo ciclo entre los años 10.950 y 8.800 a. C. El papiro copto encontrado en el monasterio de Abu Hormeis, coincide en la precisión de la fecha del Diluvio, al decir: *"El Diluvio debió tener lugar cuando el corazón de Leo entrara en el primer minuto en la cabeza de Cáncer."*

Las pirámides de Guiza se construyeron a modo de museo y de biblioteca con el fin, primero, de conservar los conocimientos de la humanidad hasta el Diluvio, y, segundo, de transmitirlos a los supervivientes. No sólo lo colocado en su interior era importante, en su exterior, en sus cuatro caras, como así constató Heródoto, (y confirmaron viajeros, escritores e historiadores posteriores) en el siglo V a. C. (hacia el año 450), al referirse a las inscripciones que contenían (visibles, por lo menos, hasta el siglo XII de nuestra era), y que exponían el conocimiento y misterios de la ciencia, de la astronomía, física, geometría, etc. Estos relatos provocaron que Al Mamún manifestar interés por la Gran Pirámide, pues esas leyendas, como hemos expuesto, hacían referencia a la existencia de una cámara secreta en su interior en la que se conservaban mapas y tablas de las esferas terrestre y celeste.

En piedra y arcilla se conservaron y transmitieron esos conocimientos, que la arqueología sumeria y la egipcia van descubriendo, sin perder de vista los actuales descubrimientos en China y en el Valle del Indo.

29
Cataclismo cósmico

En la revista *Science Advances* se publicó (mayo de 2023) un estudio en el que se exponían las conclusiones de las observaciones de las dunas de arena marcianas, realizadas por el rover Zhurong de China, (que aterrizó en Marte en mayo de 2021, y centró su exploración en la región llamada Utopia Planitia, justo al norte del ecuador marciano), hasta hoy, dirigidas por un equipo de científicos liderado por Xiaoguang Qin, geólogo de la Academia de Ciencias de China en Beijing, entre las que se afirma que existió agua salada en Marte mucho antes de lo pensado, (pues se estimaba que Marte había contado con agua superficial hace miles de millones de años), específicamente hace solo 400.000 años. (Modern water at low latitudes on Mars: Potential evidence from dune surfaces. Xiaoguang Qin et al. Science Advances (2023. DOI:https:// doi.org/10.1126/sciadv.add8868).

También en la misma revista Science Advances se publicó otro estudio que, con apoyo en el análisis de los meteoritos procedentes de Marte, afirma que hace 4.500 millones de años había agua en el planeta rojo como para estar cubierto en su totalidad por un océano de 300 metros de profundidad, y en los primeros 100 millones de años de la evolución del planeta fue bombardeado con asteroides llenos de hielo, pero, además de agua, esos asteroides trajeron al planeta rojo moléculas biológicamente relevantes, como los aminoácidos, que, como hemos visto, son moléculas que se combinan para formar las proteinas, constituyendo los pilares esenciales de la vida, al ser el alimento de la célula, por lo que, según esas investigaciones, Marte tenía las condiciones para albergar la vida mucho antes que la Tierra.

Así lo explicaba el profesor Martin Bizarro, del Centro para la Formación de Estrellas y Planetas, que concluía: *"Esto sucedió dentro de los primeros 100 millones de años de Marte. Después de este período, sucedió algo catastrófico para la vida potencial en la Tierra. Se cree que hubo una gigantesca colisión entre la Tierra y otro planeta del tamaño de Marte. Fue una colisión energética que formó el sistema Tierra-Luna y, al mismo tiempo, acabó con toda vida potencial en la Tierra".*

El profesor de Ciencias planetarias de la Universidad de Arizon, Salon Erik Asphauga, hablando sobre las condiciones que hacen viable la aparición de la vida en un plantea, comenta: *"Digamos que esperas que la vida florezca cada vez que un planeta se enfría hasta el punto en que puede empezar a tener agua líquida",* añadiendo: *"Pero solo mirando nuestro sistema solar, ¿qué planeta habría sido probablemente habitable primero? Casi seguro que Marte".* Sostiene que: *"Si la vida empezara en algún sitio, lo haría primero en Marte. No sabemos cuál es el requisito -ya sabes, si se requiere algo súper especial como la existencia de una luna o algunos factores que son exclusivos de la Tierra-, pero solo en términos de qué lugar tuvo agua líquida primero, siempre sería Marte".*

Un estudio publicado en la revista *Earth and Planetary Science Letters* apoya la teoría de que, en realidad, Marte se formó en el Cinturón de Asteroides, aproximadamente una vez y media más lejos del Sol que su posición actual, antes de migrar a su ubicación actual, lo que supone que Marte se formó más lejos del Sol y que fue la atracción gravitacional de Júpiter la que le empujó a su actual posición.

Los últimos estudios y análisis de muestras "in situ", revelan que Marte se formó hace 4.500 millones de años, y que hace unos 4.000 millones de años, era un planeta húmedo, cálido y, muy posiblemente, estaba dotado de las condiciones adecuadas para la existencia de vida, estimando que inicialmente, la atmósfera del planeta era 100 veces más densa que la atmósfera de la Tierra, (frente al actual 1% de grosor de la atmósfera terrestre), pero, a partir de entonces, la mayor parte de la atmósfera de Marte fue arrastrada, quizás, según una teoría, por una colisión durante el denominado el "Último Bombardeo Pesado", (que es considerado como un periodo en que coexistían y se extendían cometas, asteroides y otros objetos celestes sobre el sistema solar, lo que propició la aparición o el suministro de agua en la Tierra y en Marte); o debido, según otra teoría, al se golpeado por un planeta del tamaño de Plutón, lo que provocó la pérdida de gran parte de su atmósfera.

La irrupción en el sistema solar de ese enigmático objeto astronómico (planeta) produjo la ordenación actual de los planetas de nuestro sistema solar, con la desaparición de un planeta (hoy, cinturón de asteroids, y la formación de la Tierra y la Luna.

En palabras del *Enuma Elih,* (Tablilla V) los efectos fueron los siguientes: *"Construyó estaciones para los grandes dioses, las estrellas, semejanzas suyas, sus imágenes astrales, las estableció. Determinó el año, definió sus límites; para cada uno de los doce meses tres estrellas erigió. 5 Después de trazar los sectores del año, instaló la estación de Nebiru para fijar sus ligámenes, de manera que ninguno pudiere transgredir o aberrar. Las estaciones de Ea y Enlil estableció junto a ella. Abrió puertas en ambos lados, 10 reforzó los cerrojos a la izquierda y a la derecha. En su vientre, constituyó las alturas del cielo. Hizo brillar a la Luna, (le) encomendó la noche; la designó corno emblema de la noche, para significar los días: "Cada mes, sin cesar, forma dibujos con una tiara. 15 En el comienzo del mes, al levantarte sobre el país, resplandece con cuernos, para significar seis días. En el séptimo día, sé una media tiara. Durante la luna llena los periodos serán iguales: dos mitades para cada [mes]. Cuando el Sol [se te una] en la base del firmamento, 20 desvanécete paso a paso y retrograda (en luz). En el día de (tu) [oscuridad] aproxímate al curso del Sol, y de este modo [el trein]ta corresponderá al primero, siendo el segundo (aquél). He [puesto de manifiesto] una señal, sigue su ruta, (y) cuando os acerquéis [a …], pronunciad ambos juicio. 25 Que[se produzca justicia, no] injusta decisión. Yo […] a mí". 45 Después [de que hubo encomendado al Sol] los días, [de que hubo trazado] los linderos del d[ía] y de la noche, [reuniendo] la saliva de Tiamat,..".*

En definitiva, a los "dioses", a los planetas, se les da su destino, se les fija su órbita.

Pues bien, Marte y la Tierra presentan un paralelismo en la aparición de la vida, derivada de una gran convulsión cósmica en los inicios de su formación. Las primeras teorías sobre la formación de ambos plantes, que entendían que se formaron al desprenderse materia incandescente del Sol, que al enfriarse dio origen a los cuerpos estelares que a su alrededor orbitan, sean planetas o satélites, fueron abandonadas al comprobarse que la Luna es mucho más antigua que la Tierra y muy diferente a ella.

Una original, que no literal, interpretación del poema sumerio es la ofrecida por Zecharia Sitchin en sus interesantes obras, a partir de su libro *"El duodécimo Planeta"*. Sitchin, apoyado en las tablillas sumerias sobre astronomía, sostiene que los sumerios conocían doce cuerpos principales dentro del sistema solar, pues a los cuerpos que conocemos (Sol, Mercurio, Venus, la Tierra, la Luna, Marte, Júpiter, Saturno, Urano, Neptuno, Plutón) añadía al planeta Nibiru, de gran tamaño, cuya gran órbita elíptica le hace penetrar en nuestro sistema solar, acercándose a la órbita de la Tierra cada 3.600 años, como así se desprende de los grabados que ilustran sus libros.

Pues bien, Sitchin sostiene que, en la zona que ahora ocupan el cinturón de asteroides, existía el planeta Tiamat (para otros, Faetón), cuya órbita coincidió con la de Nibiru, produciéndose una gran colision entre una de sus lunas y Tiamat, que ocasionó la fragmetación del Tiamat. Consecuencia de la colision, el trozo de Tiamat, su cabeza, salió despedido con sus aguas hasta una órbita más cercana al Sol, que sería conocido como el planeta Tierra, arrastrando, a su vez, a uno de los satélites de Nibiru, que llamamos Luna, el satélite de la Tierra.

Esto explicaría el dato de la antigüedad de la Luna (estimada en 4,53 Ma; últimamente incrementada por la Nasa en 4.460 Ma), superior a la de la propia Tierra (entre 4,4 y 4,510 Ma), y de su distinta composición, (aunque los investigadores afirman haber encontrado en las profundidades del manto terrestres restos de una colisión con otro planeta, Theia, –que dio origen a la Luna-, por lo que la composición de esos restos coincidirían con la de nuestro satélite), mientras que la zona actual del cinturón de asteroirdes, entre las órbitas de Marte y de Júpiter, se corresponderían con los restos de Tiamat. De forma que, la irrupción de Nibiru en nuestro sistema solar, alteró y afectó a la gran mayoría de los planteas, y de forma especial a Marte, un planeta rebosante de vida, al igual que Tiamat.

Pues bien, según la especial y libre interpretación de Sitchin del Enuma Elish, en uno de esos acercamientos de Nibiru a la Tierra, una expedición de sus habitantes, los anunnakis (dioses sumerios), aterrizaron en la Tierra hace unos 400.000 años, iniciándose el mito de la creación del hombre, como también cuenta el poema sumerio de Atrahasis, que pasó al Antiguo Testamento, y recogen todas las culturas humanas.

Sobre Nibiru se ha de matizar que, en el catálogo astronómico y astrológico babilónico, compendiado entre otras tablillas, en las del Mul.Apin, no figura como un planeta o exoplaneta de nuestro sistema solar. Si realmente tenía la importancia y transcendencia que Sitchin le atribuye, como ser el planeta origen de los anunnaki, es incomprensible que, si los sumerios recibieron la información astronómica de esos dioses, no incluyeran a Nibiru, siendo que cada 3.600 años se acerca a nuestro sistema solar.

En el Mul.Apin se dice: "Si dUdu.Idim.Gu divide el cielo y permanece allí, [su nombre] es Nibiru" y "ascendiendo 30 grados del arco celeste, es Júpiter".

Los nombres de los plantetas, además de la Tierra, son los siguientes:

Nombre Sumerio	Nombre Acadio	Traducción
Mul-Sal-bat-a-nu	Salbatanu	Marte
Mul-Udu-idim-gu-ud	Sihtu	Mercurio
Mul-Sag-me-gar	Sag-me-gar	Júpiter
Mul-Dili-bat	Dilibat	Venus
Mul-Udu-idim-sag-ush	Kajamanu	Saturno

Es decir, que cuando Mercurio divide el cielo y permanece allí, entonces, toma el nombre de Nibiru, y cuando asciende 30 grados del arco celeste es Júpiter (relacionado, primero, con Enlil; luego, con Marduk). Por lo tanto, Nibiru es una posición concreta de Mercurio en el cielo, contemplado desde Mesopotamia.

Por otra parte, en el zodiaco contenido en el Mul.Apin (17 constelaciones; luego, bajo el reinado del caldeo Nabucodonosor II de Babilonia -604-562 a.C.-, se redujeron a 12 para igualar el número de constelaciones al de meses), la primera que figura es la de: "Mul-Mul" ("las estrellas" – mul es estrella-), que se corresponde con la constelación de las Pléyades, ("las siete hermanas"), y la divinidad dominante es Enlil.

Pero volviendo a Marte y a sus condiciones climáticas, lo cierto es que hace un millón de años sufrió un cambio brusco en su atmósfera que afectó al planeta, al perder gran parte de la misma.

El hecho que lo provocó también tuvo su repercusión en la Tierra, pues hace 1.000.000 años el clima de nuestro planeta, sin conocer el motivo que lo causó, se alteró de forma abrupta y catastrófica, al acumularse las grandes masas de hielo continental en las regiones polares, alterando los ciclos glaciares, que se volvieron más largos y fríos, según los registros y datos del Cuaternario, lo que tuvo repercusión planetaria en el sistema climático global, y que en el capítulo anterior hemos decrito.

Con estas circunstancias el homo erectus tuvo que afrontar los problemas que la alteración del clima produjo, emigrando a territorios más cálidos para procurarse alimentos, elaborando, a la vez, heramientas y ropaje para adaptarse a las nuevas circunstancias, cuya incidencia en el número de su población fue catastrófica, al reducirlos hasta casi la extinción.

Esas condiciones y sus consecuencias se han puesto de manifiesto en un estudio científico (Extreme glacial cooling likely led to hominin depopulation of Europe in the Early Pleistocene, de Vasiliki Margari en la revista Science, 2023, (DOI:https://doi.org/10.1126/science.adf4445), cuyos datos revelaron que la presencia de cambios climáticos abruptos culminaron en un enfriamiento glacial extremo, con temperaturas en la superficie del océano frente a Lisboa cayendo por debajo de los 6° C, con semidesiertos expandiéndose en los territorios adyacentes, lo que, a su vez, obligó a nuestros ancestros desarrollar su capacidad de adaptación a la nueva situación o cambio climático. En este mimo sentido el Dr. Vasiliki Margari, autor principal del nuevo estudio, indicó en una nota de prensa: *"Para nuestra sorpresa, descubrimos que este enfriamiento de hace 1,1 millones de años fue comparable a algunos de los eventos más severos de las edades de hielo recientes"*, y colocó a las pequeñas bandas de homínidos cazadores-recolectores bajo un estrés considerable, especialmente porque los primeros humanos pueden haber carecido de las adaptaciones necesarias, como por ejemplo suficiente aislamiento de grasa en su piel y medios para hacer fuego.

Los paleontólogos señalan que entre el período comprendido hace 1,1 millones de años y unos 900.000, se produce un "silencio fósil" en el registro paleontológico y arqueológico, que tiene relación con el clima extremo que se produjo durante dicho período, en el que se produjo una especie de cuello de botella en relación con la población, que entre 930.000 y 813.000 años, que casi aniquiló la posibilidad de la humanidad tal y como la conocemos hoy en día, quedando reducida, según el equipo de investigadores de China, Italia y EE UU, utilizando un novedoso método denominado FitCoal (proceso rápido de coalescencia en tiempo infinitesimal), a 1.280 individuos reproductores, que mantuevieron una población durante 117.000 años, según los resultados de las secuencias genómicas humanas actuales de 3.154 individuos. Según uno de los participantes en el estudio, Yi-Hsuan Pan, de la Universidad Normal de China Oriental, *"El novedoso hallazgo abre un nuevo campo en la evolución humana porque evoca muchas preguntas, como los lugares donde vivían estos individuos, cómo superaron los catastróficos cambios climáticos y si la selección natural durante el cuello de botella aceleró la evolución del cerebro humano"*.

Por otra parte, los estudios más recientes sobre Venus (por parte de investigadores del Departamento de Ciencias Geofísicas de la Universidad de Chicago, EEUU, empleando un nuevo modelo de la composición atmosférica de Venus, que fueron publicados en las Actas de la Academia Nacional de Ciencias de EEUU) apuntan a que este planeta, gemelo de la Tierra, tuvo agua líquida en su superficie hace 3.000 millones de años, extendiéndose hasta unos 1.000 años.

Y la pregunta que surge, dado el paralelismo entre los cambios climáticos de Marte, Venus y la Tierra hace un millón de años, más graves para Marte y Venus, es la siguiente: ¿los hechos catastróficos que se avecinaban sobre ambos planetas pudieron ser previstos por sus habitantes, permitiendo huir en sucesivas expediciones a parte de las clases gobernantes, con algunos militares, técnicos, científicos y mano de obra, y dirigirse a la Tierra?

Que los denominados "dioses" tenían características físicas semejantes o iguales a los de los habitantes homínidos terrestres no deja lugar a la duda, del mismo modo que sus relaciones y comportamiento entre ellos. Los habitantes de los planetas interiores de nuestro sistema solar compartían un mismo origen genético, de forma que la evolución de la vida en estos planetas fue paralela.

De ser así, no es imposible la existencia y concurrencia de varias civilaciones en estos planetas, así como su llegada a la Tierra, dando origen a otras civilizaciones terrestres, que se remontarían al millón de años y cuya ubicación en el planeta Tierra se determinaría tras un pacto o acuerdo entre terrestres, venusianos y marcianos, cuyas razas configurarían el panorama de las grandes civilizaciones que, al final, dominaron en el planeta, y cuyos descendientes fueron los "dioses" que, ante la desaparición de gran parte de la población, debido a la sucesión de catástrofes terrestres y cósmicas, acordaron la manipulación genética de una especie de homínidos para conservar el legado genético y procurar la replobación mermada del planeta Tierra.

Para comprender la existencia de varias civilizaciones en la Tierra, exclusivamente terrestres, debemos tener presente que, la distribución de las masas continentales de la Tierra fueron distintas durante millones de años; lo que nos puede ayudar para identificar, también, a las civilizaciones terrestres, de las que descendemos los humanos terráqueos.

En definitiva, los "dioses" serían los descendientes de anteriores humanidades avanzadas en todos lo campos de la Ciencia, que sobrevivieron a una catástrofe planetaria y que tuvieron que afrontar las consecuencias trágicas de esa hecatombe global, ayudando a los pocos grupos humanos supervivientes e intentar repoblar el planeta y reorganizar las fuentes de obtención de los productos alimenticios, acelerando el proceso de evolución natural de los hombres primitivos por medio de técnicas genéticas, con el fin de obtener mano de obra y, después, iniciar un mestizaje por el que sus capacidades e inteligencia se conservaran en el código genético del nuevo hombre, de su sucesor cuando se extinguieran esos supervivientes, lo que llevaron a cabo distribuyéndose por los continentes resultantes de ese cataclismo, dando origen al concepto de dios, que se mantiene hasta nuestros días.

30
¿Hubo una guerra entre los dioses?

Los cataclismos cósmicos y los terrestres no fueron, únicamente, los fenómenos responsables de la desaparición de continentes, ciudades y de gran parte de la población humana en los períodos anteriores y posterirores al de la fecha del Diluvio, al que se refieren las leyendas, mitos y tradiciones orales de todos los pueblos de la distinta civilizaciones. También los miembros de las anteriores civilizaciones antediluvianas contribuyeron al incremento de pérdidas humanas y destrucción de ciudades por enfrentamientos bélicos de consecuencias perturbadoras.

Si nosostros, los hijos de los "dioses", nos caracterizamos por la tendencia a la conquista de otros territorios y al sometimiento de nuestros semejantes, como queda acreditado en la Historia de la humanidad (legado de la transmision genética, al inacularnos el gen de la violencia, del "espíritu guerrero", que, en casi todas religions, sirve para atribuir a unos dioses ese poder destructivo, como el "dios de los ejércitos", el "dios de la guerra", etc.), no es de extrañar que nuestros "padres", los "dioses", también se levantaran unos contra otros, haciendo participes a los hombres de sus ambiciones y planes, para obtener su apoyo a cambio de promesas y favores para el pueblo que los admitían como su "dios protector".

En los textos sumerios, hebreos, egipcios, hindúes y mayas se exponen esas pretensions y tácticas de los "dioses", en las que el hombre, la mayoría de las veces, era el campo de batalla en el que se dilucidaba la permanencia del poder divino sustentada por la superioridad del candidato a "dios superior", "único", frente a todos los demás pretendientes.

En el poema de Atrahasis se recoge una disputa entre dioses, que provoca una guerra entre dos clases de "dioses": los "dioses" residentes en los "cielos" y los "dioses" que se ubicaron en la "Tierra).

Y esa guerra, como adelantamos, tuvo como principal consecuencia la creación del trabajador primitivo, de forma que los dioses rebeldes adquirieron o alcazanron el status de los dioses regentes.

Todo comenzó después de que *"los grandes dioses habían echado a suertes lo que le correspondía a cada uno". Entonces "[Cuando Anu] subió al cielo, [Los dioses (?) del] Apsu descendieron hasta allí: [Fue entonces cuando los Anunnaku] celestes -[Impu]sieron a los Igigu [su prestación de trabajos]."* Esos trabajos consistían en: *"[Los Igigu] tuvieron) que excavar [los cursos de agua] [Y abrir los canales] que vivifican la tierra. -[Así, ellos abrieron] el curso del Tigris, [Y des]pués, [el del Éufrates]".* Desempeñaron sus funciones laborales *"¡(Durante) dos mil q]uinientos años, y más, Habían, día y noche, Soportado [esta pesada car]ga!",* hasta que *"[Ellos, entonces, comenzaron a des]potricar y a quejarse, 40- [Lamentan]do[se] de sus labores de excavación".* Llevaron sus quejas a Enlil, su jefe, el soberano de los dioses, *"Para que nos libre de nuestra [pesa]da tarea!".*

Su intención era clara: *"¡Al valiente sobera[no] de los dioses, Venid, vayamos a sacarlo de su casa. ¡A Enlil [(el orgulloso), el so]berano de los dioses, Ve[nid], vayamos a sacarlo de su casa! ¡Ea!, declarad la guerra: Añadamos la batalla al combate (?)." Los dioses escucharon su súplica Y quemaron su utillaje, Arrojaron s us azadas al fuego, - Y a las llamas sus capazos. Después, agrupados, marcharon A la puerta del santuario de Enlil el valiente".* Cercaron el Ekur, palacio en donde residía Enlil, que es despertado por Nuska, su paje, al escuchar el alboroto de los Igigu, diciéndole *"¡Tu palacio está rodeado, oh Enlil! ¡El combate se ha extendido hasta tu puerta!"*, respondiéndole Enlil *"¡Toma tus armas y ponte a mis órdenes!"* ¡Nuska levanta una barricada ante tu puerta, Toma sus armas y se puso a las órdenes de Enlil!". Ordena buscar a Anu para que descienda con Enki para celebrar un consejo de guerra para tratar la rebelión de los Igigu.

Entonces Enlil se dirigió a los a los grandes anunnaku, tomando la decisión de oir el porqué de la rebelión, para lo que mandó a Nuska a los dioses rebelados, comunicándoles las palabras de Enlil. Ellos le respondieron *"Hemos puesto (todo) nuestro [esfuerzo (?)] En esta ex[cavación (?)]: ¿[El] traba[jo excesivo] nos ha matado! ¡[Nuestra] car[ga] era demasiado pesada, [el trabajo era infinito]! Esta es la razón que (?) [a los dioses al] comp[leto] Nos ha llevado [a quejarnos contra Enlil]!".* Anu comprendió los motivos de queja de los Igigu y es cuando se trata la cuestión de crear al trabajador primitivo que sustituya a los igigu en sus tareas. Por último, los anunnaku interrogan a los rebeldes sobre el jefe de la revuelta.

Además de esta guerra, las mitologías de todas culturas nos describen las disputas y guerras entre los dioses, incluido, el Antiguo Testamento, en el que Yahvé impone un mandamiento a su pueblo escogido de no "adorar" a cualquiera de los "otros dioses", que tenían asignados territorios distintos y a quienes, el propio Yahvé, les quería arrebatar territorio. De hecho, existió o existe un *"Libro de las Guerras de Yhwh"* como se menciona en el Antiguo Testamento (Núm. 21:14 *"Por eso se dice en el libro de las batallas del Eterno: "Lo que hizo en el Mar Rojo y en los arroyos de Arnón"*).

Por último, no debemos olvidar las graves consecuencias de la guerra, descritas por las extensas epopeyas hindúes del *Ramayana* y del *Mahabharata*, con su descomunal y soprendente descripción armamentística en las guerras entre los Pandavas y los Kauravas.

En definitiva, las guerras entre dioses eran tan habituales como las guerras entre los hombres, de los que aprendimos al hacernos partícipes de sus intrigas y ambiciones.

En estos poemas, aparentemente, se describe el grado de evolución tecnológica que se alcanzó por la otra humanidad y los efectos devastadores de las armas utilizadas en el conflicto bélico que narran.

No describo los motivos de ese conflicto, ni de los personajes que intervienen. Me voy a centrar en el armamento empleado, lo que indica que las potencias enfrentadas, el Imperio Rama y el Imperio Atlante, gozaban de un alto grado de desarrollo tecnológico, como las naves voladoras, las vimanas de los hindúes y las vailiki de los atlantes. Tampoco recojo todas las armas, defensivas (shastras), incluídas las utilizadas para contrarrestar o anulas otras de ataque, o de ataque (astras), así como aquellas destinadas a producir cambios en el campo de batalla o en el clima de los lugares en los que se desarrollaban los combates, que describen estos poemas, ni las mencionadas en los Puranas, sino, únicamente, las más impresionantes por sus efectos destructivos.

Entre las que modifican las características del campo de batalla y de las condiciones atmosféricas en la que se desarrolla el combate, figuran:

- Aardra, con la que se inundaba el terreno del campo de batalla, al igual que la Varunastra.
- Shuska y Vishoshana, que producían una extracción de la humedad del entorno.

- Vaivastra, cuya finalidad era la de crear huracanes.
- Parjanya, que formaba nubes para cubrir el cielo.
- Shijwar, que elevaba la temperatura hasta alcanzar la del sol.
- Santapana, con la que se aumentaban las temperaturas hasta unos grados insoportables.
- Narayanjwar, que servía para la finalidad contraria a la de la anterior, la de bajar las temperaturas.
- Prathaman naama , que arrojaba o soplaba fuego.
- Kampaana, con la que se provocan temblores; se supone en la tierra.
- Antardana y Sabda-veda astra, que facilitaban o provocaban la invisibilidad.

Entre las armas de demolición masiva del enemigo, figuran, entre otras, las siguientes:
- Parvataastra, con la que lanzaban montañas sobre el enemigo.
- Agneyastra, con la que se quemaban ejércitos enteros.
- Baumastra, una modalidad de la anterior con la que se abrasaban a los enemigos, y que tenía la característica de que, a continuación, este arma se introducía en el interior de la tierra, perforando su superficie.
- Shishira, producía un efecto contrario a las anteriores, pues se utilizaban para congelar al enemigo.
- Asumía, también se utilizaba para congelar ejércitos.
- Las "tres flechas de Barbarika" o "Teen Baan", que era un arma de precisión para destruir objetivos específicos del enemigo, pues la primera flecha fijaba lo que va a destruir, (una especie de señal o rayo láser); la segunda, lo que había que salvar, para no ser afectado por el arma, y la tercera, que ejecuta la orden.

Había otras varias armas cuya finalidad era la de confundir, engañar, ofuscar y anular la voluntad del enemigo. Una curiosa era el Mayamayamastram, con la que se creaban ilusiones ópticas, parecidas a los hologramas. Con el Manavastra se provocaba que los objetivos de las armas enemigas cambiaran de objetivo. Por último, se describen otras armas, como las lanzas (Barchhi or bhala), ruedas y discos (Chakra), los arcos y las flechas (Dhanush—baan), espadas (Talwar), machetes (Hansia), tridentes (Trishul), hachas de guerra (Pharsa or kulhari), entre otras más; todas con unas características superiores a nuestras armas con ese mismo nombre.

Por último, otro dato impactante es el de la recitación de un mantra o una orden de voz concreta para el funcionamiento de las armas: una contraseña de voz.

En ambos poemas se describen los efectos de las armas empleadas en el conflicto bélico. Pero veámos algunos de los pasajes, en este sentido, más interesantes de ambas epopeyas, la primera describe el conflicto que motiva la guerra, y la segunda, que es la continuación del relato de las destrucciones producidas.

Así, en el Mahabbharata se dice:

"Gurkha, volando en un rápido y poderoso vimana,
Lanzó un solo proyectil
Cargado con todo el poder del universo.
Una columna incasdencente de huho y llamas,
Luminosa con diez mil soles,
Se alzó con todo su esplendor.
Era un arma desconocida,
Una centella de hierro,
Un gigantesco mensajero de muerte,
Que redujo a cenizas
A la raza entera de los vrishis y los andhakas.

Tan quemados estaban los cadáveres,
Que eran irreconocibles.
Cayeron el pelo y las uñas;
Rompiéronse los cacharros sin causa visible,
Y los pájaros se volvieron blancos.
... Al cabo de una horas
Todos los alimentos quedaron infectado..
.. para escapar de este fuego
Los soldados se arrojaron a los ríos
Para lavarse y lavar sus pertrechos.
...
Densas flechas de fuego,
Como un gran aguacero,
Cayeron sobre la creación,
Envolviendo al enemigo...
Una espesa oscuridad se posó rápidamente sobre los huesos de Pan-
dava.
Todos los puntos del compás se perdieron en la oscuridad.
Feroces vientos empezaron a soplar.
Rugieron las nubes hacia arriba,
Arrojando polvo y grava.
Graznaron locamente los pájaros..
Los elementos mismos parecían trastornados.
El sol parecía vacilar en los cielos.
Estremeciese la tierra,
Abrasada por el calor terrible y violento de esta arma.
Los elefantes estallaban en llamas
Y corrían frenéticamente de un lado a otro ...
En una región inmensa
Otros animales se desplomaron y murieron.
Desde todos los puntos del compás
 Las flechas de llamas caían continua y ferozmente."

En el Ramaya, se habla de un arma:

"... tan poderosa,
Que podía destruir la tierra en un instante;
Un gran sonido creciente envuelto en humo y llamas;
Y en él se sienta la muerte. "

Ante la descripción de los efectos mortales y destructivos de las armas, no es de extrañar que el físico teórico estadounidense, Robert Oppenheimer, estudioso del sánscrito y conocedor de las epopeyas hindúes, al observar la explosión de la bomba atómica, citara el Mahabbharata afirmando: *"He desatado el poder del universo. Ahora me he convertido en destructor de mundos".* En otra ocasión, en una entrevista realizada en la Universidad de Rochester, años después de la explosión en Álamo Gordo, Nuevo México, ante la pregunta de que si había sido la primera explosión de una bomba atómica, respondió:*"Pues, sí",* añadiendo casi sin pausa: *"en la historia moderna",* lo que alimentó la idea de que otra civilización humana anterior hubiera utilizado este tipo de arma. Lo que es indudable es que las narraciones de este poema no deja lugar a dudas sobre la descripción de dicho evento y las consecuencias para todo ser vivo de la explosión.

Quizás el misterio que envuelve la destrucción de una de las ciudades más antiguas, pero modernas por su configuración, Mohenho Daro, de la milenaria Cultura del Valle del Indo (uno de los últimos vestigios arquitectónicos del Imperio Rama, surgida entre el 3.300 y 1.300 a.C., entre India y Pakistán), puede desvelarse admitiendo la posibilidad de una explosión atómica (cuya potencia era 50 veces mayor que la lanzada en Hiroshima) o por uno de los muchos trozos de un gran meteorito que impactó en la zona. Los arqueólogos se ven sorprendidos por los vestigios encontrados en el lugar, como arena vitrificada y los restos humanos radiactivos.

Algo parecido sucedió con Sodoma, pues se cree que una explosión (equivalente a la potencia de 1.000 bombas atómicas) de un meteorito en la atmósfera, a unos 4 kilómetros sobre el suelo, que provocó una subida de la temperatura por encima de los 2.000 grados. Evento que se estima producido hace 3.600 años, casi paralelamente al de Mohenho Daro.

Si los relatos bíblicos, sumerios, hindúes, egipcios, mayas, etc., son ciertos, y sus referencias temporales se enmarcan en el período anterior al Diluvio, los últimos herederos de los "dioses", de las antiguas civilizaciones avanzadas, sucumbieron en los conflictos bélicos que los enfrentaron, contribuyendo también la conjunción de las fuerzas desatadas de la madre Naturaleza.

31
La Torre de Babel

En el Génesis se narran las generaciones, tras el Diluvio, de Noé y de sus tres hijos: Sem, Cam y Jafet. Cam tuvo cuatro hijos: Cus (Kush), Misráin, Put y Canaán.

En relación con Cus señala: *"Cus engendró a Nemrod, que fue el primero que se hizo prepotente en la tierra. Fue un bravo cazador delante de Yahvé, por lo cual se suele decir: «Bravo cazador delante de Yahvé, como Nemrod.» Los comienzos de su reino fueron Babel, Érec y Acad, ciudades todas ellas en tierra de Senaar. De aquella tierra procedía Asur, que edificó Nínive, Rejobot Ir, Cálaj y Resen, entre Nínive y Cálaj (aquella es la Gran Ciudad)."* (Gén. 10:8-12). En 1 Crónicas se vulve a recordar a Nimrod, diciendo: *"Cus engendró a Nimrod, que fue el primer hombre poderoso de la tierra."* (1, 10).

Finalizados los efectos del Diluvio, la tierra empieza a ser repoblada y también organizada en territorios, a cuyas frentes figuraban los descendientes de Noé y sus hijos, como así se describe en el relato bíblico.

El más poderoso de ellos, inicialmente, fue *Nemrod,* que fundó un gran imperio, en el que todos los habitantes hablaban el mismo lenguaje e idénticas palabras (Gén. 11:1) y actuaban de consuno, como así sucedió al construir una ciudad y una torre con la cúspide en el cielo, utilizando ladrillos, cocidos al fuego, y el betún como argamasa. Con ello, según el

Génesis, pretendían: *"hagámonos famosos, por si nos desperdigamos por toda la faz de la tierra."*

La Torre, la pirámide, se iba a convertir en el símbolo distintivo de esa generación de constructores, que se inició con Nemrod en la tierra de Sennar, prototipo de Asur, en definitive, del imperio sumerio.

Yahvé se presentó para contemplar la obra de los humanos y pensó: *"Todos son un solo pueblo con un mismo lenguaje, y éste es el comienzo de su obra. Ahora nada de cuanto se propongan les será imposible. Bajemos, pues, y, una vez allí, confundamos su lenguaje, de modo que no se entiendan entre sí»* (Gén. 11:6-7). Yahvé los desperdigó por toda la faz de la tierra y embrolló el lenguaje común con el que los hombres se comunicaban. Por eso, Babel, en hebreo בְּבֶל, significa "confundir"; en acadio es Bal-il (EL), significando la "Puerta de EL", la "Puerta de Dios".

El historiador judeorromano del siglo I d.C., Flavio Josefo, nos cuenta en su obra de Antigüedades judías, lo siguiente:

".....fue Nemrod quien los incitó a tal afrenta y menosprecio hacia Dios. Él era un nieto de Cam, el hijo de Noé, un hombre atrevido y de gran fortaleza de manos. Los persuadió de que no le atribuyeran a Dios, como si fuera por medio de él que habían obtenido felicidad, si no a creer que fue su propio esfuerzo lo que les alcanzó esa felicidad. Fue cambiando gradualmente su gobierno en una tiranía, al no hallar otra manera de apartar la gente del temor de Dios, que induciéndolo a una tonta dependencia de su poder...

Ahora la multitud estaba más que lista para seguir la determinación de Nemrod, y a considerar una muestra de cobardía el someterse a Dios; y construyeron una torre, sin reparar en dolor, ni siendo en lo más mínimo negligente con el trabajo: y, a causa de la multitud empleada en ello, creció muy alta, más rápido de lo que ninguno hubiera esperado; pero su anchura era tal, y estaba tan fuertemente construida, que a pesar de su gran altura parecía, a la vista, ser menor de lo que realmente era. Fue construida con ladrillos cocidos, pegados con mezcla hecha con brea, de manera que no permitiera el paso del agua. Cuando Dios vio que actuaron tontamente, Él no quiso destruirlos completamente, puesto que no crecieron más sabios por la destrucción de los pecadores anteriores; pero Él causó un tumulto entre ellos, produciendo en ellos idiomas diversos, y causando con esa multiplicidad de idiomas, el no poderse entender unos con otros. El lugar donde construyeron la torre ahora se llama Babilonia, debido a la confusión de esa lengua, la que entendían fácilmente antes; y para los hebreos por la palabra Babel, confusión…"

El alzar una gran torre, que llegara hasta el cielo, daría la impresion de que su finalidad era la de construir un refugio para ponerse a salvo de una segunda inundación. El historiador mexicano, Fernando de Alva Ixtlilxóchitl, (1.578-1.650), nos cuenta que esa era la finalidad de los toltecas al construir una elevación en el terreno, diciendo: *"Cuando los hombres se multiplicaron, construyeron un "zacuali" muy alto, que es hoy una torre de gran altura, a fin de poder hallar refugio en el caso de que el Segundo mundo fuera a su vez destruido".*

En el relato de la Torre de Babel subyace un hecho objetivo: la multiplicación y reorganización de los humanos tras la catastrofe que supuso el Diluvio, así como la necesidad de su dispersión desde el lugar del primer asentamiento en Mesopotamia para extenderse por todo el mundo, levantando ciudades. Pero ofrece un dato de gran interés, del que Yahvé se percató y entendió como un acto de indisciplina. En efecto, los hombres actuaban en unidad bajo el liderazgo del más preparado y fuerte, comprobando que para cubrir sus necesidades primarias y cumplir los fines sociales de la comunidad, no necesitaban de la ayuda de Dios, personificado en la persona de Yahvé, pues el nombre de Babel hace honor al dios EL, la deidad suprema cananea, "el padre de todos los dioses", es decir, de los "elohim", del que Yahvé formaba parte.

Se trataba de una rebelión religiosa para no depender de la voluntad y aprobación de Yahvé en el desarrollo social de la comunidad, sustentada en la facultad de autogestión y auto-suficiencia de los hombres cuando actúan en unidad, incluso, en la elección de su dios, a quien dirigir su culto: un dios no antropomórfico, pues el liderazgo social es del hombre y para el hombre.

Este actuar desagradó a Yahvé, que los dispersó por el mundo, provocando el nacimiento de otras lenguas, al privar-les del lenguaje común del que gozaban.

La palabra Nemrod, נִמְרוֹד, tiene el valor de 300 (4+6+200+40+50). Babel, בְּבֶל, la de 34 (30+2+2). Torre, מִגְדָּל, migdal, la de 77 (30+4+3+40). Torre de Babel, por tanto, es 111 (34+77). Lengua, שָׂפָה, saphah, es 780 (400+80+300). Confundió, בָּלַל, tiene el valor de 62 (30+30+2). El dios EL, אֵל, el de 31 (30+1).

Tenemos que si Yahvé (26) confundió (62) al hombre –ser viviente- (23), la suma de sus valores es 111, es decir, Torre de Babel. El motivo fue el cambio de deidad por los hombres, pues Yahvé es relegado o desplazado por la del "padre de los dioses", El (31), que sale reforzado, por lo que 31x2 es 62, es decir, el valor de "confundió" (62).

Se puede afirmar que Nemrod es el nuevo Caín, también cazador y, luego, constructor.

Sexta parte

Lo que nos espera

32
Inteligencia artificial:
"y en el séptimo día el hombre descansó".

Una gran ayuda para conseguir que los sueños de la Teoría del Ensamblaje se materialicen en datos, que sirvan para conocer "el principio", es la inteligencia artificial; y conociendo "el principio", podremos conocer "el final".

Se suele definir la Inteligencia Artificial (IA) como el resultado de la combinación de algoritmos planteados con el propósito de crear máquinas que presenten las mismas capacidades que el ser humano.

En el contexto del poema *Enuma Elihs*, podríamos definir al "trabajador primitivo", el "terrestre", el "hombre", como el ser resultado de la combinación de los genes de un homínido con los genes de los dioses con el propósito de crear mano de obra, capaz de sustituir a los dioses en sus tareas laborales terrenales, y de poder adquirir las mismas capacidades técnicas de los dioses. Es decir, somos "algoritmos genéticos".

En la actualidad los avances tecnológicos, apoyados con las computadoras y ordenadores cuánticos, los simples algoritmos que desde la antigüedad se venían aplicando, (basta con leer al matemático y padre de la Geometría, Euclides -352 a.C. a 265 a.C.-), van alcanzando mayor presencia en nuestra vidas, con la aparición de máquinas que nos ayudan en nuestras tareas domésticas, profesionales, científicas, etc.

La complejidad de los algoritmos se va superando y se prevé que, a corto plazo, la capacidad de la IA sea paralela a la de su creador, el hombre, e, incluso, la vaya superando en determinados ámbitos de la actividad humana. Y surge la tópica pregunta, que se plantea sin cesar ante la aparición de un avance tecnológico, ¿sustituirá la IA al hombre y supondrá su extinción?

Nick Bostrom, filósofo sueco de la Universidad de Oxford, considera que "existe un 90% de posibilidades de que entre 2075 y 2090 haya máquinas tan inteligentes como los humanos". El fallecido Stephen Hawking auguró que las máquinas superarán completamente a los humanos en menos de 100 años. El historiador y filósofo israelí, Yuval Noah Harari, profesor en la Universidad Hebrea de Jerusalén, en relación con la aplicación de la IA en el ámbito de la sanidad, considera que puede *"cambiar el mismísimo significado de los cuidados de la salud"*, ya que supone un cambio hacia *"una nueva idea ya no tanto de curar a los enfermos sino de mejorar la salud de los que están sanos"*. Entiende que la IA aplicada en ingeniería genética puede convertirse en un arma peligrosa, pues *"la bioingeniería puede poner punto y final al Homo Sapiens"*.

Cada vez que nos enfrentamos ante situaciones similares, en las que, por regla general, los motivos éticos o morales intentan sofocar o enervar la realidad de los avances tecnológicos, lo hacemos partiendo de un concepto humano de vida individual, que deriva de esa egoísta idea que nos presenta y considera como el culmen de la creación, el motivo de la existencia del Universo y, por ello, de Dios. Somos los representantes naturales de la vida y de su evolución natural, de forma que con nosotros finaliza la creación.

En esa concepción humanista de la creación subyace un miedo, que se expresa magistralmente en la reflexión de su autor del Eclesiastés: *"Sobre la conducta de los humanos reflexioné así: Dios los prueba y les demuestra que son como bestias. Porque el hombre y la bestia tienen la misma suerte: muere el uno como la otra; y ambos tienen el mismo aliento de vida. En nada aventaja el hombre a la bestia, pues todo es vanidad. Todos caminan hacia una misma meta; todos han salido del polvo y todos vuelven al polvo. ¿Quién sabe si el aliento de vida de los humanos asciende hacia arriba y si el aliento de vida de la bestia desciende hacia abajo, a la tierra? Veo que no hay nada mejor para el hombre que gozar de sus obras, pues ésa es su paga. Pero ¿quién le guiará a contemplar lo que ha de suceder después de él?"* (3:18-22).

Somos un elemento más de la Naturaleza, transmisora de la vida en todas sus formas e inteligencias, y como todos los seres que son su manifestación, nacemos, nos alimentamos, nos reproducimos y morimos, desaparecemos físicamente, pues, en definitiva, somos química.

Cuando los dioses decidieron formar al hombre, fijando su imagen y trastalándonos su semejanza, nos dotaron de la memoria para no caer en el "olvido". Uno de sus genes nos permite tener esa memoria, en el que está fijada la historia genética de la vida humana, de nuestros ancestros (hominidos manipulados por los dioses) y nuestros antepadados (desde la aparición del homo sapiens sapiens).

Esta es la idea que debe presidir cualquier pronunciamiento o reflexión como la que provoca la anterior pregunta. No se trata de "mi vida", de "nuestras vidas", sino de la "Vida" surgida antes y después del inicio del Universo, y que se manifesta y sigue manifestando, sin solución de continuidad, en millones y millones de formas de vida.

En este sentido, nada diferencia la situación de los anunnaku en el *Enuma Elish*, de la situación en la que nos encontramos en la actualidad con la irrupción en "nuestras" vidas de la IA. Nuestro cerebro es el órgano que se estudia a si mismo y que nos estudia como ajenos, independientemente de sus capacidades, muchas de las que están inactivas porque no tenemos la clave de su potenciación, y que solamente es posible por interiorización, por introspección y pensamiento lúcido. Con el buen pensamiento podemos modificar nuestro código genético. Nuestra incapacidad, al apoyarnos y poner nuestra confianza en la tecnología, como táctica para suplir esa incapacidad, nos impide realizarlo. La IA puede ofrecernos soluciones si la dirigimos a esa finalidad, no como sustitutivo sino como alentador e incitador de nuestro "maestro" interior.

En nuestra línea temporal evolutiva los cambios y las modificaciones genéticas han marcado nuestras características como seres vivientes (unas, naturales; otras, artificiales). Y estas últimas caracteristicas, que nos conforma en la actualidad como el género *homo sapiens sapiens,* no son definitvas, como no lo han sido con los demás seres con quienes compartimos el mismo aliento vital. No son las últimas, tampoco las finales.

Estamos, físicamente, preparados para ser "terrestres", para vivir en la Tierra. Como aspirantes a conquistar el mayor espacio de Universo (por ahora nos tenemos que conformer con nuestro sistema solar) vamos a tener que realizar modificaciones físicas para adaptarnos, en nuestras grandes y largas expediciones celestiales, a las nuevas circunstancias y condiciones para conservar nuestra "memoria" y prevenirla del "olvido", es decir, necesitaremos cambios genéticos, que puede diferenciarnos de nuestro actual aspecto físico.

Para ello, la IA es necesaria como herramienta que nos sirva para orientar los estudios e investigaciones para dicho fin. Y la consecuencia de alcanzar esa mision, seguramente, va a ser la misma que la sucedia con nuestros "dioses", la distinción entre los "hombres celestes" y los "hombres terrestres", y seremos distintos físicamente, aunque hermanos genéticos.

Es cierto que, en la actualidad, el uso combinado que estamos haciendo de los algoritmos y de las máquinas se nos presenta como un terreno movedizo, pero, por ahora, las máquinas no tienen la capacidad de entender, y, espero, que la de mentir o engañar, como nosotros hacemos y los dioses hicieron con nosotros, para que sean asépticas o neutrales en sus conclusiones. Lo inquietante es que los datos, aportados por la combización de algoritmos, puedan mentir al distinguir la verdad, pues entonces estarían tan contaminadas como sus creadores, los hombres.

Estamos alcanzando un gran poder y lo terrible sería no tener un proyecto, una idea, de que hacer con él. Por eso, Hariri se preguntaba: *"¿Hay algo más peligroso que unos dioses insatisfechos e irresponsables que no saben lo que quieren?"*. Nuestros dioses lo tenían, y aquí estamos nosotros. Ahora, estamos nosotros y nuestras máquinas, que nos sirven.

Una de las últimas herramientas es el ChatGPT, que ha despertado el temor apocalíptico sempiterno del hombre ante un avance tecnológico. Como afirma uno de los tres padres de la IA, Yann LeCun, ganador del premio Princesa de Asturias del año 2.022, *"La inteligencia artificial entrenada solo con palabras y frases jamás se aproximará al entendimiento humano"*, pues esos programas ni razonan ni planean, se tratan, simplemente, de sistemas de IA generativa, capaces de crear texto o imágenes a demanda de quien teclea, pero que "están en una vía muerta".

Las diferencias sociales que se denuncian que la IA va a producir, debido al aprovechamiento por parte de los poderosos de los resultados de las investigaciones, apoyadas en la IA, no supone una novedad. El poder económico sigue siendo un factor de diferenciación de clases sociales: los ricos y los pobres. Esa distinción no se debe a artilugio o mecanismo alguno, sino a la propia concepción que el hombre tiene de sí mismo y de los demás. La creación del hombre (la evolución) es neutra, es el uso de esa evolución tecnológica la que sus consecuencias seas maléficas o beneficiosas para la humanidad, para todos nosostros.

En definitiva, se están dando los primeros pasos, pero la tecnología que permita crear máquinas pensantes cada vez está más cerca de lo deseado, aunque parezca lento su avance, pues esta tecnologóa goza de cuantiosas y costosas operaciones de financiación y de una regulación normativa específica, siendo el deseo de quienes la promueven que, por una parte, no se coarte la investigación y creación de nuevos sistemas, pero que, por otra, se impida la gobernanza fraudulenta de los datos, que, en todo caso, deben estar abiertos y al alcance de todos.

Lo que me tranquiliza es le hecho de que la inteligencia es natural, como la del hombre. Aplicada en el ámbito de las ciencias se transforma por medio de la combinación de algoritmos en cálculos matemáticos de posibilidades casi infinitas, pero la verdadera inteligencia, alimentada e influida por nuestros sentimientos, siempre prevalecerá sobre los resultados y efectos de la "inteligencia artificial", sobretodo si el humano crece en espiritualidad.

Últimamente, se ha suscitado una gran polémica con el despido de Sam Altman como consejero de la empresa Open AI, al haber ocultado al consejo de la empresa información por el descubrimiento de una aplicación de la IA que podría suponer una amenaza grave para la humanidad, cuyo detonante fueron unas enigmáticas palabras que Altman pronunció en una cumbre de directivos, paralela de la celebrada por la Asociación Económica Asia Pacífico (APEC): *"Cuatro veces en la historia de OpenAI, la más reciente hace solo un par de semanas, he tenido la oportunidad de estar en la sala en la que empujamos el velo de la ignorancia hacia atrás y la frontera del descubrimiento hacia delante, y poder hacerlo es el honor profesional de mi vida"*

Se entendió que se refería al descubrimiento de nuevos modelos de IA de mayor potencia que los desarrollados hasta entonces. Se trataría del "proyecto Q", que aplicado al cálculo matemático iría más allá de lo conseguido hasta ahora, de forma que dicho modelo igualaría a la inteligencia humana, incluso, superaría la capacidad humana al poder generalizar, aprender y comprender, llegando a unos resultados que, hoy, desconocemos, así como la previsión de las consecuencias que de ese modelo se producirían a nivel global.

En el fondo del asunto se encuentra la pugna de siempre ante la aparición de un avance tecnológico o descubrimiento científico: la libertad científica o la fijación de límites a la investigación científica.

Sabemos que el hombre ha utilizado la mayoría de los descubrimientos científicos para fines no humanitarios (armas nucleares, armas biológocas, entre otras) y que la conciencia individual y social no están lo suficientemente preparadas para asumir dicha tecnología, debido a la poca elevación mental o psicológica, por no decir espiritual, y la ausencia de humildad y compasión, pero la imposición legal de la obligación de "transparencia" de los descubrimientos tecnológicos (de forma que no se oculte información sobre su desarrollo y fines utilitarios) y de su "uso" o "aplicación", únicamente, con fines de bienestar social o mundial, no como mecanismo de agresión entre empresas y Estados, o en perjuicio de la humanidad, supone un punto de partida de la legislación que vaya surgiendo.

Debemos aprender de lo que los "dioses" hicieron con nosotros, y así poder evitar que nuestros posibles avatares digitales y, luego, físicos, pongan en peligro nuestra existencia, tal y como la entendemos, y nos puedan sustituir por habernos superado cognitiva y sentimentalmente.

Con la descripción que de la "formación de la primera pareja", de la que desciende el homo sapiens, el futuro no es muy tranquilizante. Con la manipulación genética surginos nosostros, a la vez que otros géneros de homínidos y de homo desaparecieron, quedando los "dioses" y el "terrícola", el Adán con su pareja Eva. Nosotros fuimos su inteligencia artificial, luego, convertida en inteligencia natural.

La historia se puede repetir con nuestros avances en inteligencia artificial, y de forma especial con la "Inteligencia Artificial General" (AGI), de forma que nosostros sustituimos a los antiguos dioses, que con el tiempo también desaparecieron, quedando como nueva especie el ser creado con una combinación de biología y de inteligencia artificial, cuya multiplicación facilitará nuestro fin como especie, si bien, ellos conservarán nuestro genoma.

La exploración del espacio y de nuevos mundos así lo exigirán. El "hombre celeste" está más preparado física y mentalmente para los largos viajes y para su adaptación a la diversidad de ecosistemas y climas con los que tengan que enfrentarse para que el sueño de la humanidad siga perviviendo y subsitiendo en nuestro Universo, y la inteligencia artificial acabará teniendo una consciencia artificial, que ayudará al hombre a entenderse y a apreciar su potencial mental y cognoscitivo, que las organizaciones sociales y religiosas, hasta ahora, han ido impidiendo a lo largo de nuestra historia.

¿Será bueno, será malo? Como siempre todo dependerá de la rectitud moral del hombre y de la empatía social. Toda la creación y todo lo que conlleva el progreso técnológico del hombre, desde el primer instrumento de piedra hasta la nave espacial que nos lleve fuera de nuestro sistema solar, son neutros. Nosotros somos con su utilización quienes le ponemos el marchamo de la bondad o maldad de su finalidad última.

33
Dios: su naturaleza prohibida

Si los "dioses" humanos (dioses y diosas) eran miembros supervivientes de otra humanidad, contemporáneos de nuestros antepasados, a quienes conocian o calificaban como los "primitivos", y que por necesidades de supervivencia, ante la reducción de su población provocada por los eventos cósmicos y climáticos y por la nueva distribución de masas continentales y marítimas, se vieron obligados a "domesticar" a los "primitivos", con la finalidad de conservar su material genético, la pregunta que surge es la siguiente: ¿a qué queda reducido el concepto de dios?

La humanidad no escapa de la evolución natural. Los seres inteligentes anteriores a nuestros antepasados, y, por supuesto, a los hombres actuales, eran producto de esa evolución, de forma que el concepto sobre su origen excluía la idea de un ser creador intervencionista, que hubiera acelerado el ritmo existencial de su evolución natural. Los animales siguen su propio trazado evolutivo, cambiando o modificando determinadas características genéticas y físicas, con la adaptación al medio ambiente en el que se desarrollan, así como a los climas de las regiones en las que, naturalmente, viven y permanecen.

Sin embargo, el homo sapiens no ha seguido su evolución natural, como sí la siguieron los primates homínidos, los australopitecinos y los parantropos. El género Homo (cuya cronología gira entre hace 2,8 Ma y 1,8 Ma), por el contrario, es más reciente, y su aparición no sigue una línea ascendente de evolución, sino que presenta unos rasgos físicos y biológicos que, da la impresión, responden a un cambio o modificación genética, a una intervención o irrupción externa en su evolución natural. Esta modificación puede ser resultado de intercambios o mestizaje con los otros ancestros, con lo coexistían, o por la intervención o manipulación genética por parte de otros humanos más avanzados tecnológicamente, como así relatan los textos anteriormente citados, entre ellos, el Libro del Génesis. El "eslabón perdido" sigue, hoy en día, en ese mismo paradero de perdido.

El sentirse un ser creado conlleva la idea de un creador. Esto le sucede al hombre.

Los "dioses" carecían de ese sentimiento existencial. Ellos culminaron el ritmo de la evolución natural y se identificaban con los elementos de la naturaleza (tierra, agua, fuego, aire). Estaban conectados con el latir de la Tierra y, en definitiva con el Universo. La idea de la creación, tal y como nosotros entendemos, era ajena a su cultura. Su origen estaba en el origen del Universo y su final estaba enmarcado con la desaparición del Universo.

Nosotros los hombres, a esa forma de entender la existencia, la revestimos con el manto de la espiritualidad, como técnica para trascender la materialidad de la creación y acercarnos al creador.

Ese es el "algo" que nos diferencia de los antiguos "dioses" y que utilizamos para entender y conseguir identificarnos en la unidad del todo, olvidando nuestra propia individualidad y nuestro deseo de permanecer con nuestros pensamientos y ser existencial por toda la eternidad.

Nuestros físicos se remontan al Big-Bang para explicar el origen de todo, y predicen el Big Crunch como su final. ¿Y antes del Big-Bang había algo?

Esta pregunta se la hizo en una televisión en EE.UU. el astrofísico estadounidense Neil deGrasse Tyson a Stephen Hawking: "¿Qué hubo antes del Big Bang?", a la que respondió: básicamente… nada, matizando que nada de lo que pudo existir antes del comienzo del universo, tal cual lo conocemos, tiene algo que ver con lo que vino después, ya que para Hawking, en el momento del Big Bang, el universo era una singularidad, un momento en el que todas las leyes de la física dejarían de aplicarse.

Las leyes físicas nos ayudan a comprender el mecanismo del Universo, de la creación, de la materia, pero cuando no hay Universo, las leyes físicas no pueden aplicarse a lo no físico.

Antes de la creación bíblica todo era oscuridad, tinieblas: la nada. Entonces, de esa oscuridad surge la luz: la creación.

"Existir" deriva de la palabra latina exsistere, compuesto de ex ("afuera") y sistō, sistere, stitī/stetī, statum ("colocar", "parar", causativo de stō, stāre). Existir es estar fuera. Eso es la creación, lo que está fuera de su origen, la nada. Por ello, la existencia es "objeto" (del latín "obiectus", formada del prefijo "-ob" que significa "encima" y el verbo "iacere" que expresa "arrojar"), es decir, que la existencia es lo arrojado en avance fuera de sí.

La nada es la potencia y la luz lo arrojado fuera de sí. En la Cábala hebrea se habla de Ain como la Existencia Negativa; del *Ain Soph*, como la Expansión Ilimitada y del *Ain Soph Aur*, identificada como la Luz Ilimitada. Eso es Dios, que cuando se manifiesta fuera de sí, de la Nada, es el Dios creador.

También, Lao Tze en su obra el Tao Te Ching (King) dice: *"Los diez mil seres nacen del Ser y el Ser nace de la Nada"*, utilizando calificativos como: Anónimo, No ser, Vacio y Abismo. Es el Tao, el supremo y más perfecto modelo al que deben imitar los seres, en el que distingue dos estadios: el transcendente, y eterno, y el inmanente, anónimo y con nombre.

El físico austriaco, Fritjof Capra en su maravilloso libro *"El Tao de la Física"*, (1975), nos explica como a través del misticismo oriental se llega a las mismas conclusiones que las que se alcanzan con el pensamiento científico, llegando un momento en el que se encuentran dichas experiencias.

En definitiva, esa experiencia de Dios transciende el sentimiento religioso por su profundidad y elevación de pensamiento. Dios es la Nada y es Creación. Es el principio y el fin. Es la oscuridad y la luz. Es el eterno movimiento de sístole de la oscuridad y vacio, y diástole de la luz y creación; algo muy distinto de los que conocemos como nuestros "dioses", de nuestro dios, esta vez, concebido a nuestra imagen y semejanza; un concepto alimentado por las teologías, que se ha impuesto por encima de las experiencias místicas o espirituales individuales, y que muchos hombres y mujeres, consciente o incoscientemente, han experimentado por un instante y en el que, al perder la sensación de la existencia propia, se han zambullido en el océano de la inmensidad de la Nada, saboreando, primero, la unidad, y después, el silencio del "no ser".

Los humanos, como nos enseña nuestra vida y la propia naturaleza, por nuestra brevedad temporal, estamos más en la Nada que en la Creación, en la existencia. Quizás somos porque no somos: los sueños de los que está hecha la existencia mientras hay creación.

Conforme al concepto de existencia, tanto el dios creador como nosotros estamos "fuera", fuera de la energía en potencia, de la Nada. Y tanto el dios de la creación como los seres de su creación regresarémos al estado anterior al ser: la Nada.

Sea como sea, lo cierto es que las religiones no ofrecen las respuestas adecuadas, ni la Ciencia puede, por ahora, ofrecer una teoría que rellene ese vacio. No podemos sostenernos en unas ideas ni enseñanzas ancladas en el fenómeno y sentimientos religiosos, cuyo nivel cultural de los hombres era tan primitivo como nuestro conocimiento. Nuestra tecnología y forma de entender el mundo y el Universo van por delante de nuestro sentimiento existencial, que sigue sustentándose en el concepto de criatura, de ser creado, y, por ello, ligados a un Creador. Y el remedio a esa concepción es transcender la propia creación y su manifestación, que tiene fecha de caducidad, lo que no sucede con la Nada, con la potencia en la que "ser" y "no ser" muestran la "unidad" de la oscuridad y de la luz.

Estoy seguro de que, cuando los científicos (los hombres en general) estén impregnando de espiritualidad, la comprensión de nuestro origen y nuestro final se conseguirá, como, tambien, el motivo de "no ser". Entonces, Ciencia y Religión encontraran y coincidirán en el punto de conexión que a los largo de los últimos siglos científicos, teólogos y pensadores han invocado. Para ello, también es necesaria una nueva Teología, la Teología Cuántica, que adopte el método de pensamiento capaz de interconectar lo grande y lo pequeño, al Dios antes de ser Creador y al Dios Creador, con la creación que de él emana, con sus criaturas más pequeñas, compuestas por los elementos físicos microscópicos e invisibles.

En definitiva, esa "energía" en potencia y manifestada en un caos ordenado, los humanos le llamamos "Dios" y le atribuimos la inteligencia de la que nosotros alardeamos, en ese intento de patética emulación, al personificarlo a nuestra imagen y semejanza. Pero si damos un paso más, lo transcendental en la apreciación de esa "energía", es su "estado", por lo que podríamos concluir que lo que debemos entender por

Dios es un "estado" de la energia no manifestada. Como suele expresarse en términos teológicos, Dios se nos "presenta" como "ausencia".

Tanto en la religión como en la ciencia la idea de un "creador" mediatizan sus conclusiones. Con la teoría del Big Bang nos remontamos científicamente al instante de la creación, como origen de el Universo. Para las religiones es un acto de Dios. La idea de un creador supone la última frontera del pensamiento religiosos y científico, pero también es la fijación de un límite a nuestro conocimiento. Si damos un paso más, porqué no pensar que antes del big bang se produjo una contracción de otro universo, de cuya minúscula particula surge nuestro big bang y nuestro Universo. Y no sólo un universo, sino varios, en una sucesión contínua e infinita de contracciones y de expansiones. Entonces podríamos llegar a la conclusión de que todo ello es el contenido de la Nada, que envuelve lo que llamamos el Todo, la Unidad. En matemáticas, el cero.

Y como la Nada es ácrona, su esencia, a la que, finalmente identificamos con el Dios Creador, también no tiene tiempo, ni podemos incardinarlo en nuestro tiempo, en nuestra Historia. Por ello, la única vía, en vida, para acercarse a ella es la de la autonegación por medio de la transmeditación, que nos despierta a ese estado de la Nada, mientras dejamos dormida nuestra existencia. Es un instante en el que, al no estar supeditado al tiempo, se nos presenta nuestra vida en potencia, como si la viviéramos de nuevo, y con la práctica se convierte en la puerta que nos permite el acceso al Todo y a la Nada, cuya enseñanza, luego, vamos desgranando y manifestando como si de una inspiración divina se tratara. Y esa esencia se nos aparece con la figura de un niño interior fluídico y brillante. Es la primera muerte en vida que vence a la muerte natural.

El que busca, encontrará. Cuando encuentre, se estremecerá. Tras estremecerse, se admirará. Y con la admiración reinará sobre el universo. Esto es lo que nos aconseja el evangelio apócrifo de Tomás.

Y finalmente, comprenderemos que ese Dios es la Nada, es decir, el "origen", cuyo "principio" y "final" no significa nacimiento y muerte, sino permanencia en el "origen", (serpiente que se muerde la cola), para volver a repetirse ese proceso circular de regeneración contínua, de vacio y creación infinita, es tan "neutro" como todo lo es. Sin embargo, desde la concepción humana del "origen", el hombre de buena voluntad le llama Dios, mientras que el hombre malvado (el seguidor de la mentira) le llama Satanás. Igual que sucede con nuestra madre la Naturaleza, es buena porque es nuestra nutricia, pero es cruel cuando con un terremoto, con un tsunami o un volcán aniquila a miles de humanos. Ni la Nada ni la Naturaleza son buenas o malas, son neutras, y los hombres somos quienes podemos con nuestra bondad o nuestra maldad que nuestro planeta, que nuestras vidas, sean un "cielo" o un "infierno".

Conclusión: la clave 913

El libro del Génesis en hebreo comienza con la palabra בְּרֵאשִׁית, bereshit, traducida por "en el principio", y termina con la palabra בְּמִצְרַיִם, bimitzraim, que significa "en Egipto". El valor de bereshit es de 913 (10+400+300+1+200+2) y la de bimitzraim, el de 942 (600+10+200+90+40+2). Su diferencia es de 29. Es decir, al "principio" (913) se le une el resultado de la cración, el "ser viviente" (23), unidos por la letra "vau", la sexta letra del alefato (6), que significa "enlace", "clavo", con el resultado de 942; ésto con referencia a Egipto, en donde entierran al patriarca José (876), que es, precisamente, el lugar del comienzo del Éxodo, por lo que 66 (dos vaus) más José, da la cifra de 942. Es un paralelismo entre el inicio de la creación y el comienzo de la andadura del pueblo elegido hasta la Tierra prometida.

La suma de 913 y 942 es 1.855. Adán y Eva residieron en el huerto del Edén, del que fueron expulsados. Los hebreos, con el patriarca José a la cabeza, se fueron a vivir a Egipto. Como relata el libro del Éxodo, Moisés dirigió la confrontación con el faraón para liberar a los hebreos de su yugo, de la esclavitud, con el fin de cumplir la orden y la promesa de Yahvé de conquistar y entregarle la Tierra prometida, el lugar en el que ubicaría a su pueblo elegido: Canaán. Al final, el faraón expulsó o dejó marchar a los hebreos.

Veámos los valores involucrados:

Canaán, כְּנַעַן, tiene el valor de 840, (700+70+50+20). La palabra esclavitud o yugo, סְבָלֹת, la de 498 (400+6+30+2+60). Si al valor de Egipto (942) le restamos la de esclavitud (498), que es lo que pierden (o lo que ganan) los hebreos con su salida, nos da la cantidad de 444, que representa el beneficio que se obtiene con la marcha de Egipto. Sumando Canaán (840) y el beneficio obtenido por la salida (444), se obtiene la cifra de 1.284.

Por otra parte, Adán y Eva fueron expulsados del huerto del Edén, cuyos valores suman 1.477. Si a esta cantidad (1.477) le restamos la de la expulsión de Egipto y la nueva tierra (1.284), se obtiene 193, que es la diferencia de lo que pierden en relación con la estancia en el Paraiso, es decir, es el valor del "principio" (913), pero cambiado por un nuevo principio en otra tierra (193). El paralelismo es evidente.

Otro dato curioso: bereshit, 913, en binario es 1110010001. Las cuatro bases del ADN son A, T, G y C. A se empareja sólo con T y G, sólo con C. Si sustituimos A y T por 1, y a G y C por 0, como consecuencia del emparejamiento, el binario de bereshit en dos filas con el número binario se transoforma en: AA AG GA GG GA que casa con TT TC CT CC CT; o, separados en grupos de tres: AAA, GGA, GGG, A y TTT, CCT, CCC, T.

Se corresponden con los siguientes aminoácidos: Fenilalanina, Prolina, Alanina, Lisina, Glicina y, nuevamente, Glicina.

Por otra parte, bimitzraim, tiene el valor de 942, que en binario es 111010110. Aplicando el mismo criterio, se obtiene: AA AG AG AA G, que casa con TT TC TC TT C; o, separados en grupos de tres: AAA GAG AAG y TTT CTC TTC.

Se corresponden con los siguientes aminoácidos: Fenilalanina, Leucina, Fenilalanina, Lisina, ácido Glumático y Lisina.

Hasta aquí, los datos, entre otros muchos, que he utilizado en este alucinante viaje. Este libro es el principio de una investigación, iluminada por la meditación, y que va a servir para que otros estudiosos de este tema puedan ampliarla. Una gran ayuda, estoy seguro, la aportarán los ordenadores cuánticos y la inteligencia artificial. Mis recursos técnicos son los básicos para realizar los cálculos que he expuesto. El Génesis aún guarda un gran secreto. El día en el que todas sus palabras del texto en hebreo se conviertan en números binarios, nos encontraremos en los cuadros pixelados resultantes, en blanco y negro, con las imágenes que el texto esconde de las escenas de un tiempo que el propio texto conserva.

El libro que estaba enrollado ha comenzado a ser desenrrollado.

Amén.

Anexo de tablas

Tabla 1

																		8				
																7	8				
															6	7	3				
														6	6	2	3				
														6	6	1	2	3			
						Unidades								6	6	1	1	2	8			
													7	6	1	1	1	7	6			
													7	7	1	1	1	6	5	1		
												5	7	2	1	1	6	4	0	4		
											5	5	2	2	1	6	4	9	3	2		
										1	5	0	2	2	6	4	9	2	1	2		
									1	1	0	0	2	7	4	9	2	0	1	2		
								6	1	6	0	0	7	5	9	2	0	0	1	7		
							6	6	6	6	0	5	5	0	2	0	0	0	6	7		
						6	6	1	6	6	5	3	0	3	0	0	0	5	6	3		
					4	6	1	1	6	1	3	8	3	1	0	0	5	5	2	3		
				7	4	1	1	1	1	9	8	1	1	1	0	5	5	1	2	1		
			2	7	9	1	1	6	9	4	1	9	1	1	5	5	1	1	0	1		
		0	2	2	9	1	6	4	4	7	9	9	1	6	5	1	1	9	0	2		
	5	0	7	2	9	6	4	9	7	5	9	9	6	6	1	1	9	9	1	2		
5	5	5	7	2	4	4	9	2	5	5	9	4	6	2	1	9	9	0	1	2		
5	5	0	5	7	7	2	9	2	0	5	5	4	4	2	2	9	9	0	0	1	2	
0	5	0	0	5	2	5	7	2	0	0	5	0	4	0	2	0	9	0	0	0	1	1

Tabla 2

Decenas

											2											
											9	9										
										0	6	9										
										4	7	6	0									
									4	1	7	7	3									
									7	1	1	8	0	6								
								4	4	1	2	1	3	0								
								1	1	4	2	5	4	7	4							
							8	8	1	5	5	8	8	1	5							
							5	5	8	2	8	8	2	1	2	7						
						2	2	5	9	5	1	2	5	3	4	7						
						9	9	2	6	2	8	5	5	7	5	4	7					
					5	6	8	3	9	5	2	8	7	9	5	4	3					
					5	2	5	9	6	2	9	6	0	9	9	5	0	0				
				5	2	2	6	2	9	6	3	7	2	9	9	1	7	7				
				7	2	2	3	9	6	3	9	4	9	2	9	5	8	4	4			
			8	4	2	3	6	3	9	6	1	6	9	2	5	2	5	1	1			
			2	5	3	3	6	9	6	3	8	2	6	9	8	2	9	2	8	8		
		6	9	5	4	6	9	3	0	4	9	2	6	5	5	9	6	8	5	5		
		9	3	8	6	7	9	3	6	1	6	9	2	2	2	2	6	2	5	2	8	
	2	6	2	9	9	1	3	6	8	3	6	9	9	9	9	9	2	9	3	5	8	
	3	9	6	3	2	2	5	6	8	0	3	6	6	6	6	6	5	9	7	6	5	2
3	0	9	7	6	6	6	8	8	0	0	3	3	3	3	3	3	2	7	0	6	9	3

Tabla 3

Centenas

													2											
												1	0											
												1	0	9										
											0	9	9	9										
											9	9	8	8	8									
											8	8	8	7	8	7								
										8	7	7	7	7	7	6								
										8	7	6	6	6	6	5	5							
									7	6	6	5	5	5	4	5	3							
									7	6	5	5	4	4	4	4	3	1						
								7	6	5	4	4	4	3	3	2	1	6						
								6	5	5	4	4	3	2	2	1	0	6	5					
							6	5	4	4	3	3	2	1	0	9	5	5	5					
							5	5	4	3	3	3	1	1	0	8	4	4	5	5				
						0	4	4	3	3	2	1	1	9	8	3	3	4	4	4				
						8	9	3	3	2	2	1	0	9	7	3	2	3	3	4	4			
					6	7	8	2	2	2	0	0	9	7	2	2	2	3	3	4	4			
					6	5	6	7	1	1	0	0	8	7	2	1	1	2	2	3	3	3		
				4	4	4	5	6	0	0	0	8	6	2	1	1	1	1	2	2	3	3		
				3	3	3	3	4	5	9	9	8	6	1	1	1	1	1	1	2	2	3	2	
			3	2	2	2	2	4	4	8	7	6	1	0	0	0	0	0	1	1	2	2	1	
			2	1	1	1	2	2	2	3	6	6	1	0	0	0	0	0	0	0	1	1	1	1
		1	1	0	0	0	1	0	1	1	5	1	0	0	0	0	0	0	0	0	1	0	0	0

293

Tabla 4

									2										
								2	2										
							2	2	1										
						2	1	1	1										
					1	1	1	1	1										
Millares			1	1	1	1	1	1											
			1	1	1	1	1	1	1										
		1	1	1	1	1	1	1	1										
	1	1	1	1	1	1	1	1	1										
1	1	1	1	1	1	1	1	1	1										
1	1	1	1	1	1	1	1	1	1	0									
1	1	1	1	1	1	1	1	1	1	0	0								
1	1	1	1	1	1	1	1	1	0	0	0	0							
1	1	1	1	1	1	1	1	1	0	0	0	0	0						
1	1	1	1	1	1	1	1	0	0	0	0	0	0	0					
0	0	1	1	1	1	1	1	0	0	0	0	0	0	0	0				
0	0	0	1	1	1	1	1	0	0	0	0	0	0	0	0	0			
0	0	0	0	1	1	1	1	0	0	0	0	0	0	0	0	0	0		
0	0	0	0	0	1	1	1	0	0	0	0	0	0	0	0	0	0	0	
0	0	0	0	0	0	0	0	0	0	0	0	0	0	0	0	0	0	0	0
0	0	0	0	0	0	0	0	0	0	0	0	0	0	0	0	0	0	0	0
0	0	0	0	0	0	0	0	0	0	0	0	0	0	0	0	0	0	0	0
0	0	0	0	0	0	0	0	0	0	0	0	0	0	0	0	0	0	0	0

Tabla 5

Unidades													9											
													9	9										
												9	9	8										
											9	9	8	7										
											9	8	7	7	6									
											9	8	7	7	6	5								
											9	8	7	7	6	5	5							
											9	8	7	7	6	5	4	4						
										8	8	7	7	6	5	4	4	3						
									8	8	7	6	6	5	4	4	3	3						
								8	7	7	6	6	5	4	4	3	3	2						
							7	7	6	6	5	5	4	4	3	3	2	2						
							7	7	6	6	5	5	4	4	3	3	2	2	2					
						7	6	6	5	5	4	4	4	3	3	2	2	1	1					
					6	6	6	5	5	4	4	3	3	2	2	2	1	1	1					
				5	5	5	5	4	4	3	3	3	2	2	2	1	1	1	0					
				5	5	5	4	4	3	3	3	2	2	2	1	1	1	1	0	0				
			4	4	4	4	3	3	3	3	2	2	2	1	1	1	0	0	0	0				
			4	4	4	3	3	2	2	2	2	2	1	1	1	1	0	0	0	0	0			
			3	3	3	2	2	2	2	2	1	1	1	1	1	1	0	0	0	0	0	0	0	
		2	2	2	2	1	1	1	1	1	1	1	1	1	1	0	0	0	0	0	0	0	0	0
	1	1	1	1	1	1	1	1	1	1	0	0	0	0	0	0	0	0	0	0	0	0	0	0
0	0	0	0	0	0	0	0	0	0	0	0	0	0	0	0	0	0	0	0	0	0	0	0	0

Tabla 6

Decenas

						9									
					8	1									
					8	0	1								
				7	0	0	5								
			6	9	9	7	6								
		8	8	9	3	6	8								
	7	6	7	7	5	7	0								
5	5	7	2	4	7	9	7								
3	3	5	0	3	6	9	6	9							
1	1	4	9	2	5	8	6	9	3						
7	9	2	7	1	3	7	5	8	3	9					
3	5	0	5	9	2	5	4	7	2	8	4				
9	1	8	3	7	0	4	2	6	1	8	3	0			
4	7	4	9	4	8	2	1	5	0	6	3	9	6		
9	2	0	5	0	6	0	9	3	9	6	1	8	5	2	
1	7	6	0	6	2	8	7	1	8	4	1	7	4	1	9

Tabla 7

Centenas

```
                                        5
                                      7 5
                                      2 7 0
                                    0 2 2 3
                                  2 0 6 5 9
                                9 2 1 9 1 6
                              7 9 9 7 5 8 6
                            7 7 1 0 3 2 8 6
                          6 7 8 6 6 0 2 8 8
                        5 6 6 4 2 3 0 2 0 8
                      2 5 6 4 0 9 3 0 4 0 3
                    2 2 5 4 0 7 9 3 2 5 5 3
                  1 2 4 3 0 7 7 9 5 3 0 5 3
                1 1 1 0 9 7 7 7 1 5 8 0 5 3
              6 1 1 0 6 6 7 7 9 2 0 8 9 5 3
            7 6 1 9 6 3 6 7 9 0 7 0 7 9 2 9
          9 7 1 9 5 3 3 6 9 0 5 7 0 7 6 1 8
        9 9 6 4 5 2 3 3 8 9 5 5 6 0 4 5 0 8
      9 9 6 5 0 2 2 3 5 8 4 5 4 6 7 3 4 0 6
    6 9 8 7 1 7 2 2 4 5 3 4 4 4 3 6 2 4 8 3
  2 6 8 7 3 8 7 2 4 5 0 3 4 4 1 2 5 2 3 5 5
0 2 5 7 3 0 8 7 4 5 0 0 3 3 1 0 1 5 1 9 7 3
0 0 1 4 3 0 0 8 9 5 0 0 0 3 0 0 0 1 3 7 2 5 7
```

297

Tabla 8

															5							
														6	5							
Millares														0	6	4						
													0	0	5	3						
												5	0	9	4	3						
												0	5	3	8	4	3					
											1	0	3	8	8	4	3					
										1	1	8	3	8	8	4	3					
										4	1	3	8	3	8	8	4	1				
									5	4	4	9	8	3	8	8	2	6				
								5	5	4	9	9	8	3	8	6	7	6				
								2	5	7	2	9	9	8	3	6	1	7	6			
							9	2	8	3	2	9	9	8	1	1	1	7	3			
						9	9	8	3	3	2	9	9	6	6	1	1	4	0			
					9	9	5	0	3	3	2	9	7	1	6	1	8	7	0			
					4	9	2	7	0	3	3	2	7	2	1	6	8	5	1	1		
				2	4	2	7	7	0	3	3	0	2	2	1	3	5	5	2	4		
			2	2	2	7	7	7	0	3	1	5	2	2	8	0	5	6	5	4		
			2	2	7	2	7	7	7	0	1	6	5	2	9	5	0	6	9	5	5	
		2	2	5	0	2	7	7	7	8	8	6	5	9	6	5	1	9	9	6	0	
	5	2	5	0	0	2	7	7	5	3	6	6	2	6	6	6	4	9	0	1	5	
	7	2	5	0	0	0	2	7	5	0	3	6	3	9	6	7	9	4	0	5	6	5
0	7	5	0	0	0	0	2	5	0	0	3	3	0	9	7	0	9	5	5	0	6	9

Tablas 9 y 10

U

```
                9
              9   9
            9   9   8
          9   9   8   7
        9   8   7   7   6
      8   8   7   7   6   5
    8   8   7   7   6   5   5
  8   8   7   7   6   5   4   4
8   8   7   7   6   5   4   4   3
8   8   7   6   6   5   4   4   3   3
7   7   7   6   6   5   4   4   3   3   2
7   7   7   6   5   5   4   4   3   3   2   2
6   7   6   6   5   5   4   4   3   3   2   2   2
6   6   6   5   5   5   4   4   4   3   3   2   2   1   1
5   6   6   5   5   4   4   3   3   2   2   2   1   1   1
5   5   5   4   4   3   3   3   2   2   2   1   1   1   1   0
4   5   5   4   4   3   3   3   2   2   2   1   1   1   1   0   0
4   4   4   4   3   3   3   3   2   2   2   1   1   1   0   0   0   0
3   4   4   3   3   2   2   2   2   2   1   1   1   1   0   0   0   0   0
2   3   3   2   2   2   2   2   1   1   1   1   1   1   0   0   0   0   0   0
1   2   2   2   1   1   1   1   1   1   1   1   1   1   0   0   0   0   0   0   0
1   1   1   1   1   1   1   1   1   1   0   0   0   0   0   0   0   0   0   0   0   0
0   0   0   0   0   0   0   0   0   0   0   0   0   0   0   0   0   0   0   0   0   0   0
```

D

```
                3
              2   1
            2   0   1
          1   0   0   5
        0   9   9   7   6
      8   8   9   3   6   8
    7   6   7   7   5   7   0
  5   5   7   2   4   7   9   7
3   3   5   0   3   6   9   6   9
1   1   4   9   2   5   8   6   9   3
7   9   2   7   1   3   7   5   8   3   9
3   5   0   5   9   2   5   4   7   2   8   4
9   1   8   3   7   0   4   2   6   1   8   3   0
4   7   4   9   4   8   2   1   5   0   6   3   9   6
9   2   0   5   0   6   0   9   3   9   6   1   8   5   2
1   7   6   0   6   2   8   7   1   8   4   1   7   4   1   9
8   1   1   5   2   8   4   5   9   6   3   9   7   3   0   9   7
0   3   6   1   7   4   0   1   7   3   1   8   5   3   9   8   7   5
2   0   0   5   3   9   6   7   3   1   9   6   4   1   8   7   6   5   4
4   2   2   7   7   4   1   3   9   7   7   4   2   0   7   6   5   4   3   3
6   4   4   4   9   8   6   8   5   3   3   2   0   8   6   5   4   3   3   2   2
6   6   6   6   6   1   0   3   0   9   9   8   8   6   4   4   3   2   2   1   1   1
8   8   8   8   8   8   3   7   5   4   5   4   4   4   2   2   2   1   1   0   1   0   0
```

299

Tablas 11 y 12

C

```
                    5
                  7 5
                2 7 0
              0 2 2 3
            2 0 6 5 9
          9 2 1 9 1 6
        7 9 9 7 5 8 6
        7 7 1 0 3 2 8 6
      6 7 8 6 6 0 2 8 8
      5 6 6 4 2 3 0 2 0 8
    2 5 6 4 0 9 3 0 4 0 3
    2 2 5 4 0 7 9 3 2 5 5 3
  1 2 4 3 0 7 7 9 5 3 0 5 3
  1 1 1 0 9 7 7 7 1 5 8 0 5 3
6 1 1 0 6 6 7 7 9 2 0 8 9 5 3
7 6 1 9 6 3 6 7 9 0 7 0 7 9 2 9
9 7 1 9 5 3 3 6 9 0 5 7 0 7 6 1 8
9 9 6 4 5 2 3 3 8 9 5 5 6 0 4 5 0 8
9 9 6 5 0 2 2 3 5 8 4 5 4 6 7 3 4 0 6
6 9 8 7 1 7 2 2 4 5 3 4 4 4 3 6 2 4 8 3
2 6 8 7 3 8 7 2 4 5 0 3 4 4 1 2 5 2 3 5 5
0 2 5 7 3 0 8 7 4 5 0 0 3 3 1 0 1 5 1 9 7 3
0 0 1 4 3 0 0 8 9 5 0 0 0 3 0 0 0 1 3 7 2 5 7
```

M

```
                    5
                  6 5
                0 6 4
              0 0 5 3
            5 0 9 4 3
          0 5 3 8 4 3
          1 0 3 8 8 4 3
          1 1 8 3 8 8 4 3
        4 1 3 8 3 8 8 4 1
        5 4 4 9 8 3 8 8 2 6
        5 5 4 9 9 8 3 8 6 7 6
      2 5 7 2 9 9 8 3 6 1 7 6
      9 2 8 3 2 9 9 8 1 1 1 7 3
      9 9 8 3 3 2 9 9 6 6 1 1 4 0
      9 9 5 0 3 3 2 9 7 1 6 1 8 7 0
    4 9 2 7 0 3 3 2 7 2 1 6 8 5 1 1
    2 4 2 7 7 0 3 3 0 2 2 1 3 5 5 2 4
    2 2 2 7 7 7 0 3 1 5 2 2 8 0 5 6 5 4
    2 2 7 2 7 7 7 0 1 6 5 2 9 5 0 6 9 5 5
    2 2 5 0 2 7 7 7 8 8 6 5 2 9 5 0 6 9 9 6 0
  5 2 5 0 0 2 7 7 5 3 6 6 2 9 6 6 6 4 9 0 1 5
  7 2 5 0 0 0 2 7 5 0 3 6 3 9 6 7 9 4 0 5 6 5
```

Tabla 13

xxx	130	105	90	70	65	162	65	187	182	500	100	35	30	34	30	32	30	29	70	100	60	91	31
800	930	905	890	870	865	962	865	987	982	1300	900	835	830	834	830	832	830	929	870	900	860	891	831
807	937	912	897	877	872	969	872	994	989	1307	907	842	837	841	837	839	837	836	877	907	867	898	838
815	945	920	905	885	880	977	880	1002	997	1315	915	850	845	849	845	847	845	844	885	915	875	906	846
840	970	945	930	910	905	1002	905	1027	1022	1340	940	875	870	874	870	872	870	869	910	940	900	931	871
830	960	935	920	900	895	992	895	1017	1012	1330	930	865	860	864	860	862	860	859	900	930	890	921	861
800	930	905	890	870	865	962	865	987	982	1300	900	835	830	834	830	832	830	829	870	900	860	891	831
300	430	405	390	370	365	462	365	487	482	800	400	335	330	334	330	332	330	329	370	400	360	391	331
782	912	887	872	852	847	944	847	969	964	1282	882	817	812	816	812	814	812	811	852	882	842	873	813
595	725	700	685	665	660	757	660	782	977	1095	695	630	625	629	625	627	625	625	665	695	655	686	627
450	580	555	540	520	515	612	515	637	632	950	550	485	480	484	480	482	480	479	520	550	510	541	481
500	630	605	590	570	565	662	565	687	682	1000	600	535	530	534	530	532	530	529	570	600	560	591	531
403	533	508	493	473	468	565	468	590	585	903	503	438	433	437	433	435	433	432	473	503	463	494	434
403	533	508	493	473	468	565	468	590	585	903	503	438	433	437	433	435	433	432	473	503	463	494	434
430	560	535	520	500	495	592	495	617	612	930	530	465	460	464	460	462	460	459	500	530	490	521	461
209	339	314	299	279	274	371	274	396	391	709	309	244	239	243	239	241	239	238	279	309	269	300	240
207	337	312	297	277	272	369	272	394	389	707	307	242	237	241	237	239	237	236	277	307	267	298	238
200	330	305	290	270	265	362	265	387	382	700	300	235	230	234	230	232	230	229	270	300	260	291	231
119	249	224	209	189	184	281	184	306	301	619	219	154	149	153	149	151	149	148	189	219	179	210	150
135	265	240	225	205	200	297	200	322	317	635	235	170	165	169	165	167	165	164	205	235	195	226	166
75	205	180	165	145	140	237	140	262	257	575	275	110	105	109	105	107	105	104	145	175	135	166	106
120	250	225	210	190	185	282	185	307	302	620	220	155	150	154	150	152	150	149	190	220	180	211	151
56	186	161	146	126	121	218	121	243	238	556	156	91	86	90	86	88	86	85	126	156	116	147	87
79	209	184	169	149	144	241	144	266	261	579	179	114	109	113	109	111	109	108	149	179	139	170	110

Tabla 14 - Centenas

0	1	1	0	0	0	1	0	1	1	5	1	0	0	0	0	0	0	0	0	0	1	0	0	0
8	9	9	8	8	8	9	8	9	9	3	9	8	8	8	8	8	8	8	9	8	9	8	8	8
8	9	9	8	8	8	9	8	9	9	3	9	8	8	8	8	8	8	8	8	9	8	8	8	8
8	9	9	9	8	8	9	8	0	9	3	9	8	8	8	8	8	8	8	8	9	8	9	8	8
8	9	9	9	9	9	0	9	0	0	3	9	8	8	8	8	8	8	8	9	9	9	9	9	8
8	9	9	9	9	8	9	8	0	0	3	9	8	8	8	8	8	8	8	9	9	9	8	9	8
8	9	9	8	8	8	9	8	9	9	3	9	8	8	8	8	8	8	8	8	9	8	8	8	8
3	4	4	3	3	3	4	3	4	4	8	4	3	3	3	3	3	3	3	3	4	3	3	3	3
7	9	8	8	8	8	9	8	9	9	2	8	8	8	8	8	8	8	8	8	8	8	8	8	8
5	7	7	6	6	6	7	6	7	9	0	6	6	6	6	6	6	6	6	6	6	6	6	6	6
4	5	5	5	5	5	6	5	6	6	9	5	4	4	4	4	4	4	4	5	5	5	5	5	4
5	6	6	5	5	5	6	5	6	6	0	6	5	5	5	5	5	5	5	5	6	5	5	5	5
4	5	5	4	4	4	5	4	5	5	9	5	4	4	4	4	4	4	4	4	5	4	4	4	4
4	5	5	4	4	4	5	4	5	5	9	5	4	4	4	4	4	4	4	4	5	4	4	4	4
4	5	5	5	5	4	5	4	6	6	9	5	4	4	4	4	4	4	5	5	4	5	4	5	4
2	3	3	2	2	2	3	2	3	3	7	3	2	2	2	2	2	2	2	2	3	2	3	2	2
2	3	3	2	2	2	3	2	3	3	7	3	2	2	2	2	2	2	2	2	3	2	2	2	2
2	3	3	2	2	2	3	2	3	3	7	3	2	2	2	2	2	2	2	2	3	2	2	2	2
1	2	2	2	1	1	2	1	3	3	6	2	1	1	1	1	1	1	1	1	2	1	2	1	1
1	2	2	2	2	2	2	2	3	3	6	2	1	1	1	1	1	1	1	1	2	1	2	1	1
0	2	1	1	1	1	2	1	2	2	5	2	1	1	1	1	1	1	1	1	1	1	1	1	1
1	2	2	2	1	1	2	1	3	3	6	2	1	1	1	1	1	1	1	1	2	1	2	1	1
0	1	1	1	1	1	2	1	2	2	5	1	0	0	0	0	0	0	0	0	1	1	1	0	0
0	2	1	1	1	1	2	1	2	2	5	1	1	1	1	1	1	1	1	1	1	1	1	1	1

Tabla 15 - Decenas

0	3	0	9	7	6	6	6	8	8	0	0	3	3	3	3	3	3	2	7	0	6	9	3
0	3	0	9	7	6	6	6	8	8	8	0	3	3	3	3	3	3	2	7	0	6	9	3
0	3	1	9	7	7	6	7	9	8	0	0	4	3	4	3	3	3	3	7	0	6	9	3
1	4	2	0	8	8	7	8	0	9	3	1	5	4	4	4	4	4	4	8	1	7	0	4
4	7	4	3	1	0	0	0	2	2	4	4	7	7	7	7	7	7	6	1	4	0	3	7
3	6	3	2	0	9	9	9	1	1	3	3	6	6	6	6	6	6	5	0	3	9	2	6
0	3	0	9	7	6	6	6	8	8	0	0	3	3	3	3	3	3	2	7	0	6	9	3
0	3	0	9	7	6	6	6	8	8	0	0	3	3	3	3	3	3	2	7	0	6	9	3
8	1	8	7	5	4	4	4	6	6	8	8	1	1	1	1	1	1	1	5	8	4	7	1
9	2	0	8	8	6	6	5	6	8	9	9	3	2	2	2	2	2	2	6	9	5	8	2
5	8	5	4	2	1	1	1	3	3	5	5	8	8	8	8	8	8	7	2	5	1	4	8
0	3	0	9	7	6	6	6	8	8	0	0	3	3	3	3	3	3	2	7	0	6	9	3
0	3	0	9	7	6	6	6	9	8	0	0	3	3	3	3	3	3	3	7	0	6	4	4
0	3	0	9	7	6	6	6	9	8	0	0	3	3	3	3	3	3	3	7	0	6	9	3
3	6	3	2	0	9	9	9	1	1	3	3	6	6	6	6	6	6	5	0	3	9	2	6
0	3	1	9	7	7	7	7	9	9	0	0	4	3	4	3	4	3	3	7	0	6	0	4
0	3	1	9	7	7	6	7	9	8	0	0	4	3	4	3	3	3	3	7	0	6	9	3
0	3	0	9	7	6	6	6	8	8	0	0	3	3	3	3	3	3	2	7	0	6	9	3
1	4	2	0	8	8	8	8	0	0	1	1	5	4	5	4	5	4	4	8	1	7	1	5
3	6	4	2	0	0	9	0	2	1	3	3	7	6	6	6	6	6	6	0	3	5	2	6
7	0	8	6	4	4	3	4	6	5	7	7	1	0	0	0	0	0	0	4	7	3	6	0
2	5	2	1	9	8	8	8	0	0	2	2	5	5	5	5	5	5	4	9	2	8	1	5
6	8	6	4	2	2	1	2	4	3	5	5	9	8	9	8	8	8	8	2	5	1	4	8
7	0	8	6	4	4	4	4	6	6	7	7	1	0	1	0	1	0	0	4	7	3	7	1

Tabla 16 - Unidades

0	0	5	0	0	5	2	5	7	2	0	0	5	0	4	0	2	0	9	0	0	0	1	1
0	0	5	0	0	5	2	5	7	2	0	0	5	0	4	0	2	0	9	0	0	0	1	1
7	7	2	7	7	2	9	2	4	9	7	7	2	7	1	7	9	7	6	7	7	7	8	8
5	5	0	5	5	0	7	0	2	7	5	5	0	5	9	5	7	5	4	5	5	5	6	6
0	0	5	0	0	5	2	5	7	2	0	0	5	0	4	0	2	0	9	0	0	0	1	1
0	0	5	0	0	5	2	5	7	2	0	0	5	0	4	0	2	0	9	0	0	0	1	1
0	0	5	0	0	5	2	5	7	2	0	0	5	0	4	0	2	0	9	0	0	0	1	1
0	0	5	0	0	5	2	5	7	2	0	0	5	0	4	0	2	0	9	0	0	0	1	1
2	2	7	2	2	7	4	7	9	4	2	2	7	2	6	2	4	2	1	2	2	2	3	3
5	0	0	5	5	0	7	0	2	7	5	5	0	5	9	5	7	6	5	5	5	5	6	7
0	0	5	0	0	5	2	5	7	2	0	0	5	0	4	0	2	0	9	0	0	0	1	1
0	0	5	0	0	5	2	5	7	2	0	0	5	0	4	0	2	0	9	0	0	0	1	1
3	3	8	3	3	8	5	8	0	5	3	3	8	3	7	3	5	3	2	3	3	3	4	4
3	3	8	3	3	8	5	8	0	5	3	3	8	3	7	3	5	3	2	3	3	3	4	4
0	0	5	0	0	5	2	5	7	2	0	0	5	0	4	0	2	0	9	0	0	0	1	1
9	9	4	9	9	4	1	4	6	1	9	9	4	9	3	9	1	9	8	9	9	9	0	0
7	7	2	7	7	2	9	2	4	9	7	7	2	7	1	7	9	7	6	7	7	7	8	8
0	0	5	0	0	5	2	5	7	2	0	0	5	0	4	0	2	0	9	0	0	0	1	1
9	9	4	9	9	4	1	4	6	1	9	9	4	9	3	9	1	9	8	9	9	9	0	0
5	5	0	5	5	0	7	0	2	7	5	5	0	5	9	5	7	5	4	5	5	5	6	6
5	5	0	5	5	0	7	0	2	7	5	5	0	5	9	5	7	5	4	5	5	5	6	6
0	0	5	0	0	5	2	5	7	2	0	0	5	0	4	0	2	0	9	0	0	0	1	1
6	6	1	6	6	1	8	1	3	8	6	6	1	6	0	6	8	6	5	6	6	6	7	7
9	9	4	9	9	4	1	4	6	1	9	9	4	9	3	9	1	9	8	9	9	9	0	0

Tabla 17

x0x	130	105	90	70	65	162	187	182	500	100	35	30	34	30	32	30	29	70	100	60	91
930	1060	1008	1020	1000	995	1092	1117	1112	1430	1030	965	960	964	960	962	960	959	1000	1030	990	1021
912	1042	1017	1002	982	977	1074	1099	1094	1412	1012	947	942	946	942	944	942	941	982	1012	972	1003
905	1035	1010	995	975	970	1068	1092	1087	1405	1005	940	935	939	935	937	935	934	975	1005	965	996
910	1040	1015	1000	980	975	1072	1097	1092	1410	1010	945	940	944	940	942	940	939	980	1010	970	1001
895	1025	1000	985	965	960	1057	1082	1077	1395	995	930	925	929	925	927	925	924	965	995	955	986
962	1092	1067	1052	1032	1027	1124	1149	1144	1462	1062	997	992	996	992	994	992	991	1032	1062	1022	1053
365	495	470	455	435	430	527	552	547	865	465	400	395	399	395	397	395	394	435	465	425	456
969	1099	1074	1059	1039	1034	1131	1156	1151	1469	1069	1004	999	1003	999	1001	999	998	1039	1069	1029	1060
777	907	882	867	847	842	939	964	959	1277	877	812	807	811	807	809	807	806	847	877	837	868
950	1080	1055	1040	1020	1015	1112	1137	1132	1450	1050	985	980	984	980	982	980	979	1020	1050	1010	1041
600	730	705	690	670	665	762	787	782	1100	700	635	630	634	630	632	630	629	670	700	660	691
438	568	543	528	508	503	600	625	620	930	538	473	468	472	468	470	468	467	508	538	498	529
438	568	543	528	508	503	600	625	620	930	538	473	468	472	468	470	468	467	508	538	498	529
464	594	569	554	534	529	626	651	646	964	564	499	494	498	494	496	494	493	534	564	524	555
239	369	344	329	309	304	407	426	421	739	339	274	269	273	269	271	269	268	309	339	299	330
239	369	344	329	309	304	407	426	421	739	339	274	269	273	269	271	269	268	309	339	299	330
230	360	335	320	300	299	392	417	412	730	330	265	260	264	260	262	260	259	300	330	290	321
148	278	253	238	218	213	310	339	330	648	248	183	178	182	178	180	178	177	218	248	208	239
205	335	310	295	279	270	367	392	387	709	305	240	235	239	235	237	235	234	275	305	265	296
175	305	280	269	249	240	337	362	357	675	275	210	205	209	205	207	205	204	245	275	235	268
180	310	289	270	250	245	342	367	362	680	280	215	210	214	210	212	210	209	250	280	240	271
147	277	252	237	217	212	309	334	329	647	247	182	177	181	177	179	177	176	217	247	207	238
110	240	215	200	180	175	272	297	292	610	210	145	140	144	140	142	140	139	180	210	170	201

Tabla 18 - Millares

0	0	0	0	0	0	0	0	0	0	0	0	0	0	0	0	0	0	0	0	0	0	0	0	0	0
0	1	1	1	1	0	1	0	1	1	1	1	0	0	0	0	0	0	0	0	0	1	1	0	1	0
0	1	1	1	0	0	1	0	1	1	1	1	0	0	0	0	0	0	0	0	0	1	0	1	0	
0	1	1	0	0	0	1	0	1	1	1	1	0	0	0	0	0	0	0	0	0	1	0	0	0	
0	1	1	1	0	0	1	0	1	1	1	1	0	0	0	0	0	0	0	0	0	1	0	1	0	
0	1	1	0	0	0	1	0	1	1	1	0	0	0	0	0	0	0	0	0	0	0	0	0	0	
0	1	1	1	1	1	1	1	1	1	1	1	0	0	0	0	0	0	0	0	1	1	1	1	0	
0	0	0	0	0	0	0	0	0	0	0	0	0	0	0	0	0	0	0	0	0	0	0	0	0	0
0	1	1	1	1	1	1	1	1	1	1	1	1	0	1	0	1	0	0	1	1	1	1	1		
0	0	0	0	0	0	0	0	0	0	1	0	0	0	0	0	0	0	0	0	0	0	0	0	0	0
0	1	1	1	1	1	1	1	1	1	1	1	0	0	0	0	0	0	0	1	1	1	1	0		
0	0	0	0	0	0	0	0	0	0	1	0	0	0	0	0	0	0	0	0	0	0	0	0	0	0

Tabla 19 - Centenas

0	1	1	0	0	0	1	0	1	1	5	1	0	0	0	0	0	0	0	0	1	0	0	0
9	0	0	0	0	9	0	9	1	1	4	0	9	9	9	9	9	9	9	0	0	9	0	9
9	0	0	0	9	9	0	9	0	0	4	0	9	9	9	9	9	9	9	9	0	9	0	9
9	0	0	9	9	9	0	9	0	0	4	0	9	9	9	9	9	9	9	9	0	9	9	9
9	0	0	0	9	9	0	9	0	0	4	0	9	9	9	9	9	9	9	9	0	9	0	9
8	0	0	9	9	9	0	9	0	0	3	9	9	9	9	9	9	9	9	9	9	9	9	9
9	0	0	0	0	0	1	0	1	1	4	0	9	9	9	9	9	9	9	0	0	0	0	9
3	4	4	4	4	4	5	4	5	5	8	4	4	3	3	3	3	3	3	4	4	4	4	3
9	0	0	0	0	0	1	0	1	1	4	0	0	9	0	9	9	9	9	0	0	0	0	0
7	9	8	8	8	8	9	8	9	9	2	8	8	8	8	8	8	8	8	8	8	8	8	8
9	0	0	0	0	0	1	0	1	1	4	0	9	9	9	9	9	9	9	0	0	0	0	9
6	7	7	6	6	6	7	6	7	7	1	7	6	6	6	6	6	6	6	7	6	6	6	6
4	5	5	5	5	5	6	5	6	6	9	5	4	4	4	4	4	4	4	5	5	4	5	4
4	5	5	5	5	5	6	5	6	6	9	5	4	4	4	4	4	4	4	5	5	4	5	4
4	5	5	5	5	5	6	5	6	6	9	5	4	4	4	4	4	4	4	5	5	5	5	4
2	3	3	3	3	3	4	3	4	4	7	3	2	2	2	2	2	2	2	3	3	2	3	2
2	3	3	3	3	3	4	3	4	4	7	3	2	2	2	2	2	2	2	3	3	2	3	2
2	3	3	3	3	2	3	2	4	4	7	3	2	2	2	2	2	2	2	3	3	2	3	2
1	2	2	2	2	2	3	2	3	3	6	2	1	1	1	1	1	1	1	2	2	2	2	1
2	3	3	2	2	2	3	2	3	3	7	3	2	2	2	2	2	2	2	3	2	2	2	2
1	3	2	2	2	2	3	2	3	3	6	2	2	2	2	2	2	2	2	2	2	2	2	2
1	3	2	2	2	2	3	2	3	3	6	2	2	2	2	2	2	2	2	2	2	2	2	2
1	2	2	2	2	2	3	2	3	3	6	2	1	1	1	1	1	1	1	2	2	2	2	1
1	2	2	2	1	1	2	1	2	2	6	2	1	1	1	1	1	1	1	1	2	1	2	1

Se puede apreciar la diferencia entre la estructura numérica de las doce primeras líneas y las doce siguientes, es decir, entre Arphaxad – patriarca 12- ("rehabilitador", "regenerador", "límite") y Sala –patriarca 13- ("brote", "brotar"). En el Segundo bloque no figura el número 8, de la serie 1 a 9.

Tabla 20 - Decenas

0	3	0	9	7	6	6	6	8	8	0	0	3	3	3	3	3	3	2	7	0	6	9	3
3	6	0	2	0	9	9	9	1	1	3	3	6	6	6	6	6	6	5	0	3	9	2	6
1	4	1	0	8	7	7	7	9	9	1	1	4	4	4	4	4	4	8	1	7	0	4	
0	3	1	9	7	7	6	7	9	8	0	0	4	3	3	3	3	3	7	0	6	9	3	
1	4	1	0	8	7	7	7	9	9	1	1	4	4	4	4	4	4	3	8	1	7	0	4
9	2	0	8	6	6	5	6	8	7	9	9	3	2	2	2	2	2	6	9	5	8	2	
6	9	6	5	3	2	2	2	4	4	6	6	9	9	9	9	9	9	3	6	2	5	9	
6	9	7	5	3	3	2	3	5	4	6	6	0	9	9	9	9	9	9	3	6	2	5	9
6	9	7	5	3	3	3	3	5	5	6	6	0	9	0	9	0	9	9	3	6	2	6	0
7	0	8	6	4	4	3	4	6	5	7	7	1	0	1	0	0	0	0	4	7	3	6	0
5	8	5	4	2	1	1	1	3	3	5	5	8	8	8	8	8	8	7	2	5	1	4	8
0	3	0	9	7	6	6	6	8	8	1	0	3	3	3	3	3	3	2	7	0	6	9	3
3	6	4	2	0	0	0	0	2	2	3	3	7	6	7	6	7	6	6	0	3	9	2	6
3	6	4	2	0	0	0	0	2	2	3	3	7	6	7	6	7	6	6	0	3	9	2	6
6	9	6	5	3	2	2	2	5	4	6	6	9	9	9	9	9	9	3	6	2	5	9	
3	6	4	2	0	0	0	0	2	2	3	3	7	6	7	6	7	6	6	0	3	9	3	7
3	6	4	2	0	0	0	0	2	2	3	3	7	6	7	6	7	6	6	0	3	9	3	7
3	6	3	2	0	9	9	9	1	1	3	3	6	6	6	6	6	6	5	0	3	9	2	6
4	7	5	3	1	1	1	1	3	3	4	4	8	7	8	7	8	7	7	1	4	0	3	7
0	3	1	9	7	7	6	7	9	8	0	0	4	3	3	3	3	3	7	0	6	9	3	
7	0	8	6	4	4	3	4	6	5	7	7	1	0	0	0	0	0	4	7	3	6	0	
8	1	8	7	5	4	4	4	6	6	8	8	1	1	1	1	1	1	0	5	8	4	7	1
4	7	5	3	1	1	0	1	3	2	4	4	8	7	8	7	7	7	1	4	0	3	7	
1	4	1	0	8	7	7	7	9	9	1	1	4	4	4	4	4	4	3	8	1	7	0	4

Tabla 21 - Unidades

0	0	5	0	0	5	2	5	7	2	0	0	5	0	4	0	2	0	9	0	0	0	1	1
0	0	8	0	0	5	2	5	7	2	0	0	5	0	4	0	2	0	9	0	0	0	1	1
2	2	7	2	2	7	4	7	9	4	2	2	7	2	6	2	4	2	1	2	2	2	3	3
5	5	0	5	5	0	8	0	2	7	5	5	0	5	9	5	7	5	4	5	5	5	6	6
0	0	5	0	0	5	2	5	7	2	0	0	5	0	4	0	2	0	9	0	0	0	1	1
5	5	0	5	5	0	7	0	2	7	5	5	0	5	9	5	7	5	4	5	5	5	6	6
2	2	7	2	2	7	4	7	9	4	2	2	7	2	6	2	4	2	1	2	2	2	3	3
5	5	0	5	5	0	7	0	2	7	5	5	0	5	9	5	7	5	4	5	5	5	6	6
9	9	4	9	9	4	1	4	6	1	9	9	4	9	3	9	1	9	8	9	9	9	0	0
7	7	2	7	7	2	9	2	4	9	7	7	2	7	1	7	9	7	6	7	7	7	8	8
0	0	5	0	0	5	2	5	7	2	0	0	5	0	4	0	2	0	9	0	0	0	1	1
0	0	5	0	0	5	2	5	7	2	0	0	5	0	4	0	2	0	9	0	0	0	1	1
8	8	3	8	8	3	0	3	5	0	0	8	3	8	2	8	0	8	7	8	8	8	9	9
8	8	3	8	8	3	0	3	5	0	0	8	3	8	2	8	0	8	7	8	8	8	9	9
4	4	9	4	4	9	6	9	1	6	4	4	9	4	8	4	6	4	3	4	4	4	5	5
9	9	4	9	9	4	7	4	6	1	9	9	4	9	3	9	1	9	8	9	9	9	0	0
9	9	4	9	9	4	7	4	6	1	9	9	4	9	3	9	1	9	8	9	9	9	0	0
0	0	5	0	0	5	2	9	7	2	0	0	5	0	4	0	2	0	9	0	0	0	1	1
8	8	3	8	8	3	0	3	9	0	8	8	3	8	2	8	0	8	7	8	8	8	9	9
5	5	0	5	9	0	7	0	2	7	9	5	0	5	9	5	7	5	4	5	5	5	6	6
5	5	0	9	9	0	7	0	2	7	5	5	0	5	9	5	7	5	4	5	5	5	8	6
0	0	9	0	0	5	2	9	7	2	0	0	5	0	4	0	2	0	9	0	0	0	1	1
7	7	2	7	7	2	9	2	4	9	7	7	2	7	1	7	9	7	6	7	7	7	8	8
0	0	5	0	0	5	2	5	7	2	0	0	5	0	4	0	2	0	9	0	0	0	1	1

Tabla 22 - Unidades

Bits	Nombre
1 1 1 1 1 0 0 1 0 1 1 1 1 0 1 1 1 0 1 0 0 1 0 0 0 1 0	**ADÁN**
1 1 0 0 1 0 0 1 1 1 0 1 0 0 0 0 0 0 0 0 0 1 0 1 0 0 0	SET
1 0 1 0 1 1 0 1 0 0 1 1 0 1 1 1 1 0 1 1 0 1 0 0 1 1 0	ENÓS
1 0 0 0 0 1 1 1 0 0 0 1 1 1 1 0 0 1 0 0 1 0 0 1 1 1 0	QUENÁN
1 1 1 1 1 0 1 1 0 0 0 1 1 1 1 1 1 1 1 1 1 0 1 1 1 1	MALALEL
1 0 0 1 1 0 1 1 0 1 0 0 0 0 1 0 0 1 0 1 0 1 0 0 0 0 1 0	YARED
1 1 1 1 1 0 0 1 0 0 0 1 1 0 0 1 1 1 1 0 0 0 1 1 0 1	HENOCH
1 0 1 1 0 0 1 1 0 0 0 1 0 1 0 1 0 1 1 1 0 0 1 1 1 0 0 1	MATUSALÉN
1 0 1 0 1 1 1 0 0 0 1 0 0 0 1 1 0 0 0 0 1 1 0 0 0 0 0 1	LAMEC
1 1 1 0 1 1 1 0 1 0 1 0 0 0 1 0 0 0 1 1 0 1 0 0 0 0 1 1 0	NOÉ
1 0 1 1 1 1 1 1 1 0 1 1 0 0 0 0 1 0 0 0 1 1 1 1 0 0 0	**SEM**
1 0 0 0 0 1 1 1 0 0 0 0 1 1 0 1 1 0 1 0 1 0 1 1 1 0	ARFACSAD
1 1 1 0 0 1 1 1 1 1 1 1 1 0 1 0 1 1 0 1 1 0 1 0 0 1	SELAJ
1 0 0 0 0 0 1 1 0 1 0 1 0 1 1 1 1 0 0 0 0 0 0 0 0 0	EBER
1 1 1 0 0 1 1 0 0 1 1 1 1 0 1 0 0 1 1 0 1 0 1 1 1	PELEG
1 1 1 1 0 1 0 1 1 0 1 1 1 0 0 0 1 1 0 0 0 0 1 1 1	REU
1 1 1 0 0 1 1 0 0 1 1 0 1 0 0 0 1 1 0 1 0 0 1 1 0	SERUG
1 1 0 1 1 1 1 0 0 0 1 0 1 0 0 1 0 1 0 1 0 1 1 0 0	NAJOR
1 0 0 0 0 1 0 1 1 1 0 0 0 1 0 1 1 0 1 1 0 1 0 0 1 0 1	TERAJ
1 0 0 1 1 0 0 1 1 0 1 1 1 1 0 0 0 0 1 0 0 1 1 1	ABRAHAM
1 1 1 0 0 1 0 1 0 1 0 1 0 1 0 1 1 1 0 0 0 1 1 1 0 1 0 0	ISAAC

Tabla 23 - Unidades

1	1	1	1	1	0	0	1	0	1	1	1	1	0	1	1	1	0	1	0	0	1	0	0	0	1	0		
1	1	0	0	1	0	0	1	1	1	0	1	0	0	0	0	0	0	0	0	1	0	1	0	0	0			
1	0	1	0	1	1	0	1	0	0	1	1	0	1	1	1	1	0	1	1	0	1	0	0	1	1	0		
1	0	0	0	0	1	1	1	0	0	0	1	1	1	1	0	0	1	0	0	1	0	0	1	1	1	0		
1	1	1	1	1	0	1	1	0	0	0	1	1	1	1	1	1	1	1	1	1	0	1	1	1	1			
1	0	0	1	1	0	1	1	0	1	0	0	0	0	1	0	0	1	0	1	0	1	0	0	0	0	1	0	
1	1	1	1	1	0	0	1	0	0	0	1	1	0	0	1	1	1	1	0	0	0	1	1	0	1			
1	0	1	1	0	0	1	1	0	0	0	1	0	1	0	1	0	1	1	1	1	0	0	1	1	1	0	0	1
1	0	1	0	1	1	1	0	0	0	1	0	0	0	1	1	0	0	0	0	1	1	0	0	0	0	0	1	
1	1	1	0	1	1	1	0	1	0	1	0	0	0	1	0	0	0	1	1	0	1	0	0	0	0	1	1	0
1	0	1	1	1	1	1	1	1	0	1	1	0	0	0	0	1	0	0	0	1	1	1	1	0	0	0		
1	0	0	0	1	0	1	0	0	1	0	0	1	0	1	1													
1	1	1	0	1	1	0	1	1	0	0	0	0	1	1														
1	0	0	0	0	1	1	0	0	1	1	1	1	1	1	0													
1	1	1	0	1	1	0	0	0	0	0	0	0	0	1														
1	1	1	1	1	0	1	1	1	0	0	1	1	1	1														
1	1	1	0	1	0	1	1	1	1	1	1	0	0	0														
1	1	1	0	0	0	1	1	0	1	1	1	1	1	1														
1	0	0	0	1	0	0	1	0	0	0	1	1	1	1	0	1												
1	1	0	0	0	0	1	1	1	0	1	0	0	1	1	1	1												
1	1	1	0	1	0	1	1	0	0	0	1	0	1	0	0													
1	0	0	1	0	0	1	1																					
1	1	0	1	1	1	0																						

Cronología

Hace:

- 27.000 a 19.300 Ma. Surge el Universo.
- 4.603 Ma. Se forma el Sol.
- 4.600 Ma. Se forma Marte.
- 4.530 Ma. Se forma la Tierra.
- 4.503 Ma. Se forma Venus.
- 4.460 Ma. Aparece la Luna.
- 4.500-3.800 Ma. Era Azoica.
- 3.800-2.500 Ma. Era Arcaica.
- 3.000 Ma. Marte pierde su agua.
- 2.500-600 Ma. Era Proterzoica.
- 2.400-2.100. Glaciación Huroniana (en el Sidérico y Riásico).
- 850-635 Ma. Glaciación Sturtian-Varangian (en el Criogénico).
- 600 Ma. Era Precambriana.
- 600 Ma. Era Paleozoica.
- 450-420 Ma. Glaciación Andina-Sahariana (en el Ordovício y Silúrico).
- 360-260 Ma. Glaciación Karoo (en el Carbonífero y Pérmico).
- 250 Ma. Era Mesozoica.
- 250 Ma. Trásico.
- 210 Ma. Jurásico.
- 145 Ma. Cretácico.
- 66 Ma. Choca contra la Tierra el meteorito Chicxulub (de 10 kilómetro de diámetro), que provocó la extinción de los dinosaurios, entre otras especies animales, además de grandes terremotos, tsunamis y perturbaciones terrestres
- 60 Ma. Era Cenozoica.
- 7 Ma a 5Ma. Aparecen los primeros homínidos.
- 5 Ma a 3 Ma. Aparecen los australopitecinos.

- 3 Ma a 2 Ma. Aparecen los parantropos.
- 2 Ma a 1 Ma. Aparece el género homo, del que el homo sapiens se erige como único superviviente y dominante. El Cuaternario hace 1.8 Ma.
- 2.12 Ma. Presencia de humanos primitivos en Shangchen (Chima).
- 2.5 Ma hasta ahora. Glaciación Cuartenaria (en el Cuartenario), con sus períodos glaciares e integlaciares: (1.100.000 años. Günz; 866.000 años. Günz-Mindel; 478.000 años. Mindel; 424.000 años. Mindel-Riss; 190.000 años. Riss; 130.000 años. Riss-Würm y 80.000 años. Würm).
- 1,5 a 2 millones de años. Aparece el homo erectus, que andaba erguido.
- 1,4 millones de años. Se forma el cráter Pingualuit, en el norte de Quebec, Canadá, ocasionado por un meteorito. Los expertos localizaron otras 20 estructuras de impacto al este del país.
- 1 Ma. Impactó el nominado meteorito "Willamette", conservado en el Museo Americano de Historia Natural en Nueva Cork, y que es por la tribu indígena norteamericana conocida como el Chinook Clackamas, que vivieron en Willamette Valley antes de la colonización europea.
- 900.000 a 800.000 años. Se produce un colapso de la población, al desaparecer el 98,7 % de sus miembros, quedando 1.280 individuos reproductore.
- 850.000 años. Aparece el homo antecessor.
- 430.000 años. Impactó en la Antártica un asteroide. Fue en el Pleistoceno, en la época de la aparición de los primeros neandertales en Europa.
- 400.000 años. Aparece el homo neanderthalis.
- 120.000 a 100.000 años. Aparece el homo sapiens sapiens moderno.

- 108.000 a 117.000 años. Desaparecen los últimos homo erectus en la Ngandong, en la isla de Java.
- 80.000 años. Hoba Oeste, un cráter cerca de Grootfontein, en la región namibia de Otjozondjupa, por un impacto de un meteorito.
- 80.000. Primeros asentamientos del humano moderno en China.
- 50.000 años. Cráter producido por el meteorito bautizado con el nombre de de Diablo Canyon por su cercanía al cañón de nombre homólogo, situado en Arizona (EE. UU.), y del que se encontraron decenas de fragmentos en el área.
- 48.000-32.000. Vestigios de una población en el llamado asentamiento de Pedra Furada (Sâo Raimundo Nonato, Brasil).
- 40.000 años. Desaparece el homo neanderthalensis.
- 35.000 y 50.000 años. Se forma el cráter situado en la India, en la meseta de Deccan, denominado como cráter Lonar, producido por impacto de un meteorito
- 28.000 años. Restos de asentamientos humanos en las cuevas de Bluefish (Yukón, norte de Canadá).
- 20.000 años. Cae un meteorito que devastó todo tipo de vida en el Sahara, sintiéndose en las Canarias, y que iba acompañado de muchos fragmentos.
- 18.500-14.500 años. Asentamientos humanos descubiertos en Monte Verde (Puert Monlt- Chile-).
- 12.900 años. Impacto contra la tierra de un superasteroide (cometa Clovis) y sus fragmentos, localizado en la provincia de Limpopo, en Sudáfrica, que habría sido la causa de una era polar, que produjo la extinción de una gran porción de la fauna entre 12.900 años y 10.700 años atrás. El superasteroide cayó fragmentado en muchos pedazos,

localizados en Norteamérica, Europa y Asia Occidental, Groenlandia, en donde se descubrió un cráter, e, incluso, en Chile. Este impacto dio origen a la teoría del Dryas Reciente o Joven Dryas, mencionada con anterioridad, que produjo un repentino enfriamiento del planeta, sobre todo el hemisferio norte, que dio lugar a una especie de cataclismo vegetal, animal y humano. Supuso una catástrofe a nivel global en la Tierra.

- 12.000 a 13.000 años. Desaparición de la Atlántida e inicio del éxodo de los supervivientes a otras partes de la Tierra; surgiendo las grandes civilizaciones.
- 12.300. Se produce el Diluvio.
- 12.100 años. Auge de la agricultura.
- 11.800 años. Posglaciar.
- 11.000 a. C. Se construye la población de Jericó (Paliestina).
- 10.000 a. C. Se cree que impacto el meteorito del Cabo de Cork, al noroeste de Groenlandia, cuyo un gran fragmento, bautizado con el nombre de Ahnighito, conocido, también, con el de la Carpa.
- 9.600 a. C. Asentamientos en Göbekli Tepe (Turquia).
- 9.000 a. C. Es cubierta por las aguas una ciudad en el Golfo de Khambhat (India), de 8 kiómetros de larga. Descubierta en 2.002.
- 8.000 a. C. Asentamientos en la población de Plovdiv (Bulgaria).
- 8.000 a. C. El denominado monumento de Yonaguni Jima, en la isla de Yonaguni (Japón) es cubierto por las aguas.
- 7.000 a. C. Primeros asentamientos en Susa (Irán).
- 6.700 a. C. Primeros asentamientos en la población de Çatalhöyük (Turquia).

- 6.500 a. C. Se inica la construcción de Stonehenge (Inglaterra).
- 6.000 al 7.000 a. C. La ciudad de Dwarka (India) es cubierta por el mar.
- 5.000 a. C. Según una tablilla asiria del año 700 a.c. cayó un asteroide sobre la zona de los Alpes, que provocó un cataclismo, que se identifica con el relato bíblico de la destrucción de Sodoma y Gomorra, cuya explosión formó una gran y alta nube, contemplada por centenares de miles de personas.
- 5.000 a. C. Se construye Biblos (Líbano).
- 4.000 y 5.000 a. C. Cayó el meteorito "El Chaco" en el noreste de Argentina, que formaba parte de una lluvia de meteoritos.
- 4.000 a. C. Mega, las pirámides del Caribe (Cuba), quedan sumergias a 650 metros de profundidad en el mar Caribe, entre la península cuabana de GuanaHacabibes y la región mejicana de Yucatán.
- 3.600 a. C. Un meteorito destruyó la antigua ciudad del Medio Oriente, ahora llamada Tall el-Hammam, que estalló como una enorme bola de fuego a unos 4 kilómetros sobre el suelo, elevando la temperatura del aire por encima de los 3.600 grados Fahrenheit (2.000 grados Celsius). Ninguna de los 8.000 habitantes y animales sobrevivió. S estima que, un minuto después de la gran explosión, a 22 km al oeste de Tall el-Hammam, los vientos alcanzaron a la ciudad bíblica de Jericó, derrumbando sus muros se derrumbaron, quedando quemada la ciudad hasta sus cimientos.
- 3.123 a. C. Un meteorito destruye Sodoma y Gomorra. Puede que se trate de fragmentos del mismo meteorito de Tall el-Hammam. De forma que las destrucciones de las

ciudades aconteciera en la misma fecha, entre eñ 3.600 y
3.123.

• 2.420 y 8.400 a. C. Se produjeron los cráteres Kaali, en
la isla de Saaremaa, a unos 20 km al noroeste de Kingisepp
(Estonia).

• 1.600 a. C. Erupción del volcán de la isla Santorini, en el
Egeo. Eyectó material volcánico que provocó la formación
de depósitos de 60 metros de altura. La ciudad de Akrotiri
desapareció ocultada. Hasta una distancia de 400 kilómetros hubo oscuridad durante muchos días.

• 1.500 a. C. El Templo Sagrado del Titicaca (Bolivia) es
sumergido por las aguas.

• 1.000 a. C. Se hunde en las aguas la ciudad griega de
Pavlopetri, en la costa sur de Grecia, (en Laconia). Descubierta en el año 1.967.

• 79 d. C. Erupción del Vesubio (Italia). Destrucción de
las ciudades de Pompeya y Herculano.

• 1.833 d.C. Explosión del volcán Krakatoa, en la isla que
lleva su nombre,entre Sumatra y Java (actual Indonesia). La
explosión levantó la isla y produjo un tsunami con olas de
unos treinta metros de altura. El fragor de la explosión se
oyó en Australia.

• 2.022 d. C. Explosión del volcán Hunga Toga-Hunga
Ha'apai (Isla Tonga, en el Pacífico). Produjo la expulsión
a la atmósfera de 146.000 millones de litros de vapor de
agua.

Bibliografía

BIBLIA DE JERUSALÉN.

EL LIBRO DEL GÉNESIS EN HEBREO.

LA DOBLE HÉLICE, James D. Watson. Plaza&Janes, S.A, Editores, 1978.

EN BUSCA DE EVA, Michael H. Brown. Planeta,1990.

EL PLANETA INCÓGNITO, Peter Kolosino. Plaza&Janes, S.A, Editores, 1977.

ASTRONÁUTAS EN LA PREHISTORIA, Peter Kolosino. Plaza&Janes, S.A, Editores, 1977.

CONTINENTES HUNDIDOS...¡TIERRAS DEL FUTURO! Sebastián Fontrodona Boada. Plaza&Janes, S.A. Editores, 1982.

LOS GIGANTES Y EL MISTERIO DE LOS ORÍGENES, Louis Charpentier. Plaza&Janes, S.A. Editores, 1976.

LA PROTOSHISTORIA, Pedro Guirano. Plaza&Janes, S.A. Editores, 1979.

LOS SECRETOS DE LA ATLÁNTIDA, Andrés Tomas. Plaza&Janes, S.A. Editores, 1976.

LA HISTORIA EMPIEZA EN BIMINI, Pierre Carnac. Plaza&Janes, S.A. Editores, 1977.

LAS CIUDADES PERDIDAS DE LEMURIA, David Hatcher Childress. FF Fantasía Fantástica, Ediciones Martínez Roca, S.A., 1991.

LA OTRA ATLÁNTIDA, Robert Scrutton. Edaf, 1978.

HISTORIA DE LA ATLÁNTIDA, W. Elliot-Scott. Editorial Humanitas, 2002.

NUEVA VISIÓN SOBRE LA ATLÁNTIDA, John Michael. Martínez Roca, 1987.

LA ATLÁNTIDA, EL OCTAVO CONTINENTE, Charles Berlitz. Planeta, 1984.

CIUDADES DESAPARECIDAS. REINOS LEGENDARIOS. Ediciones 29, 1977.

EL ENIGMA DE LAS CIUDADES DEL DILUVIO, Jean-Claude Perpere. Librexprés, 1980.

LOS SUPERVIVIENTES DE LA ATLÁNTIDA, Juan G. Atienza. Martínez Roca, 1987.

LA ATLÁNTIDA, Jorge Spamuth. Ayma, S.A. Editora, 1978.

YOWGER DRYAS: CAMBIOS CLIMÁTICOS QU CONDICIONARON EL PAISAJE ABULENSE Y LA VIDA HUMANA, Javier Pérez Tarruella,

ATLÁNTIDA Y LEMURIA, Rudolf Steiner. Antroposófica Editor,

EL CONTINENTE PERDIDO DE MU, James Churchaward. Flor de Lis Ediciones.

LA HISTORIA EMPEZÓ EN ÁFRICA, Basil Davidson. Ediciones Garriga, S.A., 1.961.

MUNDOS SEPULTADOS, André Parrot. Ediciones Garriga, S.A., 1.961.

EL DILUVIO Y EL ARCA DE NOÉ, André Parrot, Ediciones Garriga, S.A., 1.961.

LA TORRE DE BABEL, André Parrot. Ediciones Garriga, S.A., 1.960.

NÍNIVE Y EL ANTIGUO TESTAMENTO, André Parrot. Ediciones Garriga, S.A., 1.962.

LA EVA AFRICANA, Celia Alba de la Torre. Salvat, 2.020.

ATAPUERCA, Eudald Carbonell y Marta Navazo. Salvat, 2.022.

LAS HUELLAS DE LUCY, Sebastiá Bennasar. Salvat, 2.020.

NEANDERTALES, Elisabet Font y Laura Pinto. Salvat, 2.022.

HOMO ANTECESSOR, Marina Lozano. Salvat, 2.022.

HOMO ERECTUS, José Maria Bermúdez de Castro. Salvat, 2.022

¿EXISTE EL ESLABÓN PERDIDO? Mirian Pérez de los Ríos. Salvat, 2.022.

HOMO HABILIS, Laura Martín-Francés. Salvat, 2.022.

AUSTRALOPITHECUS, Daniel García Martínez y Carlos A. Palancar. Salvat, 2.022.

HOMO ERGASTER, Julia Aramendi. Salvat, 2.022.

HOMO FLORESIENSIS, Julia Arias Martorell. Salvat, 2.022.

LOS PRIMEROS HOMO SAPIENS, Maarina Lozano Ruíz. Salvat, 2.022.

CAMBIOS CLIMÁTICOS, Pedro Piñero y Marc Furió. Salval, 2.022.

EL ORIGEN DEL LENGUAJE, Celia Alba de la Torre. Salval, 2.022.

EVOLUCIÓN CREATIVA, Amit Goswami. La Esfera de los Libros, S. L., 2.009.

EL GRAN DISEÑO, Stephen Hawking y Leonard Mlodinow. Crítica, S. L., 2.010.

LA HISTORIA EMPIEZA EN SUMER, Samuel Noah Kramer.

MESOPOTAMIA, Enrico Ascalone. Mondadori Electa S.p.a. 2.008.